Somewhere

Between Living And Dreaming

There´s New York

Kapitel -1-

Cosima

Seufzend öffnete ich die Augen und starrte frustriert an die Decke. Ein weiterer fehlgeschlagener Versuch einzuschlafen. Ich hatte es mit fokussierten, tiefen Atemzügen probiert. Drei Sekunden einatmen, fünf Sekunden ausatmen. Sinnlos. Auch damit, mich nicht zu bewegen. Denn wenn man sich mehrere Minuten am Stück nicht rührte, schlief man angeblich automatisch ein. Aber außer einem tauben linken Bein und dem Gefühl, die Kontrolle über meine Blase zu verlieren, hatte mir das nichts gebracht.

Was ich auch versuchte, um meinem Körper vorzugaukeln, er wäre müde, er schluckte die Lüge nicht. Kein bisschen. Denn mein Verstand raste unruhig von einem Gedanken zum nächsten, während mein Herz schmerzhaft gegen meinen Brustkorb schlug.

Um das Gefühl der aufkeimenden Panik abzuschütteln, drehte ich mich auf die Seite und zog die Beine dicht an den Oberkörper. Einen Arm hatte ich unter mein Kopfkissen geschoben, den anderen ließ ich über den Rand des Sofas baumeln, das für die nächsten Monate als Bett herhalten musste. So hatte ich mir meinen Neuanfang in New York nicht vorgestellt.

Ein kalter Luftzug streifte meine Hand. Ich konzentrierte mich auf das Gefühl der Kälte, die langsam an meinen Fingerkuppen hinaufkroch, atmete gegen die Angst an. Obwohl der Herbst noch nicht Einzug gehalten hatte und es tagsüber warm war, musste ich mich erst wieder an das Wetter in den USA gewöhnen. Woran erkannte man, dass man zu lange weg gewesen war? Wenn einem das Klima in der eigenen Heimat fremd geworden ist. Sengende Hitze und hohe Luftfeuchtigkeit waren mir vertrauter. Drei Jahre war ich um die Welt gereist. Hatte fünf Kontinente, zwölf Länder und neunundvierzig Städte besucht. New York war meine Nummer fünfzig und sollte für lange Zeit die letzte Station auf meiner Liste bleiben.

Ich spürte, wie sich mein Herzschlag langsam beruhigte und atmete zittrig aus. Das passierte, wenn ich beschloss, länger an einem Ort zu bleiben. Ich wurde rastlos. Vor allem, wenn ich das Gefühl hatte, nicht weg zu können. Und das konnte ich nicht, denn ich war nicht allein in die Stadt der Träume gezogen. Es war ein Schritt, den ich gemeinsam mit meinen besten Freundinnen Jane und Charlotte gewagt hatte und die beiden zählten auf mich.

Ich ließ den Blick durch den halbdunklen Raum gleiten, der Küche, Wohnzimmer und gleichzeitig mein neues Schlafzimmer war, weil ich beim Streichholzziehen das kürzeste erwischt hatte. Das dämmrige Morgenlicht erhellte die Umrisse der altmodischen Küchenzeile an der gegenüberliegenden Wand und ich musste nicht erst auf die Uhr sehen, um zu wissen, dass bereits ein neuer Morgen anbrach. Es war gerade hell genug, um die Konturen der wenigen Möbel auszumachen, die wir besaßen. Und die der vielen Umzugskartons, die wir noch ausräumen mussten. Von all den Sachen gehörten mir nur ein Koffer und eine

Sporttasche, die in der Ecke standen. Mein ganzes Leben passte dort hinein, denn egal wohin ich ging, ich reiste mit leichtem Gepäck.

Damit du schneller abhauen kannst, mischte sich die fiese Stimme in meinem Kopf ein. Ich schob sie beiseite, denn mit New York begann ein neues Kapitel in meinem Leben. Ab jetzt würde alles anders werden.

Und hier war ich. Schlaflos in einer kleinen Wohnung in Park Slope, Brooklyn, mit spärlicher Möblierung vom Vormieter und so dünnen Wänden, dass ich die Klospülung der Nachbarn hören konnte. Die leichte Decke, die ich um meinen Körper geschlungen hatte, hielt mich kaum warm und die durchgelegenen Sitzpolster trugen nicht dazu bei, dass ich eine bequeme Position fand. Eine schlaflose Nacht würde mich nicht umbringen, aber gab es nicht ein Sprichwort, das besagte: *Was du in der ersten Nacht in deiner Wohnung träumst, wird Realität?* Ich konnte nur hoffen, dass da nichts dran war, denn bei meinen Voraussetzungen brauchte ich für meinen Neuanfang alles Glück, das ich bekommen konnte.

»Auf New York«, rief ich und meine Freundinnen stimmten mit ein. Klirrend stießen wir unsere Tassen aneinander, weil wir in den vielen Kartons keine vernünftigen Gläser hatten finden können und genehmigten uns früh am Morgen einen Schluck von der wohltuenden Flüssigkeit. Ich hatte ewig keinen Sekt mehr getrunken, und das Prickeln, das er hinterließ, fühlte sich merkwürdig auf meiner Zunge an. Ich musste vielleicht meine erste Nacht in der neuen Wohnung als absoluten Misserfolg verbuchen, aber das hieß nicht, dass der ganze Tag darunter leiden sollte.

»Packen wir heute Abend weiter aus?«, fragte Jane, die ihren Sekt mit einem Schluck geleert hatte und sich über eine der Umzugskisten beugte. Ihre unzähmbaren strohblonden Locken hingen wild vom Kopf.

Ich erinnerte mich noch gut daran, wie sie sich die Haare als Jugendliche täglich geglättet hatte, um den nervigen Spitznamen *Baby* loszuwerden, nach der Hauptfigur in *Dirty Dancing*.

Jane zog einige ungleiche Teller aus dem Karton hervor und verstaute sie in einem der Schränke, der zu unserer winzigen Küchenzeile gehörte.

Insgesamt war unsere neue Bleibe recht überschaubar. Zwei Schlafzimmer, ein Wohnzimmer, das zur Küche hin offen war und ein winziges Badezimmer, das irgendwie für drei Frauen reichen sollte. Die Wände könnten einen neuen Anstrich vertragen und der alte Laminatfußboden wies etliche Kratzer auf. Aber das Fenster im Wohnzimmer war groß und hoch, mit einer breiten Bank, auf die man sich setzen konnte, und die Miete war erschwinglich.

Jane und Charly begannen sich über ihre Pläne für den ersten Arbeitstag zu unterhalten, und ich merkte, wie ich mich aus der Unterhaltung ausklinkte.

Die beiden hatten eine genaue Vorstellung davon, wie ihre Zeit hier ablaufen sollte. Charly hatte einen Platz in der renommierten Unternehmensberatung *Parker&Scott* ergattert. Und die stets perfekt organisierte Jane würde heute ihren ersten Vollzeitjob antreten. Nachdem sie ihr Studium in Interkultureller Kommunikation als Jahrgangsbeste abgeschlossen hatte, war sie von einem internationalen Konzern angeheuert worden. Wie sie so dastanden und sich unterhielten, in ihren Businessoutfits, wirkten die beiden unaufhaltsam. Charly hatte ihr langes blondes Haar zu einem strengen Dutt gebunden und über ihrer Arbeitskleidung trug sie ein furchtbares Jäckchen. Eines, das ich bei der nächstbesten Gelegenheit verbrennen würde. Obwohl sie sich die größte Mühe gab, unauffällig auszusehen, gelang es ihr nicht. Dafür war Charlotte zu schön. Hohe Wangenknochen, anmutige Gesichtszüge, mit denen sie eine gewisse Härte ausstrahlte. Bei ihr schaute man auf jeden Fall zwei Mal hin. Jane war optisch das genaue Gegenteil von Charly. Weiblich, weich und herzlich, mit großen, seelenvollen Augen. Aber nicht weniger hübsch.

Ich hingegen steckte noch in meinen Schlafsachen, war ungeduscht und trug meine schwarzen Haare in einem unordentlichen Dutt, aus dem sich einige meiner türkis gefärbten Spitzen gelöst hatten und mir vom Kopf abstanden. Wenn meine Freundinnen gleich die Wohnung verließen, würde ich allein und planlos zurückbleiben.

Nicht, dass ich mir gar keine Gedanken darüber gemacht hatte, wie mein Leben in New York aussehen sollte. Ich hatte mich an der NYU für den Studiengang Agrarwissenschaften eingeschrieben. Aber die Universität würde erst in einem

Monat beginnen. Das waren über vier Wochen. Einunddreißig Tage, und jeder einzelne davon war eine Chance, es mir anders zu überlegen. Denn im Gegensatz zu meinen Freundinnen fühlte ich mich mit meinen Plänen alles andere als sicher.

Ich stand gerade im Badezimmer und wollte mich ausziehen, als Janes Stimme durch die Wohnung hallte. »Cos?«, hörte ich sie rufen. »Wir sind weg.«

Ich streckte den Kopf aus der Tür und warf ihr und Charly einen Luftkuss zu. »Viel Spaß, Mädels. Ihr werdet den Tag rocken.« Ich zwang mich zu einem unbeschwerten Tonfall. Als die Haustür hinter ihnen ins Schloss fiel, sprang ich schnell unter die Dusche, rubbelte mir die Haare danach halbherzig trocken und suchte in meinem Koffer nach einem Outfit für den Tag. Dazu zog ich einige Kleidungsstücke hinaus, entschied mich gegen sie und stopfte sie unachtsam wieder hinein. Am Ende nahmen die Dinge doppelt so viel Platz weg wie vorher und hingen unordentlich aus dem Koffer heraus. Ums Auspacken konnte ich mich wann anders kümmern, obwohl ich wusste, dass es Jane verrückt machen würde.

Vollständig angezogen, schenkte ich mir den Rest Kaffee aus der Kanne ein, öffnete das Fenster und lehnte mich gegen den Rahmen, um ein bisschen frische Morgenluft zu genießen, während ich mir Gedanken darüber machte, wie ich meinen Tag gestalten wollte.

Klar war, dass ich Anschluss finden musste. Jane und Charly würden bis spät abends arbeiten und ich wollte ihnen kein Klotz am Bein sein, also brauchte ich Leute zum Abhängen. Am besten welche mit ähnlichen Interessen wie ich, und ich wusste auch schon, wo ich die finden konnte.

Zielstrebig steuerte ich meinen braunen Rucksack aus Kunstleder an und zog mein Handy hervor. Zurück am Fenster nippte ich an meiner Tasse und durchforstete Facebook.

Auf Reisen hatte ich gelernt, dass es in den meisten Städten *Welcome-Gruppen* gab, in denen man schnell Kontakte schließen konnte. Kaum hatte ich die Worte ins Suchfeld getippt, tauchten Dutzende Vorschläge auf dem Display auf. Ich seufzte und scrollte durch die Liste. Bei *Food Sharing New York* blieb ich hängen. Der Name weckte sofort mein Interesse und ein Blick in die Gruppe und auf die aktuellsten Beiträge verriet mir, dass ich genau richtig war. Es ging nicht nur um das Retten und Teilen von Lebensmitteln, sondern auch um Umweltschutz, Nachhaltigkeit und kulturelle Vielfalt.

Mit einem Lächeln auf den Lippen tippte ich einen kurzen Text, in dem ich mich vorstellte und den Leuten mitteilte, dass ich neu in der Stadt war. Zum Schluss fragte ich nach Empfehlungen für coole Aktivitäten und interessante Events. Zu meiner Überraschung musste ich gar nicht lange warten. Gerade als ich den letzten Schluck von meinem Kaffee nahm, ging eine Benachrichtigung auf meinem Handy ein.

Kapitel -2-

Reed

Ein Klopfen an meiner Bürotür riss mich aus meinen Überlegungen. Seit einer Stunde stand ich an meinem Konferenztisch, die neuen Entwürfe des Architekten vor mir ausgerollt, und betrachtete jedes Detail. Damit meine Konzentration nicht gestört wurde und mir kein Fehler entging, der uns alles kosten konnte, hatte ich meine Assistentin ausdrücklich angewiesen, keine Telefonate zu mir durchzustellen und jeden Besucher abzuweisen. Egal, was sie sagten, wie wichtig ihr Anliegen wäre. Denn wenn man es den Leuten überließ, hatten sie alle etwas Dringendes mit mir zu besprechen.

Doch das Queens-Projekt hatte Vorrang.

Die Hände auf den Tisch gestützt, blickte ich genervt zur Tür.

»Herein«, sagte ich scharf und wartete, bis sich das ängstliche Gesicht meiner Sekretärin Sara im Türrahmen zeigte. Ihre Wangen wiesen vor Stress rote Flecken auf und bildeten einen starken Kontrast zu ihrer hellen Haut.

»Mr. Davis, bitte entsch…«

»Ich dachte, ich hätte mich unmissverständlich ausgedrückt, Sara«, fiel ich ihr barsch ins Wort. »Sagte ich nicht, dass ich den ganzen Morgen über nicht gestört werden möchte?«

Mit weit aufgerissenen Augen starrte sie mich an und nestelte nervös am Saum ihrer rosafarbenen Bluse herum, welche sich auf eine Weise mit ihrem roten Haar biss, die mich wütend machte. Es sollte verboten werden, solch grelle Farben zu tragen.

»Es tut mir leid, Sir«, stammelte sie. »Aber…«, mit einer Handbewegung schnitt ich ihr das Wort ab.

»Welchen Teil meiner Aussage *Stellen Sie bis zum Mittag keine Telefonate zu mir durch und sorgen Sie dafür, dass ich nicht gestört werde* haben Sie nicht verstanden?«

»Ich habe alles daran verstanden, Sir. Es ist nur…«

»Dann sehe ich keinen Grund dafür, dass Sie hier sind und mir meine Zeit stehlen, Sara.«

Ihr Mund klappte auf und sie sah aus, als könnte sie jede Sekunde in Tränen ausbrechen. Genervt griff ich mir mit zwei Fingern an die Nasenwurzel, schloss kurz die Augen und unterdrückte ein Stöhnen. Der Entwurf rollte sich geräuschvoll zusammen, als ich zwei Schritte auf Sara zuging.

»Wenn Sie anfangen zu heulen, sind Sie gefeuert«, zischte ich. Sara presste die Lippen zu einer schmalen Linie zusammen.

Hinter ihr ertönte ein kehliges Lachen und ich runzelte fragend die Stirn. Dann wurde Sara beiseitegeschoben, die Tür weiter aufgestoßen und Trevor tauchte in meinem Blickfeld auf. Er war mein *Head of Finance* und seit einigen Jahren auch privat ein guter Freund.

»Herrgott, würdest du das arme Mädchen zu Wort kommen lassen, könnte Sara dir erklären, dass ich ihr gar keine andere Wahl gelassen habe, als mich zu dir zu bringen«, sagte er und schob sich ungeduldig an Sara vorbei ins Büro.

An sie gewandt, sagte er: »Sie werden hier nicht mehr gebraucht«, dann schloss er die Tür.

»Dass ich nicht gestört werden wollte, galt auch für dich«, wies ich Trevor zurecht. Sein halblanges braunes Haar war zurückfrisiert und die Locken durch Gel gebändigt. Aber statt des gewohnten schelmischen Grinsens umspielte ein besorgter Zug seine Mundwinkel.

»Manche Angelegenheiten lassen sich nicht aufschieben, Reed«, antwortete er und warf mir einen nervösen Blick zu. »Es gibt einen Notfall.«

»Was für einen?«, fragte ich trocken.

Trevor deutete mit ausgestrecktem Arm zu meiner Fensterfront. »Sieh nach draußen.«

Seufzend zog ich mein Sakko zurecht und durchquerte mit wenigen Schritten mein Büro. Vor dem Fenster angekommen, ließ ich die Hände in die Hosentaschen gleiten und blickte hinaus. Was ich sah, gefiel mir nicht.

»Was hat das zu bedeuten?«, fuhr ich Trevor an, ohne den Blick von der kleinen Menschenmenge abzuwenden, die sich vor meiner Firma versammelt hatte. Es waren nicht viele, höchstens dreißig oder vierzig. In den Händen hielten sie Plakate und beschriftete Bettlaken. Vom dreißigsten Stockwerk aus konnte ich nicht lesen, was darauf stand. Dass es keine Komplimente waren, wusste ich allerdings auch so.

»Was geht hier vor?«, fragte ich erneut.

Neben mir räusperte Trevor sich und nestelte an seiner Krawatte herum. »Eine Gruppe von Demonstranten«, rückte er schließlich mit der Sprache raus.

Ich zog die Augenbrauen zusammen und verschränkte die Arme vor der Brust, während ich mich vom Fenster wegdrehte. »Und was haben diese Idioten vor meiner Firma verloren?«, wollte ich harsch wissen.

»Sie demonstrieren gegen den Abriss der Wohnsiedlung in Queens«, offenbarte er mir.

Ich unterdrückte ein genervtes Stöhnen und setzte eine neutrale Miene auf. »Weiter«, forderte ich Trevor auf. Dieser schien sich zunehmend unwohl zu fühlen.

»In den sozialen Medien haben sie angekündigt, den ganzen Monat zu demonstrieren. Jeden verdammten Tag. Ich habe den entsprechenden Beitrag gerade in einer Facebookgruppe gefunden.«

Ich wandte mich ab und lief zu meinem Schreibtisch. In Gedanken ging ich bereits mögliche Konsequenzen durch. Es handelte sich bloß um dreißig Demonstranten. Aber bei unserem aktuellen Stand konnte selbst das Probleme bedeuten.

»Es macht die Aktionäre nervös«, sagte Trevor, als hätte er meine Gedanken gelesen. »Deswegen haben sie ein Notfallmeeting einberufen.«

Ich stand mit dem Rücken zu ihm, weswegen er nicht sah, dass ich kurz die Augen schloss. Es brauchte nur einen gelangweilten Journalisten, um aus so etwas eine große Story zu machen. Die Öffentlichkeit liebte es, sich auf einflussreiche Unternehmen zu stürzen. Das würde den Bau in Queens verzögern, was unter keinen Umständen passieren durfte. Als ich mich zu Trevor umdrehte, ließ ich mir meine Sorgen jedoch nicht anmerken.

»Wann findet das Meeting statt?«, fragte ich ruhig und sah ihn ausdruckslos an.

»In zehn Minuten«, erwiderte er.

Wenn die Aktionäre so kurzfristig herkamen, musste es ihnen ernst sein. Zwar waren die meisten von ihnen offiziell im Ruhestand und leiteten keine eigenen Firmen mehr, aber leer war ihr Terminplan deswegen trotzdem nicht.

»Was ist mit Kidd und Manning?«, fragte ich, da ich wusste, dass beide Männer sich derzeit im Ausland befanden.

»Videokonferenz«, beantwortete Trevor meine Frage. »Leider kann man das von Lucius Doyle nicht sagen. Er war es auch, der auf das Meeting bestanden hat.«

Doyle war der mit Abstand nervigste und selbstgefälligste Mann, den ich kannte. Seine größte Errungenschaft im Leben war es, das Vermögen seiner Eltern zu erben und es gut zu investieren. Dabei hatte er zwar ein glückliches Händchen bewiesen, brachte aber ansonsten keinerlei Geschäftssinn mit.

Ich nickte, ging zum Konferenztisch und klemmte mir die Entwürfe des Architekten unter den Arm.

»Na dann, ich kann es kaum erwarten«, behauptete ich sarkastisch und verließ mein Büro dicht gefolgt von Trevor.

»Gentlemen«, begrüßte ich die sechs anwesenden Männer knapp, als ich den Raum betrat. Ihre Gespräche verstummten und alle Blicke richteten sich auf mich, während ich mich für den Platz am hohen Ende des Konferenztisches entschied.

Trevor ließ sich auf einem freien Stuhl an der Längsseite nieder.

»Reed«, grüßte Lucius mich mit einem knappen Nicken. Er saß mir gegenüber und hatte sich weit in seinem Stuhl zurückgelehnt und die Hände über dem fülligen Bauch verschränkt. Neben ihm stand ein aufgeklappter Laptop, auf dem eine Videokonferenz mit Kidd und Manning lief. Der Bildschirm war diagonal geteilt und zeigte ihre Gesichter leicht verzerrt.

Ich musterte die Männer, denen seit meinem Börsengang vor vier Jahren dreißig Prozent meines Unternehmens gehörten. Durch ihr Stimmrecht und ihre Anteile an meiner Firma besaßen sie mehr Macht über mich, als mir lieb war.

Ich sah mich mit einer gerunzelten Stirn nach der anderen konfrontiert. Sorgenvoll zusammengezogene Augenbrauen drückten ihre Zweifel an mir aus. Harold Benfield, ein Mann mit schütterem schwarzem Haar und einer markanten Nase, war der Jüngste der Aktionäre und dennoch doppelt so alt wie ich.

Im Vergleich zu mir waren diese Männer Urgesteine. Dinosaurier. In ihren Augen war ich ein unerfahrener Jüngling, und das ließen sie mich gern spüren.

»Was haben Sie zu der Demonstration zu sagen, Reed?«, begann Lucius das Gespräch und sah mich erwartungsvoll an.

Ich setzte mich aufrecht hin und achtete darauf, dass meine Stimme ruhig blieb. »Wie mir zugetragen wurde, stellt sich die Gruppe gegen das Queens-Projekt«, gab ich die wenigen

Informationen weiter, die ich hatte. »Einem Facebook-Eintrag zufolge planen sie im kommenden Monat jeden Tag vor unserer Firma zu protestieren. Ihre genauen Beweggründe sind uns noch nicht bekannt.«

Lucius schnaubte abfällig. »Wie kann es sein, dass diese Leute vor Ihrer Firma stehen und Sie keine Ahnung haben, weshalb? Müssten Sie nicht längst alles über ihre Motive herausgefunden haben?«

Zustimmung suchend, sah er sich in der Runde um. Das war typisch Lucius Doyle. Er versuchte die anderen Aktionäre gegen mich aufzubringen. Ich glaubte nicht einmal, dass es an mir persönlich lag. Er stiftete bloß Unruhe und mochte es, sich selbst wichtig zu machen. Leider gehörten ihm allein bereits neun Prozent, weswegen ich wenig bis gar nichts gegen ihn ausrichten konnte. Ich rang mir ein Lächeln ab und ging nicht auf seine Provokation ein.

»Da der Vorfall sich erst vor wenigen Minuten ereignet hat, war es uns nicht möglich, Genaueres herauszufinden. Mir erschien es wichtiger, zunächst mit Ihnen zu sprechen, um Sie zu beruhigen. Sie müssen sich keine Sorgen machen. Ich werde mich um die Angelegenheit kümmern.«

Doyle schüttelte ungläubig den Kopf. Ich ignorierte ihn und konzentrierte mich stattdessen auf Peter Kidds Frage, die aus den Lautsprechern des Laptops tönte.

»Und wie gedenken Sie das zu tun?«, wollte er wissen. Sein Gesicht sah aus wie ein großer roter Ball. Offensichtlich vertrug seine Haut den Aufenthalt in der sonnigen Karibik nicht. »Wenn etwas davon zur Presse durchdringt, könnte das für Schwierigkeiten sorgen.«

»Das wird es nicht. Ich werde meine Mitarbeiter noch heute darauf ansetzen, mehr über die Demonstration herauszufinden. Irgendjemand muss sie organisiert und alles in die Wege geleitet haben. Mit dieser Person werden wir uns auseinandersetzen.« Wie dieses *Auseinandersetzen* aussehen sollte, ließ ich offen. »Doch nun möchte ich diese unerwartete Zusammenkunft gern nutzen, um Sie über die Fortschritte des Queens-Projektes zu informieren.«

In einigen Gesichtern las ich Zweifel, aber ich hatte gesagt, was sie hören wollten. Mehr konnte ich derzeit nicht tun, das wussten sie genauso gut wie ich. Was dieses Notfallmeeting in meinen Augen noch lächerlicher machte. Es war ein klares Zeichen dafür, dass sie mir nicht zutrauten, die Firma auch in stürmischen Zeiten zu leiten und vor Schaden zu bewahren. Typisch für alte reiche Männer, die ihr Leben bereits hinter sich hatten und auf die Erfolge ihrer Vergangenheit zurückschauten. Für sie würde nicht mehr viel kommen. Keine großen Errungenschaften. Ich hingegen hatte alles vor mir. Außerdem war ich erfolgreicher, als sie es mit Anfang dreißig gewesen waren. Etwas, das besonders Doyle übel aufstieß.

Im Raum wurde zustimmendes Gemurmel laut. Nur Doyle schüttelte leicht den Kopf, aber die Neugier der anderen überwog. Selbstsicher stand ich auf, griff nach den Entwürfen des Architekten, die ich neben mir am Tischbein abgestellt hatte und befestigte sie an der Magnetwand hinter mir, von wo aus sie alle gut sehen konnten.

Außer mir hatte bisher niemand den fertigen Entwurf zu Gesicht bekommen. Seit sechs Monaten arbeitete ich gemeinsam mit unserem Architekten daran, ihn zu perfektionieren. Zwar bekamen die Aktionäre regelmäßige Infos per Mail, aber dabei ging es mehr um Statusupdates. Für Detailfragen wurden für gewöhnlich Meetings einberufen.

»Meine Herren«, sagte ich feierlich. »Vor sich sehen Sie die finale Version des Queens-Projekts.«

Vor einem Jahr hatte ich einen heruntergekommenen Wohnkomplex samt Grundstück in Queens erworben. Derzeit lebten die alten Mieter noch in den Wohnungen, aber schon bald würden wir mit der Bauphase beginnen. Im Klartext bedeutete das, dass in einem Monat alle ausgezogen sein mussten, denn dann kamen die Abrissbirnen und machten alles dem Erdboden gleich. Altes musste weichen, damit Neues entstehen konnte. Ich hatte mir den Komplex vor Ort angeschaut und über die Ausrichtung der Gebäude nur den Kopf geschüttelt. So viel verschwendeter Platz. Im Zeitraum von einem Jahr würden dort sechs Mehrfamilienhäuser mit je neun Stockwerken entstehen.

»Auf über achtzigtausend Quadratmetern werden die sechs Gebäude leicht versetzt zueinander angeordnet sein«, erklärte ich und fuhr mit dem Finger die Linien auf dem Papier nach. »Auf insgesamt neun Stockwerken wird jedes davon am Ende über vierundzwanzig Wohnungen und ein Penthouse verfügen.«

Ich sah bereits, wie ihre Hirne ratterten und rauchten, um diese Information in Dollarscheine umzuwandeln. Was für mich zählte, war, dass dieses Projekt *Reed Davis Constructions* auf ein neues Level heben würde. Der Stil der Anlage sollte minimalistisch und funktional werden. Modern, mit klaren Linien und gedeckten Farben. »Der Komplex bietet außerdem genug Platz für Parkplätze und Fahrradstellplätze sowie einige Gewerbeflächen in den Erdgeschossen der Gebäude.«

Die nächste U-Bahn-Station war gerade einmal zwei Gehminuten entfernt und bot einen guten Anschluss an die City. Unsere Hauptzielgruppe waren gutverdienende Pendler, die in Manhattan arbeiten und in Queens wohnen würden. Denn nach und nach mussten selbst die Gutverdienenden von der Insel weichen. Der Wohnraum wurde knapper und mehr Menschen sahen sich in weiter entfernt gelegenen Stadtteilen um, wo sie für ihr Geld einen größeren Luxus erhielten. So wie bei uns. Alle Apartments würden über die neuesten Standards verfügen. Fußbodenheizung, elektrische Rollläden, große Fenster, einen Portier, ebenerdige Duschen und Eckbadewannen mit Whirlpool-Funktion. Was das Herz begehrte.

Das Projekt war eine sichere Sache. Ich rechnete damit, dass wir achtzig Prozent der Wohnungen bereits während der Bauphase verkaufen könnten.

Ich richtete mich wieder an die Männer. »Die Wohnungen werden ausschließlich zum Verkauf angeboten. Sobald der erste Spatenstich gemacht wurde, können wir anfangen mit Interessenten zu sprechen.«

Ein Musterkatalog mit Skizzen und 3D-Nachbildungen der Wohnungen war bereits in Auftrag gegeben. Auf dreißig

Seiten Hochglanzpapier würde man in ein paar Tagen alle Vorzüge der Wohnsiedlung bestaunen können.

Die Augen der Aktionäre leuchteten. Wenn wir das Projekt erfolgreich abschlossen und die Wohnungen verkauften, bedeutete das für sie nicht nur eine höhere Gewinnausschüttung, sondern auch einen Anstieg des Aktienwertes. Wir alle würden davon profitieren. Sie hatten mich gerufen, weil sie Zweifel hegten wegen einer unbedeutenden Demonstration, doch ich kannte die Männer vor mir gut genug, um zu wissen, mit welchen Argumenten ich sie wieder auf meine Seite holte.

In dieser Phase war es wichtig, dass keiner von uns den Fokus verlor. Die Wohnsiedlung musste weichen. Spätestens in einem Monat wollte ich die Abrissbirne sehen. Denn wenn der Winter kam und die Bauarbeiten stillstanden, sollte zumindest das Fundament der neuen Häuser stehen, damit es über die kalten Monate trocknen konnte. Im Frühling würde dann mit Hochdruck daran weitergearbeitet werden, sodass die ersten Wohnungen spätestens gegen Mitte des nächsten Jahres bezugsfertig waren.

Zufrieden faltete ich die Hände hinter dem Rücken und ließ den Blick mit einem kalkulierenden Lächeln über die Zuhörer gleiten. »Irgendwelche Fragen, meine Herren?«

Ich wusste, dass jetzt keiner mehr über die Demonstranten würde reden wollen und behielt recht. Der Zeitpunkt, ihnen die Entwürfe zu zeigen, war gut gewählt gewesen. Alles, was sie interessierte, waren die potenziellen Gewinne, die wir mit dem Verkauf der Wohnungen einfahren würden.

Spekulationen wurden in den Raum geworfen, Ideen ausgetauscht, und als wir das Meeting nach einer halben Stunde beendeten, dachte keiner von ihnen mehr an die dreißig Idioten, die vor unseren Toren kampierten.

»Schlauer Schachzug«, raunte Trevor mir zu, der neben mir als Letzter den Konferenzraum verließ. »Dein Ablenkungsmanöver hat gut funktioniert.«

»Du musst nur wissen, mit wem du es zu tun hast, dann ist es leicht, sie zu kontrollieren«, gab ich gelassen zurück.

»Kontrollieren oder manipulieren?«, fragte Trevor und sah mich mit hochgezogener Augenbraue an.

Ich schnaubte belustigt, weil ich wusste, was er damit andeuten wollte.

»Was spielt die Methode für eine Rolle, solange sie funktioniert?«, antwortete ich mit einer Gegenfrage und rief den Aufzug.

»Und die Demonstranten?«, bohrte Trevor weiter. »Wann willst du dich um die kümmern?«

»Später.«

Gemeinsam stiegen wir in den Aufzug, dessen Türen sich in dem Moment mit einem lauten Pling öffneten. Ich wählte das dreißigste Stockwerk aus. Es war noch früh und ich wollte den Rest des Morgens nutzen, um weiterzuarbeiten.

»Wann später?«, bohrte Trevor nach und wandte sich mir zu. »Reed, du solltest das nicht auf die leichte Schulter nehmen. Diese Leute können zu einem Problem für uns werden.«

Ich schmunzelte über die Panik, die er wegen dreißig

unorganisierten Demonstranten hatte. Ein paar handbeschriftete Plakate würden nicht dafür sorgen, dass ich meine innere Ruhe verlor.

»Ich gebe Sara den Auftrag, Nachforschungen anzustellen. Wenn sie etwas herausgefunden hat, kümmere ich mich um den Verantwortlichen. Bis dahin sehe ich keinen Grund zur Sorge.«

Es war nicht anzunehmen, dass sich die Demonstration so schnell zu etwas Bedrohlichem entwickeln würde. Ohnehin glaubte ich kaum, dass sie den Monat durchhielt. Mit etwas Glück würde sich das Problem von allein lösen.

Kapitel -3-

Cosima

Einen zweiten Kaffee und eine langweilige U-Bahn-Fahrt später stieg ich im Financial District aus und kämpfte mich zurück ans Tageslicht. Dann zog ich mein Handy aus der Tasche und las nochmal die Nachricht, die ich über Facebook erhalten hatte.

Die Antwort auf meinen Beitrag war unglaublich schnell gekommen. Ein Typ namens Phil hatte mich begrüßt und geschrieben, dass heute eine Demonstration gegen den Abriss einer Wohnsiedlung stattfand. Phil hatte die Veranstaltung organisiert, die direkt vor der Tür der Baufirma *RDC* stattfinden sollte. In nur einem Monat schon wollte der Geschäftsführer mit dem Abriss beginnen, wodurch laut Phil viele Menschen ihr Zuhause verlieren würden und nicht genug Zeit hatten, um eine neue Bleibe zu finden. Es war ein typischer Fall, in dem Profit über das Schicksal von Betroffenen gestellt wurde, und für mich war schnell klar, dass ich mich beteiligen würde. Im Anschluss, so Phil, würden er und ein paar Freunde in einer Techno-Bar etwas trinken gehen. Es war die perfekte Gelegenheit, um Leute kennenzulernen und sich gleichzeitig an einer guten Sache zu beteiligen.

Jetzt tippte ich die Adresse in mein Handynavi ein und folgte der Route, die mir vorgeschlagen wurde. Ich lief langsam und musterte beim Gehen meine Umgebung. Hohe Wolkenkratzer schimmerten im Sonnenlicht. Auf den Straßen war verdammt viel los, und ich war die Einzige, die ein gemächliches Tempo anschlug. Alle anderen hasteten an mir vorbei und konnten gar nicht schnell genug vorankommen. Belustigt stellte ich fest, dass ich zu den wenigen gehörte, die nicht im Anzug oder Businesskostüm durch die Gegend rannte. Ich hatte mich für schwarze Jeansshorts entschieden, die das Dornenranken-Tattoo auf meinem Oberschenkel freilegten und sie mit einem blauen Hemd mit schwarzen Punkten kombiniert. Aus meinen Boots schauten neongelbe Socken hervor. Damit fiel ich in dieser Umgebung sofort ins Auge.

Hierher kamen die Leute wirklich nur zum Arbeiten. Jane und Charly hätten sich nahtlos in die graue Masse eingefügt. Ob ihre Firmen in der Nähe waren? Ich hatte vergessen, sie zu fragen, wo sie hinmussten.

Bei dem Gedanken daran, was sie zu meiner heutigen Aktion sagen würden, musste ich schmunzeln. Vermutlich hätten sie mich damit aufgezogen, dass ich ständig gegen irgendwas demonstrieren musste, aber ich setzte mich gern für wichtige Angelegenheiten und weniger Begünstigte ein. Außerdem war es ein Privileg, dass wir auf die Straße gehen und unsere Meinung verteidigen durften, und ich hielt es für wichtig, von diesem Recht Gebrauch zu machen.

Nach wenigen Gehminuten erreichte ich mein Ziel. Vor einem schwindelerregend hohen Gebäude mit glänzender Fensterfront hatte sich eine kleine Gruppe Menschen versammelt. Einige standen, andere saßen im Schneidersitz auf dem Boden oder einem kleinen Mauervorsprung. Manche von ihnen hielten Plakate in der Hand, andere hatten ihre in Blumenkübel gesteckt, damit sie die Hände frei hatten. Im Hintergrund lief leise Reggae-Musik. Ähnlich wie ich waren die Leute in bunten Farben gekleidet und bildeten einen starken Kontrast zu der eintönigen Umgebung.

Mit einem Lächeln überquerte ich die Straße, steuerte auf die Gruppe zu und hielt Ausschau nach Phil. Ich hatte sein Facebook-Profil kurz gecheckt und müsste ihn erkennen. Kaum, dass ich in Sichtweite war, löste sich auch schon ein Kerl mit wirren dunkelblonden Locken aus der Menge. Er trug Leinenshorts und ein grünes Shirt. Als er auf mich zukam, strahlten seine blauen Augen. »Hey, du musst Cosima sein«, begrüßte er mich und zog mich in eine Umarmung. »Ich bin Phil. Wir haben geschrieben.«

Positiv überrascht erwiderte ich seine Begrüßung. Phil war das reinste Energiebündel. Das erkannte man sofort. Er legte mir einen Arm um die Schultern, als würden wir uns schon ewig kennen und zog mich mit sich. Als wir eine kleine Gruppe aus drei Leuten erreichten, rief er: »Seht mal her, das ist Cosima. Sie ist neu in New York und schließt sich uns heute an.«

»Hi«, grüßte ich und reichte jedem der drei die Hand. Der junge Mann mit den Dreadlocks stellte sich mir als Chuck vor. Die beiden Mädels, die neben ihm saßen, waren Lynn und Samra. Sie rückten ein Stück zusammen, damit ich mich zu ihnen setzen konnte und drückten mir einen Mehrwegbecher in die Hand. »Selbstgemachte Limo«, erklärte Samra und drehte ihr kräftiges schwarzes Haar im Nacken zusammen.

Sie trug einen geblümten Overall, dessen kräftige Farben wundervoll zu ihrer gebräunten Haut passten.

»Danke«, sagte ich, nahm einen Schluck und ließ den Blick schweifen. Alle wirkten entspannt. Lynn hatte sich an Chuck gelehnt, der in einer Zeitschrift blätterte, ihre Augen waren geschlossen und sie reckte das Gesicht den letzten Sonnenstrahlen des Jahres entgegen. Keiner behandelte mich, als wäre ich gerade neu dazugekommen. Ich konnte mich nahtlos in die Gruppe einfügen.

»Deine Nachricht war übrigens ziemlich cool«, begann Phil ein Gespräch und setzte sich neben mich. »Einfach in eine Gruppe zu schreiben, um Leute kennenzulernen. Gefällt mir.«

Ich grinste. »So ist es am einfachsten.«

Phil lachte und fuhr sich mit einer Hand durch sein halblanges Haar. »Das stimmt wohl. Samra habe ich übrigens auf ähnliche Weise kennengelernt. Sie ist seit einem halben Jahr in New York und hat uns auf eine Demo für Gleichberechtigung im Beruf begleitet.«

»Klingt interessant. Und heute geht es um den Abriss einer Wohnsiedlung, hast du geschrieben. Ich würde gern mehr darüber erfahren. Wie kamt ihr darauf?«

Phil seufzte und lehnte sich zurück. Er lag halb auf die Ellbogen gestützt auf dem Mauervorsprung und sah mal zu mir, dann wieder zum Gebäude, das seinen langen Schatten über den Platz warf.

»Die Wohnsiedlung, um die es geht, ist sehr alt. Darin steckt eine Menge Geschichte. Als Kind habe ich dort gelebt. Mein Freundeskreis befand sich auf diesem Wohnkomplex.

Irgendwann sind wir nach Brooklyn gezogen, aber ich habe die Zeit dort nie vergessen. Als ich erfahren habe, dass sie abgerissen werden soll, wusste ich, dass ich etwas dagegen unternehmen muss.«

Ich nickte verständnisvoll. »Private Beweggründe also?«, fragte ich. Oft waren es persönliche Motive, die in einem Menschen den Wunsch weckten, etwas in der Welt zu verändern. Phil schüttelte leicht den Kopf. »Weißt du, es geht um mehr als nur um die Wohnsiedlung. Es geht um das Prinzip. *Reed Davis Constructions* reißt ein Gebäude ab und wirft Menschen aus ihrem Zuhause, um Millionen zu erwirtschaften. Irgendwer muss gegen eine solche Art von unmoralischem und ethisch nicht korrektem Verhalten vorgehen. Deswegen haben wir angekündigt, dass wir den Monat über vor den Türen des Unternehmens stehen und demonstrieren werden. Damit unsere kapitalistische Gesellschaft wachgerüttelt wird.«

»Oh, okay. Das klingt klasse«, sagte ich und ließ mir nicht anmerken, was ich wirklich dachte. Nicht, dass ich Phil nicht verstehen konnte. Und ich war überzeugt, dass es sich um eine gute Sache handelte. Aber ich befürchtete, dass seine Worte über Kapitalismus keine große Begeisterung hervorrufen würden. Für einen Laien konnten sie fast schon erschreckend klingen. Viel zu sehr nach *Wir müssen unseren Lebensstil radikal ändern.* Leider wollten die meisten genau das nicht hören. Wenn man Menschen für etwas begeistern wollte, musste man ihnen auf menschlicher Ebene begegnen. Worte finden, die etwas in ihnen berührten. Ängste,

Hoffnung, Mitleid.

Allerdings wusste ich nicht, wie und ob ich es Phil gegenüber erwähnen sollte. Ich hätte ihm gern den ein oder anderen Tipp gegeben, denn ich hatte den Eindruck, dass ihm diese Wohnsiedlung am Herzen lag. Aber würde er meine Hilfe annehmen? Ich wollte nicht unhöflich sein und ihn vor den Kopf stoßen, schließlich kannten wir uns erst seit fünf Minuten und ich war heute nur dank seiner Einladung hier. Ich beschloss, meine Meinung vorerst für mich zu behalten, bis Phil und ich einen besseren Draht zueinander hatten. Schließlich plante er, den ganzen Monat hier zu stehen, somit würden sich ausreichend Gelegenheiten ergeben, mit ihm zu reden.

Phil öffnete den Mund, um etwas zu sagen, als vom anderen Ende des Platzes ein junger Mann, der ebenfalls zu den Demonstranten gehörte, seinen Namen rief.

»Entschuldige mich kurz«, bat er und ging. Ich rückte ein Stück näher zu Samra und beschloss, mich mit ihr zu unterhalten. Sie sah exotisch aus, was sofort meine Neugier weckte.

»Du bist also auch noch nicht lange hier?«, fragte ich. »War es leicht, sich einzuleben?«

Samra schüttelte den Kopf, wobei sich der Haarknoten in ihrem Nacken löste. »Oh nein, ich glaube, dass ich mich bis heute nicht richtig eingelebt habe. Die Stadt ist riesig und ich komme ursprünglich aus einem kleinen Ort in Oregon, wo jeder jeden kennt. Hier weiß ich nicht einmal, wie meine Nachbarn heißen.«

»Oregon? Wahnsinn. Dann hast du quasi das Land durchquert.«

Sie lachte glockenhell und ihre gelassene Stimmung übertrug sich schnell auf mich. »So ungefähr. Haben deine vielen Armbänder eine Bedeutung?«, fragte Samra interessiert und deutete auf die bunten Bänder, die ich um mein Handgelenk trug. Sie verdeckten das kleine Steuerrad, das ich mir dorthin hatte tätowieren lassen. Ursprünglich wollte ich aus jedem Land ein Armband mitnehmen, aber bei neunundvierzig Reisezielen hätte ich jetzt einen Gips. Also hatten es nur meine absoluten Favoriten geschafft.

Ich deutete mit einem Finger auf das erste Armband. »Das hier habe ich vom Souk in Marrakesch. Und dieses aus einem kleinen Bergdorf in der Türkei. Die beiden grünroten trage ich seit drei Jahren, deswegen sehen sie so ausgeblichen aus. Ich habe sie aus Moskau und Kaliningrad. Und …«, ich wollte gerade weitermachen, da eilte Phil hektisch auf uns zu.

»Sie kommen«, rief er aufgeregt und winkte uns herbei. Plötzlich hatten alle ihre Plakate in der Hand. Die achtlos beiseite geworfenen Bettlaken wurden aufgehoben und straffgezogen, sodass der Schriftzug darauf lesbar war.

»Wer kommt?«, richtete ich mich an Samra.

»Der Geschäftsführer und seine Großaktionäre. Sie sind vor zwei Stunden für ein Meeting hergekommen. Ich glaube, dass unsere Demonstration sie nervös macht. Komm, wir gehen näher ran. Später musst du mir unbedingt von deinen Reisen erzählen.«

Sie zog mich vorbei an den wenigen Leuten, die uns die

Sicht versperrten, bis wir in der ersten Reihe angekommen waren. Direkt neben Phil, der laut »Ein Ende dem Kapitalismus!« rief. Wie ich es befürchtet hatte, war das kein Slogan, der große Begeisterung weckte. Nur wenige stimmten mit ein.

In diesem Moment kam eine Ansammlung von Männern aus dem Gebäude. Gleichzeitig fuhren ein paar Luxusschlitten vor. Eindeutig, um die weißköpfigen Anzugträger abzuholen. Beim Anblick der Männer schüttelte es mich. Mein eigener Vater hätte sich perfekt in dieses langweilige Bild eingefügt. Dann jedoch fiel mein Blick auf den Mann, der als letztes aus dem Gebäude trat.

Er hatte kurzes schwarzes Haar, und anders als die Grauschöpfe ging er mit einer geraden Körperhaltung, die so autoritär und unbeirrbar war, dass außer Frage stand, wie wenig er sich für die Demo interessierte, die sich vor seiner Nase ereignete. Ohne es zu wollen, war ich beeindruckt von seiner Ausstrahlung. Er war groß, breit gebaut und verdammt attraktiv.

»Das ist Reed Davis«, erklärte Samra mir. »Gründer und Geschäftsführer von *RDC*.«

Wieso mussten die Bösen immer so gut aussehen? Aber das war typisch für mich. Während in meiner Kindheit alle auf Harry Potter gestanden hatten, hatte ich für Draco Malfoy geschwärmt.

»Du meinst Egoist und machthungriger Mistkerl. Er beachtet uns nicht einmal«, fluchte Phil wütend. Ich konnte seinen Frust verstehen. Besorgt sah ich mich um. Bei so wenig

Aufmerksamkeit würde Phil Schwierigkeiten haben, die Anwesenden morgen erneut zu versammeln.

Nervös auf meiner Unterlippe kauend, überlegte ich, ob ich Phil nicht doch sagen sollte, dass sein Slogan verbesserungswürdig war. Vielleicht würde er sich nicht angegriffen fühlen, sondern wäre dankbar für meinen Rat.

Meine Grübeleien wurden unterbrochen, als Phil mir mit den Worten »Hier, halt mal« etwas in die Hand drückte. Ich blickte auf den Gegenstand und erkannte einen grauen Eierkarton. Er war aufgeklappt und in einer Reihe fehlte ein Ei. Verwirrt sah ich Phil an.

»Was soll das bitte werden?«, kam Samra mir zuvor. Statt zu antworten, visierte Phil konzentriert sein Ziel an, holte aus und schleuderte das Ei in Richtung der Männer, die sich wenige Meter von uns entfernt vor dem Eingang versammelt hatten. Mit offenem Mund verfolgte ich die Flugbahn und hielt die Luft an.

Bitte lass ihn nicht treffen. Bitte lass ihn nicht treffen. Bitte lass ihn nicht treffen.

Er traf.

In Zeitlupe, wie es mir vorkam, klatschte das Ei auf Reed Davis Brustkorb. Obwohl es unmöglich war, glaubte ich, das Geräusch der berstenden Schale zu hören. Für einen kurzen Moment schien die Zeit nur zäh weiterzulaufen. Ich konnte beobachten, wie sich das glibberige Eiweiß auf Reeds schwarzem Anzug verteilte. Spuren von Gelb mischten sich darunter und zogen eine lange Bahn auf dem Stoff. Als ich in sein Gesicht sah, merkte ich, dass sein Blick sich tief in meinen bohrte. Er versprach Rache.

Ich unterbrach den Augenkontakt mit ihm und sah zu der Eierpackung, die ich in der Hand hielt. Dann ging alles sehr schnell. Ich spürte Hände auf meinen Schultern, hörte Gratulationen, und mir wurde schlagartig klar, dass es für Außenstehende so aussehen musste, als hätte ich das erste Ei geworfen. Laute Jubelrufe ertönten von unserer Seite, weitere Eier wurden ausgepackt und geworfen, während die Vorstandsmitglieder sich in ihre E-Klassen flüchteten.

Schockiert sah ich wieder zu Reed. Er bewegte sich langsam auf einen anthrazitfarbenen Sportwagen zu, ohne den Blick von mir abzuwenden. Während die anderen Vorstandsmitglieder panisch waren, blieb er gelassen und schien immun gegen weitere Treffer zu sein. Ich musste seine Gedanken nicht kennen, um zu wissen, dass er die Sache nicht einfach so auf sich beruhen lassen würde.

»Oh, fuck!«, hauchte ich und wusste, dass ich in verdammt großen Schwierigkeiten steckte. Suchend sah ich mich nach Phil um, entdeckte ihn aber nirgends. Er stand nicht mehr neben mir. Ebenso wenig wie Samra. Stattdessen versammelten sich Dutzende Fremde um mich, zogen mich in Umarmungen.

»Das war der Hammer«, rief ein Kerl mit Sonnenbrille und boxte mir spielerisch gegen die Schulter.

»Du warst so mutig«, bewunderte mich eine junge Frau hinter ihm.

»Ich war das nicht. Ich habe das Ei nicht geworfen«, setzte ich zu einer Erklärung an, aber keiner hörte mir zu.

Kapitel -4-

Cosima

Noch eine schlaflose Nacht lag hinter mir, und wenn sich die Dinge weiterhin so entwickelten, würde es nicht die letzte bleiben. Stundenlang hatte ich mich hin und her gewälzt und über die Geschehnisse von gestern nachgedacht. Über den katastrophalsten Neuanfang, den man in einer Stadt haben konnte. Aber das war typisch für mich. Ich besaß ein unfehlbares Talent dafür, mich selbst in Schwierigkeiten zu bringen. Ich war bloß froh, dass Jane und Charly nichts mitbekommen hatten. Gestern Abend waren beide spät heimgekommen, ich hatte mich schlafend gestellt, und heute Morgen hatten sie das Haus früh verlassen. Ich könnte es nicht ertragen, die Enttäuschung in ihren Gesichtern zu sehen, wenn ich ihnen beichtete, wie phänomenal ich meinen Neuanfang in den Sand gesetzt hatte.

Erschöpft und mit pochendem Schädel richtete ich mich auf dem Sofa auf und griff nach meinem Handy, um zu sehen, ob Phil einen meiner Anrufe beantwortet hatte. Seit gestern ignorierte er mich. Weder auf Facebook noch über seine Handynummer hatte er reagiert. Auch heute waren keine neuen Nachrichten eingegangen. Ich stöhnte frustriert auf und zog mir die Decke über den Kopf. Was jetzt?

Ich wollte die Sache mit Phil klären, aber wenn er nicht ans Telefon ging, war das unmöglich. Zwar wusste ich, wo ich ihn finden würde, aber um mich zurück zu *RDC* zu kriegen, müsste man mich knebeln und fesseln.

Seufzend zog ich die Decke von meinem Gesicht und rieb mir über die Augen. Der Drang, mich wieder hinzulegen, war groß. Aber ich schaffte es, ihn zu unterdrücken. Stattdessen zwang ich mich, aufzustehen, die Füße auf den kalten Holzboden zu setzen und die Kaffeemaschine anzusteuern. Zu meinem Glück befand sich in der Kanne noch ein letzter Rest. Zwar kalt, aber das störte mich nicht. Koffein war Koffein. Ich musste wach werden und mir überlegen, wie ich meinen Arsch aus der Scheiße ziehen konnte.

Noch im Halbschlaf schlurfte ich zu einem der Küchenschränke, zog ihn auf und fand Zucker darin. Großzügig gab ich drei Löffel davon in meine Tasse, zögerte und entschied mich dann für einen vierten. In meinem Zustand brauchte ich jedes bisschen Extraenergie, das ich kriegen konnte.

Mit meinem Wachmacher in der Hand ließ ich mich auf einen der unbequemen Holzstühle sinken und sackte darauf zusammen. Ein Bein hatte ich angezogen und gegen die Tischplatte gedrückt. Mit geschlossenen Augen lehnte ich die Stirn gegen mein Knie, wobei ein Schluck von meinem Kaffee verschüttet wurde und auf den Boden tropfte. Es fiel mir leichter nachzudenken, wenn ich das Chaos aus Umzugskartons um mich herum ausblenden konnte.

Ich musste mir überlegen, wie es weitergehen sollte und wie ich dieses Missverständnis aufklären konnte. Wobei … *musste* ich das wirklich?

Niemand bei *RDC* wusste, wer ich war. Keiner kannte meinen Namen. Und selbst von den Demonstranten wusste nur Phil, wie er mich kontaktieren konnte, und der hatte sich offensichtlich dafür entschieden, mich zu ignorieren. Wenn ich die Füße stillhielt und nichts tat, würde sich das Problem von allein lösen. Ich musste mich bloß vom Financial District und allem, was mit der Demo zu tun hatte, fernhalten. Reed Davis kannte zwar mein Gesicht, jedoch weder meinen Namen noch meine Adresse. Und wie groß war die Wahrscheinlichkeit, dass ich ihm in einer riesigen Stadt wie New York zufällig über den Weg lief? Wir bewegten uns in völlig unterschiedlichen Kreisen.

Wenn ich mich bedeckt hielt, würde die Sache keine Konsequenzen haben. Niemand konnte mich zwingen, wieder dorthin zu gehen, und solange ich das nicht tat, war ich von der Bildfläche verschwunden.

Lächelnd hob ich den Kopf und atmete erleichtert aus. Deutlich gelassener nahm ich einen großen Schluck von meinem Kaffee, dann schlenderte ich zu Fenster, öffnete es und lehnte mich gemütlich gegen den Rahmen. Straßenlärm und Stimmengewirr wehten an mein Ohr. Ich genoss die zarten Sonnenstrahlen auf meiner Haut und entschied, dass ich den gestrigen Tag aus meinem Gedächtnis streichen würde. Niemand musste erfahren, was vor dem Gebäude von *RDC* geschehen war, und auch ich könnte so tun, als wäre das alles nicht passiert.

Der helle Ton meines Handys, der eine neue Benachrichtigung ankündigte, riss mich aus meinen Gedanken. Sofort rannte ich zum Sofa und entsperrte das Display. Vielleicht war es Phil, der sich bei mir entschuldigen wollte.

War es nicht …

***

Reed

Ich konnte von Glück reden, dass es bei den Zeitungen viele Leute gab, die mir einen Gefallen schuldeten. Und noch mehr, die sich durch eine kleine finanzielle Aufmerksamkeit bestechen ließen. So ließ sich verhindern, dass die Sache in der Presse breitgetreten wurde. Aber trotz all meiner Bemühungen berichteten zwei kleine unabhängige Onlinemagazine darüber. Anders als die meisten in ihrer Branche gehörten sie keinem großen Verlag an, weswegen sie sich meiner Kontrolle entzogen. In den sozialen Medien schlug der Vorfall ebenfalls höhere Wellen, als mir lieb war. Nicht auf öffentlichen Seiten, aber auf privaten Nutzerprofilen. In den letzten fünfzehn Stunden war *RDC* unter mehr Beiträgen und Kommentaren markiert worden als im gesamten vorherigen Monat.

Dass der Vorfall sich ausgerechnet vor den Augen der Aktionäre ereignet hatte, war mehr als unglücklich gelaufen. Hätte ich sie vorher nicht mit den Aussichten auf hohe Gewinne heiß auf das Queens-Projekt gemacht, müsste ich nun fürchten, dass die ersten absprangen und ihre Aktien abstießen.

Einzig mein Versprechen, dass ich alles im Griff hatte und sich die Lage in ein paar Tagen entspannt hätte, konnte sie beruhigen. Jetzt hieß es Schadensbegrenzung betreiben und die Verantwortlichen zur Rechenschaft ziehen. Ich musste dafür sorgen, dass der Vorfall weiterhin aus der Presse herausgehalten wurde. Viel schwieriger würde es sich gestalten, zu verhindern, dass so etwas nochmal passierte. Nach dem Meeting mit den Aktionären hatte ich Sara zwar beauftragt, etwas über die Demonstration herauszufinden, aber danach war alles so schnell gegangen, dass ihr keine Zeit geblieben war, um zu handeln. Und nun war ich in Zugzwang geraten. Eine Situation, die ich stets zu vermeiden suchte.

Ruckartig erhob ich mich von meinem Schreibtisch und ging aufgebracht zum Fenster. Heute Morgen war die Menschenmenge deutlich größer gewesen als gestern. Mindestens die fünffache Anzahl hatte unsere Mitarbeiter mit Buhrufen begrüßt, als sie ins Büro kamen. Mich eingeschlossen. Stündlich kamen neue Anhänger dazu. Wie lange würde es dauern, bis meine Angestellten sich davon verunsichern ließen? So etwas konnte das Betriebsklima schnell schädigen.

Ich warf einen Blick auf meine Armbanduhr und fragte mich, wann Trevor auftauchen würde. Ich hatte ihn vor zehn Minuten angerufen und aufgefordert, herzukommen. Gerade, als ich ungeduldig wurde und zum Schreibtisch ging, um ihn nochmal anzurufen, klopfte es an meiner Bürotür.

»Herein«, bellte ich wütend, und eine verschreckte Sara steckte den Kopf durch den Türspalt. In den letzten Tagen hatte die Gute es nicht leicht mit mir gehabt.

»Mr. Johnson ist da«, kündigte sie Trevor an, und ich

bedeutete ihr mit einer Handbewegung, ihn reinzulassen.

»Kann ich Ihnen sonst noch etwas bringen?«, fragte Sara leise. »Kaffee oder Tee?«

»Nein, danke. Sie werden hier nicht mehr gebraucht«, wimmelte ich sie ab.

»Ich hoffe, die Reinigung bekommt deinen Anzug wieder hin«, begrüßte Trevor mich und grinste spitzbübisch von einem Ohr zum anderen. Er hatte das Gebäude gestern nicht mit uns verlassen, sondern war nach der Besprechung noch einmal in sein Büro gegangen. So hatte er Glück gehabt und war dem Angriff durch die Demonstranten entgangen.

»Spar dir deine Witze. Wir haben Wichtigeres zu tun«, wies ich ihn scharf zurecht, was seine Schadenfreude aber nicht schmälerte. Im Gegenteil.

»Ich habe dir gesagt, dass du die Sache nicht unterschätzen sollst.« Er freute sich sichtlich, mir das unter die Nase zu reiben, und ich verdrehte genervt die Augen.

»Spar dir das und sag mir lieber, wie wir die kleine Hippiebraut finden«, forderte ich ihn auf. Ich hatte sie bei meiner Ankunft heute Morgen nicht in der Menge der Demonstranten ausmachen können.

»Hast du der Security gesagt, dass sie draußen nach ihr suchen sollen?«, fragte Trevor ernster und trat ans Fenster. Ich stellte mich neben ihn und blickte auf die Menge hinab, durchkämmte sie mit meinen Augen, als könnte ich die Unbekannte dadurch finden. Es war unmöglich, sie auf diese Distanz zu erkennen, trotzdem war ich mir sicher, dass sie nicht unter den Versammelten war.

»Einer der Sicherheitsbeamten hat vorhin nach ihr gesucht, sie aber nicht gefunden«, erklärte ich. Ich hatte dem Mann eine detaillierte Beschreibung von ihr gegeben. Ich dachte an ihre vor Schreck geweiteten Augen zurück, als mein Blick sich in ihren gebohrt hatte. Sie war attraktiv, auf eine ungewöhnliche Weise. Mit ihren blauen Haarspitzen und der auffälligen Kleidung hätte sie mir nicht gefallen dürfen. Aber selbst ein hübsches Gesicht würde mich nicht vergessen lassen, was sie getan hatte. Ihr hatte ich den Schlamassel zu verdanken.

»Vielleicht versteckt sie sich«, warf Trevor in den Raum. Für die Unbekannte hoffte ich, dass er recht behielt. Denn wenn ich sie fand, steckte sie in großen Schwierigkeiten. Ich würde dafür sorgen, dass sie ihre Tat schneller bereute, als das Ei auf meinem Sakko zerborsten war.

»Wenn sie schlau ist, tut sie das«, erwiderte ich.

»Warum willst du sie überhaupt finden?«, fragte Trevor und sah mich neugierig an. »Brauchen wir sie unbedingt? Wir könnten die Polizei rufen und die Demonstranten in Handschellen abführen lassen. Immerhin haben sie mehr oder weniger Gewalt angewendet.«

Ich schüttelte den Kopf. »Das geht leider nicht.«

Wie schön, wenn es so einfach wäre. Aber das war es nicht.

Meine Kontakte zur Presse reichten zwar weit genug, um eine kindische Eierattacke unter den Tisch zu kehren, aber wenn wir über hundert Demonstranten in Handschellen abführen ließen, würde das für mehr Aufsehen sorgen, als mir lieb war. Zwar hatte ich die Wohnsiedlung legal erworben und eine Genehmigung für den Abriss und die Baupläne, aber aufgrund meiner Aktionäre musste ich vorsichtig sein. Wenn *RDC* für negative Schlagzeilen sorgte, würde unser Aktienkurs in den Keller sinken und dann wäre die Kacke so heftig am Dampfen, dass selbst meine Kontakte nicht mehr viel ausrichten konnten.

Nein, die Polizei war keine Option. Wenn ich diese Idioten loswerden wollte, musste ich sie von innen heraus zerstören, ohne großes Aufsehen. Und dafür brauchte ich ihre kleine Anführerin.

»Was wollen wir dann machen?«, erkundigte Trevor sich und wirkte aufrichtig besorgt.

»Finde diese Frau. Sie hat das in Gang gesetzt, also kann sie es auch beenden«, wies ich ihn scharf an. »Behalte Facebook, Twitter und Instagram im Blick. Irgendwo muss sie virtuelle Fußabdrücke hinterlassen haben. Schau dir die Beiträge der Demonstranten an. Finde heraus, ob sie in dieser Gruppe ist, ob sie irgendwas kommentiert hat. Meinetwegen gehe jeden einzelnen Like durch. Sie kann nicht spurlos verschwunden sein. Sobald du ein Lebenszeichen von ihr entdeckst, informierst du mich unverzüglich.«

Trevor wirkte entschlossen, als er sagte: »Ich mache mich sofort an die Arbeit. Wir finden sie.«

Er wollte gerade gehen, da hielt ich ihn am Arm zurück.

»Ich will, dass du diskret handelst. Sorge dafür, dass nichts davon nach außen dringt. Die Mitarbeiter sind schon verunsichert genug.«

Trevor nickte und verließ mein Büro. Ich wusste, dass auf

ihn Verlass war. Gemeinsam würden wir die Frau finden und dann würde ich dafür sorgen, dass sie ihren kleinen Spaß mit dem Ei bitter bereute.

***

Cosima

In dem Moment, in dem ich mein Handydisplay entsperrte und mir die Benachrichtigung der *Food Sharing New York* Gruppe ansah, zweifelte ich an so einigem. Meinem gesunden Menschenverstand, der Entscheidung, zu der Demonstration zu gehen, überhaupt nach New York gekommen zu sein und der Wahrscheinlichkeit, dass ich meinen nächsten Geburtstag erlebte. Denn Reed Davis würde mich vorher umbringen.

Mit zitternden Fingern öffnete ich den Link und wurde zu einem Artikel weitergeleitet, dessen Überschrift **Demonstration vor Reed Davis Constructions eskaliert** hieß.

Hastig überflog ich die Zeilen, wobei mein Entsetzen mit jedem Wort wuchs. Einer der Demonstranten musste mit der Presse gesprochen haben, und die hatte die Story mit dem Eierwurf gebracht. Angefügt war ein kleiner Bildausschnitt, auf dem man einen der Aktionäre sah, wie er sich mit seiner Aktentasche vor Wurfgeschossen schützte. Entsetzt schlug ich mir die Hand vor den Mund. Dieser Artikel kam einer Kriegserklärung an *RDC* gleich.

Doch das war nicht alles. Ich las den letzten Absatz des Artikels und atmete so heftig ein, dass ich mich an meiner eigenen Spucke verschluckte.

Cosima Meyer, die diese mutige Aktion ins Rollen gebracht hat, und ihre Freunde sind überzeugt, dass Reed Davis die Demonstration nicht länger ignorieren kann und hoffen, dass der junge CEO sich verhandlungsbereit zeigt.

Nicht. Deren. Ernst.

Ich hoffe höchstens darauf, dass der Erdboden sich auftat und mich verschluckte, oder dass ich gleich aufwachen und feststellen würde, dass das alles nur ein böser Traum gewesen war. Aber bestimmt nicht darauf, mit Reed Davis an einem Tisch zu sitzen und zu verhandeln.

Ich! Die Person, die am wenigsten mit dieser Demonstration zu tun hatte. Irgendein Idiot musste der Presse meinen vollen Namen gegeben haben und ich konnte mir denken, wer. Denn bis auf Phil kannte ihn keiner. Nur mit ihm hatte ich direkten Kontakt gehabt. Dieser ...! Ich stieß ein wütendes Geräusch aus, halb Knurren, halb Schrei und raufte mir die Haare. Das durfte doch alles nicht wahr sein. Da beschloss ich, mich aus der Sache rauszuhalten und dann das.

Ob ich wollte oder nicht, die Angelegenheit musste geklärt werden. Ich würde Phil damit konfrontieren, dass er mich als die Schuldige dastehen ließ. Damit servierte er mich Reed Davis auf dem Silbertablett und das würde ich nicht zulassen. Ich hatte nichts mit dem Ganzen zu tun. Es wurde Zeit, ein paar Missverständnisse aus der Welt zu schaffen.

Kapitel -5-

Cosima

Manchmal nimmt man sich Dinge vor, nur um dann festzustellen, dass sie von Anfang an zum Scheitern verurteilt waren. Wie beispielsweise der Vorsatz, nichts Süßes mehr zu essen. Oder jeden Morgen um fünf Uhr aufzustehen, damit man vor der Arbeit noch Joggen gehen konnte. Beides löbliche Vorhaben, aber auf Dauer nahezu unmöglich durchzusetzen. So ähnlich verhielt es sich mit meinem Entschluss, mich von *Reed Davis Constructions* fernzuhalten.

Ein weiterer Punkt, den ich meiner Liste von Dingen, an denen ich kläglich gescheitert war, hinzufügen konnte.

Gerade einmal vierundzwanzig Stunden waren seit meinem letzten Besuch hier vergangen. Zum zweiten Mal ging ich die breite Straße entlang, die mich auf direktem Weg zum *RDC* Hauptgebäude führen würde und überladen war mit Businessleuten, die allesamt aussahen, als würden sie zu spät kommen.

Wenn ich jemals einen Job haben sollte, bei dem ich um zehn Uhr morgens schon dermaßen gestresst aussah, würde ich ihn an den Nagel hängen. Ein großer Teil von mir, der, den meine Eltern mit ihren ständigen Schimpftiraden nicht hatten auslöschen können, glaubte nämlich daran, dass man einer Arbeit nachgehen konnte, die einen glücklich machte. Vielleicht musste man länger suchen, eventuell verdiente man weniger, aber es war machbar.

Meine Nervosität steigerte sich mit jedem Schritt, und als

ein paar Minuten später die schwindelerregend hohe Glasfront von *RDC* vor mir auftauchte und mir entgegenfunkelte, gipfelte sie in einem Höhepunkt, der mich fast panisch umkehren ließ. Gestern hatten gerade einmal dreißig Leute vor dem Gebäude gestanden und demonstriert. Heute war die Menge auf das Fünffache angewachsen. Plötzlich fiel mir das Atmen schwer.

Die Augen gegen die Sonne abgeschirmt, ließ ich den Blick über die riesige Menschenmenge vor dem gläsernen Hochhaus gleiten. Wie zum Teufel sollte ich Phil unter all den Leuten finden?

Als ich die Straße überquerte und auf die Masse zuhielt, wandten sich einige Köpfe in meine Richtung. Aufgeregtes Getuschel wurde ausgetauscht und mit Fingern auf mich gezeigt. Einige winkten mir begeistert zu. Anscheinend hatte der Artikel ordentlich die Runde gemacht.

Es zeigte sich schnell, dass meine Sorge um Phil unbegründet war. Ich musste ihn nicht suchen, denn er fand mich von allein.

»Cosima«, ertönte eine Stimme hinter mir. Als ich mich umdrehte, sah ich Phil, der sich durch die Menge quetschte, um zu mir zu gelangen. Er hob eine Hand, damit ich stehenblieb und wartete. Sein Outfit glich dem von gestern, doch statt des grünen Shirts trug er ein orangefarbenes. Die Leinenhose war dieselbe.

»Hi«, grüßte ich knapp. Als er mich in eine Umarmung ziehen wollte, wich ich einen Schritt zurück.

»Tut mir leid, dass ich dich nicht zurückgerufen habe«,

entschuldigte Phil sich. Allerdings wirkte er nicht im Geringsten so, als bedauerte er etwas. »Aber hier war die Hölle los. Seit der Aktion mit dem Ei haben sich über hundert Leute unserer Demo angeschlossen. Einfach unglaublich.«

»Ja, einfach unglaublich«, antwortete ich sarkastisch. »Hör mal, wir müssen über die Sache reden. Das ist dir klar, oder?«

Phil zuckte ahnungslos mit den Schultern. »Was willst du besprechen?«

Okay … Ich hatte mit einer anderen Reaktion gerechnet. Mit einem schlechten Gewissen oder etwas in der Art. Offensichtlich hatte ich mich getäuscht. Phil schien sich keiner Schuld bewusst zu sein.

»Darüber, dass du es hast aussehen lassen, als hätte ich das Ei geworfen«, versuchte ich ihn ruhig auf das Thema anzusprechen. »Du hättest die Sache aufklären müssen.«

»Was spielt es für eine Rolle, ob du das Ei geworfen hast oder ich?«, fragte er und zeigte euphorisch auf die Menge um uns herum. »Wichtig ist, dass wir die nötige Aufmerksamkeit für unsere Demonstration bekommen. Die Presse war auch schon da, Cosima. Kannst du das glauben?«

Oh ja, das konnte ich glauben.

»Hast du ihnen meinen Namen gegeben?«, fragte ich wütend und stemmte die Hände in die Hüfte.

Phil trat nervös von einem Bein auf das andere und wich meinem Blick aus. »Also ja«, beantwortete ich mir meine Frage selbst. Ich hatte es geahnt, aber die Bestätigung zu bekommen, versetzte mir trotzdem einen harten Schlag. »Warum hast du das gemacht?«

Phil fuhr sich mit der Hand durch die Haare und verzog das Gesicht. »Hör zu, es tut mir leid. Aber sieh doch nur, was wir alles erreicht haben. Wenn dazu ein Zeitungsartikel nötig war, dann ist das ein kleines Opfer, findest du nicht?« Er fasste mich an den Schultern und sah mich eindringlich an. »Cosima, die Leute feiern deine Aktion. Du bist für sie die Anführerin geworden. Die Sache jetzt klarzustellen, wäre, als würden wir unserem Boot den Wind aus den Segeln nehmen.«

»Willst du mich verarschen?«, fuhr ich ihn an. »Was für ein Wind? Du wirst allen die Wahrheit sagen, ansonsten tue ich es.«

Plötzlich wirkte er betroffen und kniff die Lippen zusammen, so als wollte er etwas sagen, war sich aber nicht sicher, ob er die Worte wirklich aussprechen sollte.

»Phil, es ist deine Demonstration. DU hast alles organisiert«, redete ich weiter wütend auf ihn ein. »Du kannst das alles nicht mir in die Schuhe schieben. Ich war nur zufällig hier und habe von allem gar keine Ahnung.«

»Nun, um die Wahrheit zu sagen …«, druckste Phil herum und rang mit den Händen. »Ich fürchte, ich kann es nicht richtigstellen.«

»Wie bitte?«, entfuhr es mir. »Was soll das heißen? Natürlich kannst du.«

Er schüttelte den Kopf. »Nein, das geht nicht.« Er sah mich bedauernd an und zuckte mit den Schultern, dann wandte er den Blick wieder ab. Ich spürte, wie die Wut in mir wuchs und ich mich nicht länger zurückhalten konnte. Der Kerl war unglaublich. Zuerst schob er mir alles in die Schuhe und dann weigerte er sich, die Wahrheit zu sagen.

»Hör mir gut zu, Phil«, rief ich zornig. »Du kannst es dir aussuchen. Entweder übernimmst du freiwillig die Verantwortung für deine Taten oder ich zwinge dich dazu. Ich gehe hier nicht weg, bevor deine Lüge aufgeklärt wurde.«

Nervös bedeutete Phil mir, leiser zu sprechen und fasste mich am Ellbogen, um mich ein Stück von der Menge wegzuziehen. Wütend riss ich mich los. »Entscheide dich«, zischte ich.

»Okay, hör zu«, sagte er und hob beschwichtigend die Hände. »Ich würde die Lüge wirklich gern zurücknehmen, aber ich kann nicht. Ich … ich habe ein paar Vorstrafen und wenn rauskommt, dass ich mir nur die kleinste Kleinigkeit zu Schulden habe kommen lassen, kriege ich richtige Probleme.«

Ich starrte ihn fassungslos an. »Was sagst du da?«

Phil fühlte sich sichtlich unwohl in seiner Haut. Er hatte die Schultern angezogen, seinen Oberkörper leicht gebeugt und sah sich um, ob uns jemand zuhörte.

»Du musst wissen, dass ich regelmäßig auf Demos gehe«, fuhr er fort. Die Arme vor der Brust verschränkt, hörte ich ihm zu. »Dabei habe ich das ein oder andere Mal eine Grenze überschritten. Nichts Großes«, fuhr er hektisch fort, als er meinen Blick sah. »Ich bin kein Krimineller oder so. Ich habe bloß einige Hauswände von Firmen eingesprüht und … und na ja, ein paar andere Kleinigkeiten.«

»Du machst Witze, oder?«, fragte ich fassungslos. Zwar beteiligte ich mich auch gern an Demos und setzte mich für wichtige Themen ein, dabei ging es aber friedlich zu. Alles andere war nicht mein Ding und Verständnis hatte ich dafür auch keins.

Phil schüttelte bedauernd den Kopf und sah auf seine Füße, als er weitersprach. »Ich habe eine Anzeige wegen Vandalismus bekommen und musste Sozialstunden leisten und eine Geldstrafe zahlen. Aber wenn sie mich nochmal mit einer solchen Aktion in Verbindung bringen …« Er ließ den Satz unbeendet. Ich stöhnte genervt auf und fuhr mir mit den Händen durch die Haare. Was für eine verkackte Situation. Was sollte ich jetzt nur machen?

»Bitte, Cosima«, flehte Phil, als er merkte, wie hin- und hergerissen ich war. »Du darfst mich nicht verraten, sonst belassen sie es dieses Mal vielleicht nicht bei einer Geldstrafe und schicken mich in den Knast.«

»Wegen einem Ei?«, fragte ich ungläubig. »Phil, niemand geht in den Knast, weil er ein Ei nach jemandem geworfen hat. Das ist doch lächerlich.«

»Ich will bloß auf Nummer sicher gehen«, sagte er leise, und ich wurde das Gefühl nicht los, dass Phil etwas verschwieg. Wenn er wegen des Vorfalls solche Angst hatte, musste er weit mehr auf dem Kerbholz haben als das Besprühen von Hauswänden.

»Ich kann aber nicht den Kopf für dich hinhalten«, stellte ich klar, obwohl sich bereits die ersten Zweifel in mir meldeten. Ich war einfach nicht der Typ, der jemanden verpfiff. Ich wusste selbst, wie dumm es war, denn im Endeffekt war es allein Phils Schuld. Dennoch fiel es mir schwer, ihn ans Messer zu liefern.

»Cosima, ich verlange nicht, dass du dich meinetwegen in Schwierigkeiten bringst«, fuhr Phil versöhnlich fort. »Aber dir schadet das Ganze nicht. Du hast keine Vorstrafen, oder? Und somit auch nichts zu befürchten. Für mich hängt allerdings eine Menge davon ab. Ich bitte dich lediglich, mich zu decken.«

Während er das sagte, sah er mich wie ein geprügelter Hund an. In seinen Augen konnte ich seine Angst deutlich erkennen und plötzlich hatte ich Mitleid mit Phil. Was für eine Idiotin ich doch war. Aber hatte er nicht irgendwie recht? Mir würde es nicht schaden. In ein paar Tagen wäre der Hype auf Facebook rum und die Leute hätten ein neues Thema, über das sie reden konnten. Und ich hätte eine gute Tat vollbracht und Phil den Arsch gerettet.

»Ich überlege es mir«, informierte ich ihn kühl, merkte aber, dass meine Wut abgeflaut war. Immerhin war Phil ehrlich zu mir gewesen und das respektierte ich. Obwohl ich seine Taten nicht nachvollziehen konnte.

»Komm, wir gehen zu den anderen und du beruhigst dich erstmal«, schlug er vor. »Samra hat wieder ihre selbstgemachte Limonade dabei.«

Er fasste mich am Arm und zog mich mit sich. Dieses Mal riss ich mich nicht los und ließ mich von ihm bis zu dem Mauervorsprung führen, bei dem wir das letzte Mal gesessen hatten. Samra erkannte ich schon von weitem. Sie trug einen neongelben Jumpsuit und stach ins Auge. Neben ihr saßen Lynn und Chuck. Die drei waren in ein Gespräch vertieft und sahen erst auf, als wir direkt vor ihnen standen und Phil rief: »Seht mal, wen ich gefunden habe.«

»Cosima«, begrüßte Samra mich lächelnd und sprang auf, um mich zu umarmen. »Wie geht es dir?«, fragte sie und bedeutete mir, mich neben sie auf die Mauer zu setzen. Im Nu hatte sie mir einen Mehrwegbecher in die Hand gedrückt. »Ganz schön viel Trubel, was?«

»Das kannst du laut sagen«, antwortete ich und nahm einen großen Schluck von der Limo. Ich wünschte, es wäre Vodka.

»Ja«, Samra nickte wissend. »Ich habe Phil schon gesagt, dass der Artikel in der Zeitung ein No-Go war. Aber er wollte nicht auf mich hören.«

Gerade, als ich ihr mitteilen wollte, dass Phil und ich das unter uns geklärt hatten, bahnte sich ein vollständig in Schwarz gekleideter Mann einen Weg durch die Menge. Er war so groß wie ein Kleiderschrank, weswegen mein Blick an ihm hängengeblieben war. Er suchte die Versammelten nach etwas oder jemandem ab und ein ungutes Gefühl breitete sich in meinem Bauch aus. An der linken Seite trug er ein Headset, dessen Kabel in seinem Hemd verschwand. So wie er aussah, war er ein Sicherheitsmitarbeiter.

Ich duckte mich leicht und schob mich weiter hinter Samra, aber zu spät. Seine Augen fanden mich, dann kam er langsam auf unsere Gruppe zu und blieb vor uns stehen.

»Cosima Meyer?«, beendete der Mann mein wortloses Starren.

Ich zog ernsthaft in Erwägung zu lügen. Oder so zu tun, als verstünde ich die Sprache nicht. Mit viel Fantasie konnte man sagen, dass meine Mandelaugen einen asiatischen Einfluss hatten. Bevor ich meine aberwitzige Idee in die Tat umsetzen konnte, zog der Mann ein Blatt Papier aus der Innentasche seines schwarzen Sakkos, entfaltete es und hielt es so, dass ich es sehen konnte. Es war eine ausgedruckte Internetseite, die mein Facebook-Profil samt Namen und Foto zeigte, auf dem ich mir selbst fröhlich entgegenlächelte. Innerlich machte ich mir eine Notiz, dass ich mich nie wieder mit meinem vollen Namen in den sozialen Medien anmelden würde. Aus Fehlern lernte man.

»Das bin dann wohl ich«, antwortete ich und gab mich möglichst gelassen. Innerlich kämpfte ich gegen den Drang an, nervös an meinen Fingernägeln zu knabbern.

Samra saß wortlos neben mir und sah abwechselnd von mir zu dem Mann. Sie schien genauso ratlos wie ich.

»Was gibt´s?«, fragte ich den finster dreinblickenden Kleiderschrank. Wie hoch standen die Chancen, dass er zu den Demonstranten gehörte und mich beglückwünschen wollte?

»Mr. Davis möchte Sie sprechen«, antwortete der Mann kühl und sah mich durchdringend an. Seine braunen Augen forderten mich heraus, ihm zu widersprechen. Ich war mir sicher, dass wir nicht von einer freiwilligen Plauderei redeten. Mister Kleiderschrank erweckte auf mich den Eindruck, als würde er mich zu seinem Boss tragen, wenn es nötig wäre. Spätestens jetzt wusste ich, dass ich so richtig tief in der Scheiße saß.

Kapitel -6-

Cosima

Ich hatte keine Ahnung, was auf mich zukommen würde. Wusste nur, dass ich in eine Situation geraten war, die mich überforderte. Das ganze Thema ging mich nichts an und Phil müsste an meiner statt mit Mr. Davis reden, aber ich brachte es nicht über mich, ihn zu verpfeifen. Vielleicht hatte ich Glück und das Gespräch würde harmlos verlaufen.

Das redete ich mir ein, um mich selbst zu beruhigen, während ich dem Schrankmann ins Innere des Gebäudes folgte, wo mich die Mitarbeiter mit misstrauischen Blicken begrüßten. Schweigend ging ich hinter ihm her und sah mich staunend um. Alles um mich herum war schick und steril. Die Wände hatten einen strahlend weißen Anstrich, der fast schon blendete, und die Böden glänzten. Das Innere der Firma wirkte penibel sauber. Ein dunkler Teppich dämpfte unsere Schritte und an den Wänden hingen Naturfotografien. Mit meinen flippigen Klamotten fühlte ich mich fehl am Platz. Es war unverkennbar, dass ich nicht hierhergehörte.

Die Hände vor dem Bauch verschränkt, folgte ich dem Mann durch die Lobby und in den Aufzug, den wir ansteuerten. Die Anzahl an Knöpfen verriet mir, dass das Gebäude über dreißig Stockwerke verfügte. Mein Aufpasser wählte das höchste aus und wir fuhren in unangenehmem Schweigen hinauf. Ich knetete nervös meine Hände.

Als sich die Tür mit einem unheilverkündenden *Pling* öffnete, trat Schrankmann hinaus und blickte grimmig über die Schulter, ob ich ihm auch folgte.

Mit etwas Abstand zu seinem massigen Körper ging ich hinter ihm einen sterilen Flur entlang. Weiße Wände, Holzfußboden und ein paar Schwarzweißfotografien. Mehr gab es nicht zu sehen. Keine Mitarbeiter und auch sonst kein Lebenszeichen. Offensichtlich befanden wir uns auf der Chefetage, wohin sich nicht viele Menschen verirrten. Vor einer doppelflügeligen Tür aus dunklem Holz blieben wir stehen. Auf einem goldenen Metallschild an der Wand stand *Reed Davis, CEO.*

Wir betraten den Raum, der offensichtlich das Vorzimmer zum Büro und der Arbeitsplatz von Reed Davis Assistentin war. Dort stand ein verlassener Schreibtisch, doch ich konnte sehen, dass der PC hochgefahren war.

Schrankmann durchquerte den kleinen Vorraum mit wenigen Schritten und erreichte eine weitere doppelflügelige Holztür, an welche er kräftig anklopfte. Das Geräusch ging mir durch Mark und Bein.

»Herein«, rief eine tiefe Stimme aus dem Inneren des Raumes und mein Begleiter öffnete die Tür. Allerdings nicht weit genug, als dass ich in das Innere des Raumes hätte sehen können.

»Sie ist da, Sir«, sagte er, den Kopf durch den Spalt gesteckt.

In ein paar Minuten hätte ich es hinter mir. Ich zwang mich, daran zu denken und an nichts anderes, als ich mich an dem Mann vorbei in den Raum schob und das Geräusch der sich schließenden Tür hinter mir ertönte.

Bevor ich irgendetwas anderes wahrnahm, bemerkte ich

ihn.

Reed Davis stand mit dem Rücken zu mir am Fenster und blickte hinaus. Er reagierte bei meinem Eintreten nicht, also hatte ich Zeit, ihn zu mustern. Seine Statur war beeindruckend. Die Geschäftsmänner, die ich dank meines Vaters kannte, waren entweder übergewichtig oder hager. Für Sport schien in ihrem stressigen Leben kein Platz zu sein, anders bei Reed. Sein Rücken war breit, seine Haltung aufrecht. Als er sich langsam zu mir umdrehte und seine Augen auf meine trafen, hätte ich mich am liebsten umgedreht und wäre aus dem Raum gestolpert. Ein Blick in sein Gesicht genügte und ich wusste, dass Reed Davis kein Mann war, der leicht verzieh oder Verständnis aufbrachte. Er war wie ein kalter Windstoß, der dich einen halben Meter nach hinten wirft, in deine Lunge eindringt und dich atemlos zurücklässt.

Als ich ihn das erste Mal gesehen hatte, hatte ich ihn bereits für attraktiv gehalten. Aber das war bloß ein Eindruck aus der Ferne gewesen. Mit ihm in einem Raum zu sein, war anders. Etwas an seiner Ausstrahlung ließ meine Knie weich werden. Und das lag nicht an seinen vollen schwarzen Haaren oder seinem Dreitagebart, der sich perfekt an seine gebräunte Haut schmiegte. Auch nicht an seinen goldbraunen Augen, die das einzig Weiche an seiner Erscheinung waren und einen starken Kontrast zu seinem strengen Blick bildeten. Nein, es war seine Ausstrahlung. Die Art, wie er mich ansah. Wie er langsam auf mich zuging und dabei den Raum verschwinden ließ. Autoritär und dominant waren nicht die richtigen Worte für ihn. Nein. Reed Davis wirkte unverwüstlich. Als gehöre ihm jeder Zentimeter Boden, auf den er seine Füße setzte. Als würde die Welt ihm alles schulden und selbst das wäre noch nicht genug.

Er war wie eine Naturgewalt und ich konnte ihn nicht länger ansehen. Er bedachte mich mit demselben Blick, den er mir kurz nach dem Desaster mit dem Ei zugeworfen hatte.

Weder wütend noch außer sich, nicht einmal beschämt oder ängstlich. Vielmehr kühl und berechnend. So als wollte er mir sagen: *Der Zeitpunkt wird kommen, an dem wir das klären.*

Und der Zeitpunkt war gekommen.

Kapitel -7-

Reed

Nach der Katastrophe vom Vortag hatte ich beschlossen, mich selbst um das Gespräch zu kümmern. Ich hatte gesehen, was dabei rauskam, wenn ich wichtige Angelegenheiten meinen Mitarbeitern überließ. Dieses Mal wollte ich auf Nummer sicher gehen und die Sache schnell und gründlich erledigt wissen. Weswegen ich mich dazu entschieden hatte, die kleine Hippiebraut selbst zu empfangen.

Sie sah überall hin, nur nicht zu mir, weswegen ich Zeit hatte, sie eingehend zu mustern. Was die Farbe ihrer Haare anging, hatte ich mich getäuscht. Die Spitzen waren in einem leuchtenden Türkis gefärbt. Einem, das mich an meiner Sekretärin sofort zur Weißglut getrieben hätte.

Ich ging näher an sie heran, registrierte voller Genugtuung, wie sie all ihre Kraft aufbringen musste, um nicht zurückzuweichen und dann doch einen zögerlichen Schritt nach hinten machte. Das sollte die Frau sein, die mir solche Probleme machte? Sie wirkte weder mutig noch entschlossen.

Ich sog scharf die Luft ein und ein fruchtiger Duft stieg mir in die Nase. Sie roch nach frischem Sommerobst. Was mir sonst nicht gefiel. Ich war eher der Chanel-Nummer-5-Typ. Herb und elegant. Aber zu ihr passte es. Mehr als das, es faszinierte mich, und ich verstand nicht, weshalb.

Dann hob sie den Blick, sah mir schüchtern in die Augen und mir wurde klar, dass mein erster Eindruck bei ihrem Eintreten mich nicht getäuscht hatte. Ihre Haarfarbe war eine perfekte Ergänzung zum Graublau ihrer mandelförmigen Augen. Was mir vollkommen egal sein sollte.

»Mr. Davis, ich bin Cosima …«, begann sie sinnloserweise sich vorzustellen. Ich schnitt ihr mit einer Handbewegung das Wort ab.

»Ich weiß, wie die Person heißt, der ich diese Zeitverschwendung zu verdanken habe«, fuhr ich sie schärfer an, als ich es beabsichtigt hatte.

Ich wusste sogar mehr als das. Nachdem wir dank des Zeitungsartikels ihren Namen erfahren hatten, verbrachte ich viel Zeit damit, ihr Facebook-Profil auszukundschaften. Ursprünglich hatte ich nur herausfinden wollen, wer die Anführerin der Demonstranten war, aber dann war ich hängengeblieben und die Zeit nur so an mir vorbeigerast. Das war mir lange nicht mehr passiert. Ich kannte all die Fotos, Beiträge und Videos, die sie in den letzten Monaten hochgeladen hatte. Von Reisen, Freunden und tiefsinnigen Gedanken. Sie war gut rumgekommen, hatte Orte gesehen, die selbst ich nur von Postkartenmotiven kannte. All das erweckte in mir den Eindruck, dass sie rastlos war. Sie konnte auch noch nicht lange in New York sein. Erst letzte Woche hatte sie ein Bild aus Sydney hochgeladen. Cosima am Strand, mit nichts als einem knappen schwarzen Bikini und einem Surfbrett unter den Arm geklemmt. Ich hatte es nicht aus meinem Kopf bekommen.

Aber auch das spielte keine Rolle. Alles was zählte, war, dass sie wieder aus meinem Leben verschwand. Am besten ohne das Aufsehen, das sie bei ihrem Auftauchen veranstaltet

hatte.

»Setzen Sie sich«, wies ich sie kühl an und deutete auf den Stuhl. Zögernd folgte sie meiner Aufforderung. Ich wartete, bis sie an mir vorbeigelaufen war, dann ging ich hinter ihr her, darum bemüht, meinen Blick überallhin, nur nicht auf ihren Po, zu heften, der in der engen Kleidung mehr als gut zur Geltung kam.

Denn auch das spielte keine Rolle.

Nichts an ihr spielte für mich eine Rolle.

Ich nahm ihr gegenüber Platz und beobachtete, wie sie nervös die Hände knetete. Als sie es bemerkte, verschränkte sie sie schnell im Schoß und wich meinem Blick erneut aus. Die Augen auf die Tischplatte geheftet, rang sie offensichtlich um die richtigen Worte. Zwar wusste ich bereits, was ich ihr zu sagen hatte, aber es machte mir Spaß, sie dabei zu beobachten, daher ließ ich sie noch eine Weile in der Schwebe.

Ich kaufte ihr diese Show nicht ab. Wer den Mut hatte, ein Ei nach dem CEO eines Milliardenunternehmens zu werfen, konnte nicht so kleinlaut sein. Sie musste gewusst haben, welche Konsequenzen ihr Handeln haben würde. Denn ihre Facebookseite verriet, dass dies nicht ihre erste Demo war. Die kleine Hippie-Braut schien sich des Öfteren auf solchen Veranstaltungen aufzuhalten. Manche Menschen hatten eben merkwürdige Hobbys. Ich für meinen Teil ging ins Fitnessstudio, wenn mir langweilig wurde.

Ich fragte mich, wie lange es dauerte und was ich tun musste, um sie aus der Reserve zu locken. Um sie ihre Rolle als Unschuldslamm vergessen und aus der Haut fahren zu lassen.

Sie räusperte sich und sah mich an. »Mr. Davis, ich würde Ihnen gern erklären, was es mit dem Vorfall auf sich hat«, begann sie zögerlich und ich registrierte, dass es mir nicht gefiel, wenn sie mich Mr. Davis nannte. Es sorgte dafür, dass ich mich uralt fühlte, dabei war ich höchstens sechs oder sieben Jahre älter als sie.

»Sie müssen es nicht erklären, ich verstehe es auch so«, riss ich die Gesprächsführung ruppig an mich. Ich mochte es nicht, wie ich in der Nähe dieser Frau dachte. Höchste Zeit, die Sache zu beschleunigen, damit alles seinen gewohnten Gang gehen konnte.

»Eine Gruppe von Leuten hat sich vor meiner Firma versammelt, um gegen den legalen Abriss einer Wohnsiedlung zu demonstrieren. Vermutlich aus Langeweile. Und als Sie gemerkt haben, dass keiner Ihrer Sache Beachtung schenkt, glaubten Sie, zu drastischeren Mitteln greifen zu müssen, um mehr Aufmerksamkeit zu bekommen, denn Sie wissen genauso gut wie ich, dass Ihre lächerliche Demonstration ansonsten keine drei Tage überlebt hätte.«

Ich sah etwas in ihren Augen aufblitzen, aber es war so schnell verschwunden, dass ich nicht sagen konnte, ob es Wut gewesen war.

»So war das nicht«, verteidigte sie sich kleinlaut. »Ich habe nicht …«

»Sie haben nicht nachgedacht, was Sie tun. Wollten Sie das sagen? Denn ich weiß nicht, ob Sie sich dessen bewusst sind, aber was Sie gemacht haben, war eine Straftat.«

Eher eine lächerlich kleine Ordnungswidrigkeit, wenn ich ehrlich war. Aber womit auch immer ich ihr genug Angst machen konnte, um die Veranstaltung aufzugeben, ich würde es nutzen.

»Ich könnte die Polizei benachrichtigen und Ihre kleine Gruppe innerhalb weniger Minuten zerschlagen lassen, dann ...«

»Es gibt keine Beweise, dass ich es getan habe«, fiel sie mir entschlossen ins Wort, und ich starrte sie mit erhobenen Augenbrauen an.

»Ich habe Sie gesehen. Außerdem gibt es Zeugen.«

Sie zögerte. »Selbst wenn es Augenzeugen gibt, keiner würde Ihnen helfen. Außerdem, alles, was Sie gesehen haben, war, dass ich einen Eierkarton gehalten habe. Mehr nicht.«

Ich schnaubte abfällig. Nicht, weil ihre Worte lächerlich waren, sondern weil sie recht hatte. Von meinen Mitarbeitern hatte niemand den Vorfall beobachtet und auch für die Aktionäre war alles zu überraschend gekommen, als dass sie sich Details gemerkt hätten. Und ob Passanten Zeugen des Geschehens geworden waren, war im Nachhinein schwer zu sagen. Nur die Demonstranten wussten, was wirklich passiert war, und ich ahnte, dass ihre kleinen Freunde sie nicht verraten würden. Zumindest nicht ohne weiteres. Allerdings könnte ich ihrer Motivation ein klein wenig nachhelfen, wenn ich meine Brieftasche zückte. Aber so wollte ich nicht vorgehen. Ich musste mich selbst daran erinnern, dass die Polizei keine Option war. Ich hatte zwar behauptet, dass sie die Demo in wenigen Minuten zerschlagen könnten, aber das Aufsehen, das sie dabei erregen würden, wäre schädlich für unseren Ruf. Ich musste die Kleine und ihre Gefolgschaft ohne viel Lärm loswerden.

»Was, wenn ich Ihnen sage, dass ich es nicht war«, lenkte sie mich mit leiser Stimme von meinen Gedanken ab. Das erste Mal seit Gesprächsbeginn sah sie mir tief in die Augen. »Was, wenn ich das Ei gar nicht geworfen habe?«

Ich sah sie einen Moment schweigend an und verlor mich in der außergewöhnlichen Farbe ihrer Iris. Dann erinnerte ich mich daran, wer sie war und verfiel in spöttisches Lachen. Die Kleine gab eine hervorragende Schauspielerin ab, das musste ich ihr lassen.

»Wenn Sie solche Angst vor den Konsequenzen haben, dass Sie die Schuld auf jemand anderen schieben wollen, hätten Sie sich das vorher überlegen müssen«, fuhr ich sie harsch an und beobachtete voller Genugtuung, wie sie die Schultern hängen ließ.

***

Cosima

Reed Davis glaubte mir nicht. Was mich nicht wundern sollte. Aber damit hatte sich die Frage, ob ich Phil verpfiff oder nicht, von allein beantwortet. Vermutlich hätte ich es ohnehin nicht über mich gebracht. Aber nicht einmal die Option zu haben, sorgte dafür, dass das beklemmende Gefühl in meiner Brust einen Punkt erreichte, an dem ich es kaum mehr ertrug.

Ich ersparte mir einen weiteren Versuch, Reed von meiner Unschuld zu überzeugen. Er hatte es eindeutig auf mich abgesehen. Von seinem gebieterischen Verhalten war ich wie vor den Kopf gestoßen. Wann hatte zuletzt jemand so mit mir gesprochen? Der Raum um uns herum schien enger zu werden und ich fühlte mich zunehmend unwohl.

»Hat es Ihnen die Sprache verschlagen?«, spottete Reed und sah mich abfällig an. Für ihn war ich nicht mehr als jemand, über den er sich lustig machen konnte. Er zeigte es mir mit jeder Geste.

»Nein, ich …«

»Wissen Sie, welchen Aufwand Sie mir mit Ihrer lächerlichen Aktion bereitet haben?«, fuhr er mir dazwischen und ich biss mir auf die Zunge, um keine Beleidigung auszustoßen. Das war ich nicht, ich beschimpfte niemanden. Ich hatte Tattoos, zog mich auffällig an und fluchte viel, aber ich beleidigte keine anderen Menschen.

»Allein die Stunden, die ich damit verbringen musste, um unnötige Zeitungsartikel zu verhindern. Und dann die Suche nach Ihnen. Jetzt dieses sinnlose Gespräch und zu allem Überfluss kann ich nicht einmal mehr die Aussicht aus meinem eigenen Büro genießen, weil Sie und Ihre Freunde sie mit ihren scheußlichen Plakaten verunstalten.«

Ich wollte Ruhe bewahren. Ich *musste* Ruhe bewahren, aber dass Reed mir ständig ins Wort fiel, mich dumm und lächerlich dastehen ließ, brachte mich auf die Palme. Er ließ mich aussehen, als wäre ich ein unartiges Kind, das sich bloß nicht benommen hatte, um ein bisschen Aufmerksamkeit von den Erwachsenen zu bekommen.

»Ihre Aussicht?«, fragte ich entgeistert und merkte, dass meine Stimme eine Spur zu laut geworden war. Ich atmete tief durch, bevor ich weitersprach. »Ist das alles, was Sie interessiert?«

»Selbstverständlich nicht. Mich interessiert außerdem, dass Sie mein Bauvorhaben blockieren und mir mit Ihrer Anwesenheit auf die Nerven gehen.«

Im Schoß ballte ich meine Hände zu Fäusten. Meine Schultern waren angespannt und was ich auch tat, ich konnte nicht mehr lockerlassen. Wie konnte ein Mensch so sein? Solche Dinge sagen, ohne dabei im Erdboden zu versinken?

»Wenn Sie nicht wollen, dass Ihre Geschäfte blockiert werden, hätten Sie sich etwas weniger Unmoralisches aussuchen sollen«, zischte ich und bereute die Worte, sobald sie meinen Mund verlassen hatten. Deswegen war ich nicht hergekommen. Ich sollte mich entschuldigen und verschwinden. Reed Vorhaltungen zu machen, war keine schlaue Entscheidung. Aber seine herablassende Art ließ mich nach und nach die Kontrolle verlieren.

»Es tut …«, wollte ich mich gerade für meine Worte entschuldigen, als er mir erneut in den Satz fiel. Ich grub meine Fingernägel schmerzhaft in meine Handflächen, um mich davon abzuhalten, frustriert aufzuschreien.

»Ich wusste, dass Sie nicht ewig das Unschuldslamm spielen können. Obwohl ich gestehen muss, dass Sie mich fast überzeugt hätten.«

Weil ich unschuldig bin, du Idiot!, schrie eine wütende Stimme in meinem Kopf. Aber die Worte laut auszusprechen würde mir nichts nützen. Reed Davis ignorierte offensichtlich alles, was für ihn nicht relevant war. Ihm war die Demonstration egal, ihm war egal, wer geworfen hatte. Was zählte, war, dass die Leute vor seinem Fenster schnell ihre Sachen zusammenpackten und verschwanden.

Ausgerechnet jetzt musste ich an Phil denken. Klar, das Werfen mit Eiern war ein No-Go, aber was er über die Wohnsiedlung erzählt hatte, brachte mich dazu zu glauben, dass er sich für eine gute Sache einsetzte. Ihn zu schützen, kam mir mit einem Mal gar nicht dumm vor. Dieser Davis würde den Eierwurf und was auch immer Phil sich zu Schulden hatte kommen lassen, gegen ihn verwenden und dafür sorgen, dass die Demonstration ein Ende fand. Es ging nicht bloß um Profit, sondern um Menschen, die ihr Zuhause verlieren würden. Dass Reed das Thema beiseiteschob und tat, als existierte es nicht, dass er sich unfehlbar gab, machte mich unglaublich sauer.

Gerade, als ich etwas erwidern wollte, zückte er sein Scheckbuch. Wortlos sah ich ihn an und beobachtete, wie er etwas hineinschrieb. Dann riss er das oberste Zettelchen ab und schob es mir über den Tisch hinweg zu.

»Ich möchte, dass die Demonstration noch heute aufgelöst wird. Ist das genug, damit Sie meiner Forderung nachkommen?«

Als ich nicht antwortete, sondern den Scheck weiter anstarrte, trommelte er ungeduldig mit den Fingern auf die Tischplatte, um meine Aufmerksamkeit auf sich zu ziehen.

»Kommen Sie schon, ich habe keine Zeit für Ihre kindischen Spielchen. Wenn Sie den Preis mit Ihrem Zögern in die Höhe treiben wollen, können wir uns die Zeit sparen. Nennen Sie mir einfach einen Betrag.«

Wie in Trance streckte ich die Hand nach dem Scheck aus, drehte ihn um und atmete geräuschvoll ein.

Fünfzigtausend Dollar.

In diesem Moment erinnerte Reed Davis mich so sehr an meine Eltern, dass ich ihm am liebsten vor die Füße gekotzt hätte. Jetzt wusste ich, warum ich mich in seiner Gegenwart nicht beherrschen konnte. Und es auch nicht länger versuchen würde. Ich nahm den Scheck in beide Hände, hielt Reeds Blick fest und zerriss das Papier ganz langsam, während ich ihn dabei provokativ ansah.

»Mit Geld kann man nicht alles kaufen«, sagte ich entschlossen und schob ihm die beiden Hälften mit den Fingerspitzen entgegen. Dann erhob ich mich von meinem Stuhl und machte zwei Schritte in Richtung Tür.

»Alles und jeder hat einen Preis, also setzen Sie sich hin und nennen Sie mir eine Zahl. Ich will diese Angelegenheit heute klären«, rief Reed mir barsch hinterher.

Ich war fassungslos. Er klang genau wie mein Vater.

Wenn du dein Studium nicht durchziehst, drehen wir dir den Geldhahn zu, Cosima. Du wirst tun, was wir dir sagen und deine albernen Tagträumereien aufgeben.

Es hatte schon einmal einen Mann gegeben, der dachte, er könnte Geld dazu benutzen, um mir seinen Willen aufzuzwingen. Er hatte sich getäuscht und Reed täuschte sich ebenfalls. Ich war nicht käuflich.

Langsam und kalkulierend trat ich zurück an den Tisch und legte die Hände auf die kalte Platte. Leicht vorgebeugt funkelte ich Reed an.

»Wir werden nicht verschwinden, egal welche Zahl Sie in Ihr lächerliches, kleines Scheckbuch eintragen«, sagte ich bedrohlich und war überrascht von meiner eigenen Unverfrorenheit. »Im Gegenteil. Es werden mehr Demonstranten kommen, jeden Tag ein paar, bis der gesamte Platz vor Ihrer ach so wichtigen Firma überschwemmt ist und jeder in der Stadt mitbekommt, was für unmoralische Geschäfte *RDC* betreibt. Ich werde höchstpersönlich dafür sorgen.«

So viel zum Thema *Entschuldigen und Aufklären*.

Aber meine Wut über sein Verhalten, über diese selbstgefällige Art an das Leben heranzugehen, ließ mich Dinge sagen und tun, die ich nicht kontrollieren konnte. Jetzt waren die Worte raus und ließen sich nicht mehr zurücknehmen. Doch als Reed aufstand und mit zornverzerrtem Gesicht auf mich zukam, merkte ich, dass ich das auch nicht wollte. Ich würde ihm trotzen. Ich würde nicht klein beigeben. Reed Davis musste lernen, dass nicht jeder nach seiner Pfeife tanzte, und ich war die Glückliche, die es ihm beibringen durfte.

»Lassen Sie mich raten, fünfzigtausend waren nicht genug? Dann erhöhen wir die Summe.«

Ich war sprachlos. Er dachte wirklich, dass ich das tat, um den Preis hochzutreiben. Wie traurig musste die Welt sein, in der er lebte. Kopfschüttelnd beobachtete ich, wie er wieder etwas auf den Scheck schrieb, ihn abriss und mir forsch in die Handfläche drückte. Seine rauen Finger streiften meine Haut und ich sog den Blick seiner goldbraunen Augen auf, die Funken sprühten.

»Hier«, knurrte er und berührte mich eine Sekunde länger, als er es gemusst hätte. Eine Sekunde, in der die Welt aufhörte, sich zu drehen. Dann zog ich den zerknitterten Scheck auseinander, wobei ich mir seiner Nähe allzu sehr bewusst war. Als ich die Zahl las, die dieses Mal darauf stand, bewegte sich der Raum um mich herum so schnell, dass mir schwindlig wurde. Zweihunderttausend Dollar.

Er war bereit, mir zweihunderttausend Dollar zu zahlen.

Ich sah zu ihm hoch, glitt mit den Augen über die markanten Linien seiner Kieferpartie hin zu seinen vollen Lippen, die sich zu einem siegessicheren Lächeln verzogen hatten. »Zufrieden?«, fragte er, viel zu dicht an meinem Gesicht. Ich spürte die Worte auf meiner Haut. Durch seine unvermittelte Nähe stellten sich die Härchen auf meinen Armen auf. »Jetzt gehen Sie und sorgen Sie dafür, dass die Leute verschwinden, sonst platzt der Scheck und Sie bekommen gar nichts.«

Ein Teil von mir konnte nicht mehr denken, war zu sehr abgelenkt von dem männlichen Duft, der mich einhüllte. Aber der Rest funktionierte zum Glück noch und zwang mich zu der einzigen Reaktion, die in diesem Moment angebracht war. Wieder zerriss ich den Scheck, doch dieses Mal schleuderte ich ihm die Fetzen verächtlich ins Gesicht und beobachtete voller Genugtuung, wie sein Ausdruck von siegessicher zu zornverzerrt wechselte.

Ein Schnipsel war in seinem schwarzen Haar hängengeblieben, aber er machte sich nicht die Mühe, ihn zu entfernen.

Unverwüstlich, ging es mir durch den Kopf und mein Puls schnellte in die Höhe. Während ich langsam vor Reed zurückwich, weil mein Körper instinktiv die Flucht ergreifen wollte, erinnerte ich mich an Phils Worte. Mit jedem Schritt, den Reed näherkam, wuchs der Drang in mir, sie auszusprechen, um ihn aus der Bahn zu werfen. Um ihm wenigstens eine Reaktion zu entlocken.

»Sie sind ein Egoist und ein machthungriger Mistkerl, der nichts als seine eigenen Interessen im Kopf hat.«

Atemlos beobachtete ich, wie er mir unbeirrbar folgte, bis ich mit dem Rücken gegen die Fensterscheibe stieß.

»Bin ich das?«, fragte er bedrohlich und stützte sich mit einer Hand neben meinem Gesicht ab.

»Außerdem sind Sie ein aufgeblasener Wichtigtuer, der denkt, dass sich die Welt um ihn dreht. Für den nur Profit zählt. Sie sind kaltherzig, und das Wohl anderer Menschen geht Ihnen am Arsch vorbei, solange Ihr Kontostand stimmt.«

»Sie haben eine eindeutige Meinung von mir«, zischte er und legte seine andere Hand ebenfalls an die Scheibe, um mich einzukesseln. Sein Gesicht schwebte dicht vor meinem, so nahe, dass ich kaum klar denken konnte. Mein Herz schlug wie wild und ich fühlte mich, als würde ich die Kontrolle über die Situation mit jedem Wort mehr verlieren.

»Ich war noch nicht fertig«, sagte ich atemlos und zwang mich, seinem Blick standzuhalten. »Verraten Sie mir, wie ein Mann wie Sie erhobenen Hauptes gehen und ohne Schuldgefühle in den Spiegel schauen kann.«

Ich hätte mich im Gold seiner Augen verlieren können, das in diesem Moment so gefährlich leuchtete, dass es mich vollständig in seinen Bann zog. Ich sah den Raum um uns herum nicht mehr, nahm nur noch Reed wahr.

»Sind Sie fertig?«, fragte er ruhig, gefährlich ruhig, und ich spürte, wie meine Lippen zitterten. Bebend stieß ich den Atem aus und nickte. Gott, ich erinnerte mich nicht, wann mein Körper jemals so außer Kontrolle geraten war.

»Gut, dann bin ich dran. Sie sind dumm, kindisch, idealistisch und naiv.«

Ich spürte die kalte Fensterscheibe im Rücken. Wollte ausweichen, weil Reed mir so nahe war und weil diese Nähe meine Sinne vernebelte. Aber sein breiter Körper keilte mich ein und versperrte mir jeglichen Fluchtweg.

Reed Davis war ein Mann, der volle Aufmerksamkeit forderte und in diesem Augenblick konnte ich mich dem nicht entziehen. Nicht einmal, wenn ich all meine Willenskraft aufbrachte.

»Sie denken, dass Sie wissen, wie die Welt funktioniert, haben in Wirklichkeit aber keine Ahnung«, fuhr er mich weiter an, wobei entweder seine Stimme leiser wurde oder das Rauschen in meinen Ohren lauter.

»Ich bin froh, dass ich jetzt weiß, wie Sie über mich denken«, spottete er, und ich spürte seine Worte an meinen Lippen.

Kapitel -8-

Reed

Ihr Duft vernebelte mir die Sinne.

Birne, ich war mir sicher, dass sie nach Birne roch. In Gedanken fügte ich meiner Aufzählung über sie *wunderschön* hinzu.

Ich war ihr so nahe, dass ich den Ansatz eines Tattoos auf ihrem Schlüsselbein sehen konnte. Ich erkannte Buchstaben und ertappte mich dabei, wie ich ihre Bluse aufknöpfen, den Stoff beiseiteschieben und ihre nackte Haut entblößen wollte, damit ich lesen konnte, was dort geschrieben stand.

Endlich wusste ich, was mich seit meinem ersten Blick auf Cosima an ihr fasziniert hatte. Sie war ein einziges, vollkommenes Kunstwerk.

Ich hatte alles ernst gemeint, was ich über sie gesagt hatte. Sie war unausstehlich und würde mich den letzten Nerv kosten. Gleichzeitig war mir nie eine Person begegnet, die so im Einklang mit sich selbst war. Für jemanden wie mich, der in einer Welt lebte, in der jeder sich zu seinem eigenen Vorteil verstellte, war das mehr als berauschend.

Die Haare, die Kleidung, die Tattoos. Alles nur eine Methode, um ihre Persönlichkeit zu unterstreichen. Ich hasste es, mir einzugestehen, wie sehr mich das anzog. Mir einzugestehen, dass ausgerechnet diese Nervensäge mich über alle Maße erregte.

Welche Verschwendung, denn sie war die letzte Frau, bei der ich meinem Verlangen nachgeben durfte. Schließlich war ich nicht dumm, das würde die Sache unnötig verkomplizieren. Dennoch erwischte ich mich dabei, wie ich ihre vollen Lippen hungrig anstarrte. Ihr Atem ging schneller, wobei ihre weichen Brüste jedes Mal gegen meinen Oberkörper drückten.

Ich versuchte mich abzulenken, musterte ihr Gesicht und suchte nach Worten, die ihren Bann auf mich brechen würden, aber ich verlor mich zu schnell in der Farbe ihrer Augen. Als sich ihre Lider senkten und ihr Blick auf meinen Mund fiel, der dem ihren so nahe war, verlor ich jeden Sinn für das Wesentliche.

»Wenn du meine Lippen weiter so anstarrst, muss ich dich küssen, Cosima«, flüsterte ich.

Ein leises Seufzen entwich ihr, und ich konnte nicht gegen das Grinsen ankämpfen, das sich auf meinem Gesicht ausbreitete. Mir gefiel diese Version von ihr viel besser als die vorlaute Cosima.

»Mein Gefühl sagt mir, dass du nichts dagegen hättest«, raunte ich.

Bei meinen Worten ging ein Beben durch ihren Körper, von dem ich nicht wusste, ob es Erregung oder Angst ausdrückte. Ganz klar überschritt ich hier eine Grenze. Warum fand ich nicht den Willen, aufzuhören?

Weil es mir Spaß machte, sie derart aus dem Konzept zu bringen.

Gerade, als mir der Gedanke durch den Kopf schoss, dass ich dieser Frau viel zu nahe war, klopfte es an der Tür. Bevor ich reagieren konnte, wurde sie aufgerissen.

»Reed, bist du da? Wir müssen …«, rief Trevor und blieb erschrocken in der Tür stehen, als er uns sah. Cosima stieß mich von sich und brachte den erwarteten Abstand zwischen uns, während ich Trevor für diese Unterbrechung genervt anfunkelte.

»Das nächste Mal wartest du, bis ich *herein* sage«, fuhr ich ihn scharf an. Ich war nicht mehr Herr meiner Emotionen. Schlagartig wurde mir bewusst, wie sehr ich den Fokus bei diesem Gespräch verloren hatte.

Cosima zwängte sich an mir vorbei und stürmte auf die Tür zu, in der Trevor noch immer stand. Mit wenigen Schritten hatte ich sie eingeholt, packte sie unbeirrt am Arm und hielt sie fest. Von hinten trat ich dicht an sie heran. So dicht, dass ich ihr ins Ohr raunen und die Gänsehaut in ihrem Nacken sehen konnte. »Ich bin noch nicht fertig mit dir.«

Erst dann ließ ich sie los.

»Erklärst du mir, was gerade passiert ist?«, fragte Trevor mit hochgezogenen Augenbrauen, nachdem Cosima mein Büro verlassen hatte. Erhobenen Hauptes und nicht, ohne mir einen letzten verachtenden Blick zu schenken. Ich antwortete nicht, stattdessen ging ich zu meinem Schreibtisch und genehmigte mir einen Schluck Wasser. Mein Hals fühlte sich staubtrocken an.

»Das war nichts«, beantwortete ich seine Frage schließlich ausweichend.

»Nichts? Das wirkte auf mich aber anders«, kommentierte

Trevor. »Es sah fast so aus, als hättest du versucht, die Kleine zu küssen.«

Weder drehte ich mich zu ihm um noch stritt ich es ab. Lügen lag mir nicht und die Situation war ohnehin eindeutig gewesen. Hinter mir hörte ich Trevor lachen.

»Meinetwegen kannst du die Kleine flachlegen. So scharf wie sie ist, würde ich vermutlich auch nicht widerstehen können«, flötete er, und ich wollte ihm eine reinhauen, ohne zu verstehen, warum ich so empfand.

»Du solltest bei all dem Spaß nur nicht vergessen, wo dein Fokus liegt«, erinnerte er mich. »Das Queens-Projekt ist wichtig und darf unter keinen Umständen scheitern.«

»Denkst du wirklich, das könnte ich vergessen?«, fuhr ich ihn an und wirbelte herum.

Trevor und ich waren die Einzigen in der Firma, die wussten, wie dringend wir das Queens-Projekt wirklich brauchten.

»Ich wollte nur sicher sein«, redete er weiter. »Flirte ruhig mit der Kleinen, meinetwegen fick sie auch oder mache ihr falsche Versprechungen, solange es unserer Sache hilft. Wir müssen nur einen Monat überbrücken, dann kommen die ersten Abrissbirnen. Als Anführerin hat sie die Macht, die Demo zu beenden. Zieh sie auf unsere Seite.«

Ich verzog angewidert das Gesicht. »Ich habe alles unter Kontrolle. Also halte dich raus«, wies ich ihn an und fragte mich im selben Moment, ob das wirklich stimmte.

Kapitel -9-

Cosima

Prinzipiell hielt ich mich für eine schnelle Denkerin. Dass ich zwei Studiengänge abgebrochen hatte, lag nicht daran, dass ich dumm war. Im Gegenteil, ich war flink und begriff selbst komplexe Aufgaben innerhalb kürzester Zeit. Aber was heute in Reeds Büro passiert war, verstand ich selbst am Abend nicht.

Der Heimweg war wie in Trance an mir vorbeigezogen. Keine Ahnung, wie ich nach Hause gekommen war. Seit zwei Stunden saß ich auf der Couch, die Beine an den Oberkörper gezogen, und starrte auf die gegenüberliegende Wand. Nur das Ticken der Küchenuhr durchbrach die Stille. Und das gelegentliche Klingeln meines Handys. Es war Phil, der mir Nachrichten schrieb und anrief, um herauszufinden, was bei *RDC* vorgefallen war. Auf einmal kannte er meine Nummer wieder.

Aber ich hatte keine Lust, mit ihm zu reden. Keine Lust, mit irgendwem darüber zu reden.

Gedankenverloren fuhr ich mit dem Zeigefinger über meine Unterlippe. Ich konnte immer noch Reeds gehauchten Worte darauf spüren.

Was hatte ich getan?

Ich wollte nicht die Anführerin einer Demonstration gegen *RDC* sein. Noch weniger wollte ich mich mit Reed Davis anlegen. Mein Plan war es gewesen, mich zu entschuldigen. Nicht, mich von ihm provozieren zu lassen und ihn herauszufordern.

Denn mit dem, was geschehen war, konnte ich nicht umgehen. Die Gefühle, die Reed in mir wachrief, weckten mehr als alles andere meinen Fluchtinstinkt. Ich wollte weglaufen und gleichzeitig von ihm festgehalten werden. Das war falsch.

Ich bin noch nicht fertig mit dir.

Die Worte gingen mir durch Mark und Bein. Sie waren eine Drohung, gleichzeitig lag ein Versprechen darin.

Zögernd betrachtete ich meinen überquellenden Koffer, den ich nicht vollständig ausgepackt hatte. Lediglich meine Kosmetikartikel hatte ich ins Bad getragen. Der Rest lag in einem unordentlichen Haufen zur Hälfte im Koffer und zur Hälfte auf dem Boden.

Aus Erfahrung wusste ich, dass ich keine dreißig Minuten brauchte, um abreisebereit zu sein. In einer Stunde könnte ich am Flughafen stehen und die nächste Maschine nehmen. Egal wohin. Inland, Ausland. Ich war nicht wählerisch. Vermont sollte um diese Jahreszeit schön sein. Hauptsache, es war irgendwo, wo Reed Davis' langer Arm nicht hinreichte.

Entschlossen hob ich den Koffer auf und trug ihn zum Küchentisch. Dann ging ich zurück zur Couch, sammelte alle Kleidungsstücke auf, die herausgefallen waren und stopfte sie gewaltsam in meinen Koffer.

Dasselbe wollte ich mit meinen Utensilien im Badezimmer machen und ging sie holen. Dabei stieß ich gegen einen Stapel mit Umzugskartons, der ungünstig im Weg stand. Der oberste fiel mit einem lauten Scheppern zu Boden, und ich zuckte erschrocken zusammen. Das war der unverwechselbare Klang von Glas, das auseinanderbrach. Seufzend kniete ich mich hin, hob den Karton an und stellte ihn wieder aufrecht, wodurch ich einen Höllenlärm veranstaltete. Behutsam öffnete ich ihn und sah mir an, was ich zertrümmert hatte.

Zum Glück war es kein Geschirr, denn davon hatten wir ohnehin schon wenig. Stattdessen sah ich zwei zerbrochene Vasen, ein paar grüne Teelichtgläser und einen Bilderrahmen. Er lag umgedreht auf dem Boden, weswegen ich mit vorsichtigen Bewegungen danach griff, ihn rauszog und mir ansah.

Die Scheibe war zersprungen und ein Teil von dem Glas abgefallen, aber das Bild war deutlich zu erkennen. Es zeigte Jane, Charly und mich vor fünf Jahren. Ich erinnerte mich noch gut an diese Aufnahme, denn eine Woche später hatten sich unsere Wege getrennt, weil wir alle auf verschiedene Unis gegangen waren. Und weil es einer der letzten Tage gewesen war, an dem ich mich wie ich selbst gefühlt hatte. Mit mir im Reinen, und nicht, als wäre ich auf der Flucht vor irgendwas. Oder auf der Suche.

Aber als ich mir das Bild ansah, von dem aus mir eine glückliche Version meiner selbst entgegenblickte, wusste ich, dass Jane und Charly mein Anker waren. Wir hatten die Arme umeinander geschlungen und trugen die gleichen High-School-Shirts. Janes ungezähmte Locken umrundeten ihr Gesicht, während Charly damals auf einem Trip gewesen war, bei dem sie ihr natürliches Blond mit Schwarz überfärbt

hatte.

Ich konnte sie nicht verlassen. Nicht schon wieder, nicht so.

Langsam stand ich auf und ging zu meinem Koffer zurück. Ich würde nicht aus New York fliehen. Vor unserem Umzug hatte ich mir selbst versprochen, dass ich alles dafür tun würde, dass unser Neuanfang gelang. Wir waren ein Team. Auch wenn jede von uns ihren eigenen Weg ging, gab der Gedanke, dass wir zu dritt waren, uns Kraft. Ich würde nicht diejenige sein, die dieses Team im Stich ließ.

Während ich meine Kleidung in die dafür vorgesehene Kommode sortierte und den Koffer unter der Couch verstaute, fällte ich einen Entschluss.

Ich war raus aus der Sache mit der Demo. Endgültig. Wenn ich mich ein paar Tage lang nicht mehr dort blicken ließ, würden die Leute mein Gesicht schon vergessen. Sollte Reed sich jemand anderen suchen, mit dem er verhandeln konnte. Vor seiner Tür standen genug Menschen. Und Phil, der war fein raus aus der Sache mit dem Eierwurf und konnte die Schuld weiterhin auf mich schieben. Mir egal, aber ich würde mich ab sofort raushalten. Vor allem nach dem, was heute zwischen Reed und mir passiert war. Bei dem Gedanken daran stieg mir die Hitze in die Wangen. Der Mann war unbeirrbar und nahm sich alles, was er wollte. Es war gefährlich, sich mit so jemandem anzulegen und ich war schlau genug, das nicht zu unterschätzen. Ich würde mich von Reed Davis und seinem eiskalten Herzen fernhalten.

Es gab genug andere Dinge, mit denen ich mich beschäftigen konnte. Wichtigeres. Zuerst wollte ich einige der

Umzugskartons auspacken und klar Schiff machen. Unsere Wohnung befand sich in einem grauenhaften Zustand. Ein bisschen Staubwischen und Saugen würden ihr guttun, denn offensichtlich hatte der Vormieter nicht viel davon gehalten, sie sauber für uns zu hinterlassen. Zu einem Neuanfang gehörte es auch, dass man sich in seinen vier Wänden wohlfühlte.

Danach würde ich den Laptop hochfahren, um ein paar Stellenanzeigen durchzugehen. Auf Reisen hatte ich mich mit Gelegenheitsjobs über Wasser gehalten. Meistens hatte ich gekellnert oder auf Farmen geholfen. Mit meinem Work and Travel Visum war das kein Problem gewesen und weil ich ein sparsamer Mensch war, hatte ich noch etwas von dem verdienten Geld übrig. Bei den Mietpreisen in Park Slope würde es aber höchstens drei Monate reichen. Daher wäre es das Beste, wenn ich mir einen Job suchte. Außerdem würde mich das ebenfalls aus dem Haus und unter Leute bringen, bis die Uni losging und mir weit weniger Schwierigkeiten bereiten als eine Demonstration.

Voller Motivation und Entschlossenheit machte ich mich an die Arbeit und öffnete den ersten Umzugskarton, in dem sich unsere restlichen Teller und Tassen befanden. Nach und nach sortierte ich sie in den Küchenschrank ein.

Was gestern geschehen war, spielte keine Rolle mehr. Ich würde nicht zulassen, dass Reed Davis oder sein Unternehmen irgendeinen Einfluss auf meine Geschichte hatten. Die letzten zwei Tage waren nicht das erste Kapitel meines neuen Lebens gewesen, sondern bloß ein missglückter erster Entwurf.

Ich hatte gerade die letzte Bewerbung losgeschickt, klappte den Laptop zu und stand auf, um meinen verspannten Körper zu strecken, als Jane nach Hause kam.

»Wow«, begrüßte sie mich und musterte die sieben leeren Kartons, die ich zusammengefaltet in eine Ecke gestellt hatte. »Du warst fleißig.«

Ich nickte teilnahmslos. »Dachte, ich sollte mich nützlich machen, wenn ich schon zu Hause hocke.«

Die Art, wie ich es sagte, ließ es wie einen Scherz klingen, doch Jane wäre nicht meine beste Freundin, wenn sie meine Fassade nicht sofort durchschaut hätte. Selbst nach drei Jahren, in denen wir getrennt gewesen waren, hatte sich das nicht geändert. Ein einzelnes Wort, eine Geste, ein kleines Zucken meiner Mundwinkel oder die Art, wie ich etwas betonte, reichte aus, um ihr zu zeigen, wie es mir ging. Es war gruselig, aber Jane las in mir wie in einem offenen Buch.

Auch dieses Mal hatte ich meine wahren Gefühle nur schlecht vor ihr verborgen, weswegen sie die Tür schloss, ihre Aktentasche auf einem Küchenstuhl abstellte und zu mir kam. Sie trug ein schwarzes Businesskostüm und ihre wilden Locken waren zu einem strengen Zopf gebunden. Rund um ihre blauen Augen war etwas Wimperntusche verlaufen, was mich stutzig machte. Hatte sie geweint?

Bevor ich sie fragen oder weiter mustern konnte, kam sie zu mir und nahm mich in den Arm. Sie war größer als ich, was bei meinen einsfünfundfünfzig nicht schwer war, weswegen meine Wange an ihrer Schulter ruhte.

»Du wirkst traurig«, stellte sie fest und schob mich ein Stück von sich, um mich eindringlich anzusehen. »Geht es um die Uni?«

Ich seufzte und lehnte mich wieder an sie, genoss das Gefühl ihrer Umarmung, weil Jane ein Fels in der Brandung war.

»Vielleicht«, antwortete ich und zuckte mit den Schultern. »Ich fühle mich einfach so ...«, ich ließ den Satz unbeendet, weil ich Schwierigkeiten hatte, meine Emotionen zu benennen.

»Komm, mach mal eine Pause und erzähl mir in Ruhe alles«, schlug Jane vor und begleitete mich zur Couch, wo wir uns einander gegenübersetzten. Ich zog die Beine zum Schneidersitz an und nestelte mit den Fingern an meiner Socke herum anstatt meine Freundin anzusehen. Aus dem Augenwinkel erkannte ich, dass Jane mich schweigend beobachtete.

»Es ist nur«, begann ich zögernd und sah sie an, die Augenbrauen skeptisch zusammengezogen, weil es mir seit jeher schwerfiel, über mein Gefühlsleben zu reden. »Als ich die Uni zum ersten Mal abgebrochen habe, dachte ich: *Cosima, du hast gerade den ersten Schritt in die richtige Richtung gemacht.* Ich habe geglaubt, dass diese große Entscheidung alles besser machen würde, leichter. Und dass ich danach meinen Weg finden würde, immerhin hatte ich ja erkannt, dass meine Zukunft nicht in einem Jurastudium lag.«

Jane nickte verständnisvoll. Sie hatte mein Dilemma damals miterlebt und mich bei der Entscheidung unterstützt. Auch wenn das die Welt meiner Eltern aus den Angeln gehoben hatte und ich mir monatelange Schimpftiraden und Vorhaltungen anhören durfte. Aber Jane und Charly hatten sich vor mich gestellt und all das für mich abgefangen.

»Dann habe ich mit Wirtschaftswissenschaften angefangen und gemerkt, dass ich schon wieder einen falschen Weg eingeschlagen habe. Ich habe einen zweiten Studiengang abgebrochen, Jane. Und statt mir zu überlegen, was ich mit meinem Leben anfangen will, bin ich auf Reisen gegangen.«

Ich war weggelaufen. Weil ich zwar wusste, was ich *nicht* wollte, aber nicht, wie es weitergehen sollte.

New York war mein Versuch gewesen, da rauszukommen. Agrarwissenschaften studieren, jobben, neue Leute kennenlernen und mir mit Jane und Charly ein Leben aufbauen. Stattdessen hatte ich schon am zweiten Tag mit dem Gedanken gespielt, wegzulaufen.

»Jane«, begann ich mit brüchiger Stimme. »Was ist, wenn es an mir liegt? Wenn ich nicht den richtigen Weg finde, weil ich alles vermassele?«

»Cos«, sagte Jane sanft und rückte ein Stück näher. Sie löste meine Finger von meinen Socken und verschränkte unsere Hände miteinander. »Du vermasselst nichts, okay? Lass dir so was bloß nicht einreden. Hast du wieder mit deinen Eltern telefoniert? Nach einem Gespräch mit ihnen geht es dir immer schlechter.«

Ich schniefte und zwang mich zu einem schiefen Lächeln.

»Ja, die beiden wissen wirklich, mit welchen Worten sie meine Laune heben können«, antwortete ich sarkastisch. Reed hatte wie sie geklungen. Offensichtlich war dadurch einiges an emotionalem Ballast wieder hochgekommen. Ich wusste, dass ich Jane mit meiner Antwort in dem Glauben ließ, dass ich mit meinen Eltern telefoniert hatte. Dabei lag unser letztes Gespräch mehr als vier Monate zurück. Aber von Reed wollte ich ihr nicht erzählen. Er sollte aus meinem Leben verschwinden.

»Hör zu, Cosima. Egal, was deine Eltern sagen, du bist keine Versagerin. Du hast nichts falsch gemacht. Die Studiengänge waren eben nichts für dich und wenn du ehrlich bist, hast du dich von deinen Eltern zu diesen Entscheidungen überreden lassen. Die Studien abzubrechen, war unglaublich mutig, und auf Reisen zu gehen, vielleicht das Beste, was du machen konntest. Ich meine, sieh doch, welche Orte du gesehen hast. Ein Studium läuft dir nicht weg, aber die Chance, die Welt zu bereisen, schon. Irgendwann hat man zu viele Verpflichtungen, die einen davon abhalten, diesen Schritt zu gehen. Ich wünschte, dass ich sowas gewagt hätte, bevor ich ins Berufsleben starte und mich durch einen Job an einen Ort binde.« Ihre Stimme klang wehmütig.

»Wärst du denn gern um die Welt gereist?«, fragte ich und Jane zuckte ratlos mit den Schultern.

»Ich weiß es nicht. Aber manchmal frage ich mich, ob ich mein Leben nicht zu streng getaktet habe. Alles läuft nach Plan, es ist … manchmal echt frustrierend, weißt du.«

Ich schüttelte grinsend den Kopf. Da saß ich hier und

jammerte, weil ich mir wünschte, mein Leben so unter Kontrolle zu haben wie Jane ihres, und dabei war sie mit ihrem auch nicht immer zu einhundert Prozent zufrieden. »Offensichtlich zweifelt jeder mal an sich.«

Jane nickte zustimmend.

»Manchmal denke ich an Charly und dich, wie ihr mit beiden Beinen im Leben steht, und ich fühle mich wie eine Versagerin«, gestand ich und Jane sah mich betroffen an. »Ich weiß, dass ihr das nie über mich denken würdet. Aber das ändert nichts daran, dass ich es selbst manchmal tue. Ich … ich frage mich ab und zu, wie mein Leben aussehen würde, wenn ich andere Entscheidungen getroffen hätte.«

Jetzt war es raus. Ich war ein Angsthase. Ich tat zwar so, als würde ich, was meine Zukunft anging, keine Kompromisse eingehen, aber in Wirklichkeit fürchtete ich mich davor, dass genau das meine Schwäche war. Dass Leute wie Reed, die mich für idealistisch und naiv hielten, recht hatten. Dass die Vorstellung, die ich vom Leben hatte, unmöglich umzusetzen war und ich mich an etwas klammerte, das nie passieren würde und dabei eine Chance nach der anderen verpasste, bis ich irgendwann alt war und nichts erreicht hatte.

»Was denkst du, wie dein Leben heute aussehen würde, wenn du all die Dinge anders gemacht hättest, von denen du annimmst, dass es Fehler waren?«, fragte Jane ruhig.

»Ich weiß nicht. Vielleicht hätte ich das Wirtschaftsstudium abgeschlossen oder Jura und würde jetzt in einer Anwaltskanzlei arbeiten. Dann könnte ich zusammen mit Charly und dir die Karriereleiter erklimmen. Keine Ahnung.«

Bei der Vorstellung verzog ich angewidert das Gesicht.

Jane lächelte mich nachsichtig an. »Und du denkst, dass du dann glücklicher wärst als jetzt?«, fragte sie, doch wir beide kannten die Antwort darauf bereits. Ich schüttelte den Kopf.

»Dann hör auf, an dir und deinen Entscheidungen zu zweifeln. Cosima, du bist fabelhaft, so wie du bist. Und nur, weil du länger brauchst, um den richtigen Weg für dich zu finden, heißt das nicht, dass du eine Versagerin bist. Es zeigt nur, dass jeder sein eigenes Tempo hat.«

Sie zog mich wieder in eine Umarmung und strich mir über den Rücken. »Du hast ja recht«, murmelte ich in ihr Haar und schloss kurz die Augen. Jane wusste, was sie sagen musste, damit ich mich besser fühlte. Der Vorfall mit Reed hatte mich aus der Bahn geworfen, aber ich würde nicht zulassen, dass er meinen Neuanfang in New York ruinierte.

»Ich habe heute schon ein paar Bewerbungen an Cafés und Restaurants geschrieben, die Servicepersonal suchen«, teilte ich Jane mit, um das Thema zu wechseln, und löste mich aus der Umarmung. »Aber es wird dauern, bis die ersten Antworten kommen.«

Was mich daran erinnerte, dass ich für die kommende Zeit nichts zu tun hatte. Ich würde zu Hause hocken, während Jane und Charly ihre Karrieren im Eiltempo vorantrieben, und mich zu Tode langweilen.

»Dann nutze die Zeit und sieh dir die Stadt an«, rief Jane begeistert, als läge die Lösung auf der Hand. »Cos, komm schon. Wir sind in New York. Hier gibt es an jeder Ecke was zu sehen, dir wird schon nicht langweilig werden. Mach es wie auf deinen Reisen, schnapp dir deinen Rucksack, eine Flasche Wasser und deine Kamera und dann zieh los, um die Stadt unsicher zu machen.«

Dieses Mal war mein Lachen echt. Ich ließ zu, dass Janes Euphorie mich ansteckte.

»Vielleicht hast du recht«, gestand ich. Auf Reisen hatte mich niemand dazu animieren müssen, die Stadt zu erkunden. Einige meiner Bekannten hatten mir den Namen *Streuner* gegeben, weil ich von früh bis spät durch die Straßen gezogen war und nie zurück zur Unterkunft wollte. Warum fühlte ich mich in New York dann so gelähmt? War das ein Zeichen meines Unterbewusstseins, dass dies nicht der richtige Ort für mich war? Oder stand ich mir bloß selbst im Weg?

»Vielleicht?«, riss Jane mich aus meinen Grübeleien. »Selbstverständlich habe ich recht. Komm schon, du hast heute genug gemacht. Ich koche unser Abendessen und du nimmst dein Handy in die Hand und planst, welche Sehenswürdigkeiten du dir morgen ansehen wirst. Wenn Charly und ich vor lauter Arbeit nicht dazu kommen, soll wenigstens eine von uns die Stadt erkunden. Du kannst uns dann alles erzählen und uns die Bilder zeigen.«

Ich blieb auf der Couch sitzen und beobachtete Jane dabei, wie sie zwei Töpfe aus den Schränken zog und sich an die Zubereitung unseres Abendessens machte.

»Brauchst du Hilfe?«, fragte ich, doch sie schüttelte den Kopf und sah mich über die Schulter hinweg an.

»Kümmere du dich um die Sehenswürdigkeiten, das wird

dich aufmuntern.«

Ich spürte, wie ich gegen die aufkommenden Tränen ankämpfen musste, deswegen formte ich ein stummes *Danke* mit den Lippen und schickte ihr einen Luftkuss. Danach griff ich nach meinem Handy, das ich den Tag über absichtlich ignoriert hatte.

Eine Entscheidung, die ich schnell bereute, als ich mein Display entsperrte. Sofort schlugen mir Dutzende Facebook-Benachrichtigungen entgegen. Ein ungutes Gefühl breitete sich in mir aus, als ich mit zitternden Fingern eine davon antippte. Gefühlt dauerte es ewig, bis die App sich öffnete und das Video abspielte, aber als es so weit war, sackte mir das Herz in die Hose.

»Fuck«, fluchte ich und starrte ungläubig auf das Display.

»Alles okay?«, fragte Jane von der Küche aus. »Ist etwas passiert?«

Ich schüttelte hektisch den Kopf. »Alles gut. Ich habe mich nur vertippt«, wimmelte ich sie ab. Als sie sich wieder dem Essen zuwandte, konzentrierte ich mich erneut auf das Video vor mir.

Mein erster Schock hatte sich gelegt, trotzdem blieb mir die Luft weg, als die Eierschlacht vor meinem Auge ablief. Einer der Demonstranten musste währenddessen sein Handy gezückt und ein Video von der Eskalation vor *Reed Davis Constructions* gedreht haben. Was aber viel schlimmer war, war die Beschreibung des Videos, die über dem Beitrag stand.

Was für ein Erfolg. Das verdanken wir nur dir, **@xxxCosima.Meyerxxx**. *RDC, jetzt könnt ihr uns nicht mehr* *ignorieren!*

Dieser Idiot, wer auch immer er war, hatte mich tatsächlich auf dem Video verlinkt. Schweiß breitete sich auf den Innenseiten meiner Handflächen aus, und ich schnappte ungläubig nach Luft, als ich sah, dass es bereits zweihundert Mal geteilt worden war.

Nicht deren Ernst!

Der Post war vor über vier Stunden online gegangen. Ich spielte das Video von Anfang an ab. Wenn ich Glück hatte, sah man darauf, dass Phil das Ei geworfen hatte und nicht ich. Eine Minute und dreiundzwanzig Sekunden später wusste ich, dass ich kein Glück gehabt hatte. Selbstverständlich nicht. Der Eierwurf war vom Video nicht aufgezeichnet worden. Dafür war Phils Aktion zu spontan gewesen. Alles, was man sah, waren die Nachahmer, dank derer die Situation so schnell eskaliert war. Und mich aus der Ferne, wie ich von allen zu meinem Erfolg beglückwünscht wurde.

»Scheiße«, zischte ich leise genug, dass Jane es nicht hörte. Was zum verfluchten Teufel sollte ich jetzt tun? In meiner Ratlosigkeit meldete ich das Video und hoffte, dass Facebook schnell reagieren und es löschen würde. Dann ging ich die Liste meiner Benachrichtigungen durch. Es waren Infos über weitere Beiträge, in denen ich markiert worden war. Ich musste sie mir nicht erst ansehen, um zu wissen, dass es sich um das geteilte Video handelte. In diesem Moment hasste ich das Internet. Während ich ein Video nach dem anderen meldete, rechnete ein anderer Teil meines Gehirns mir eine vernichtende Zahl aus. Wenn das Original zweihundert Mal geteilt worden war und jedes davon noch ein paar Mal und diese dann ebenfalls … Ich hätte die Liste endlos weiterführen können. Der Punkt war, mittlerweile hatte das Video sich so weit verbreitet, dass ich mir die Finger wundtippen konnte, ich würde diese Entwicklung nicht mehr eindämmen können.

Trotzdem hörte ich nicht auf, denn ich konnte auch nicht einfach tatenlos dasitzen und zusehen, wie mein Neustart in New York den Bach runterging.

Schockiert las ich einige der Kommentare, die unter dem Video standen. Mittlerweile hatte sich herumgesprochen, dass Reed mich zu sich ins Büro gerufen hatte. Die Leute diskutierten darüber, was er von mir gewollt haben könnte, was wir besprochen hatten. Einige markierten mich unter den Fragen, damit ich es sah und ein Statement abgab.

Gott, die Sache hatte in kürzester Zeit unfassbar hohe Wellen geschlagen.

Nur am Rande realisierte ich, dass Charly heimkam. Irgendwann fragte sie mich, ob bei mir alles in Ordnung sei.

»Alles super«, erwiderte ich sarkastisch. »Ich bin total am Arsch, aber alles super.«

Meine Freundinnen wussten, was für eine Chaotin ich war. Ich ging das Leben lockerer an als sie, traf unüberlegte Entscheidungen und dachte im Allgemeinen nicht viel über Konsequenzen nach. Sich in Schwierigkeiten zu bringen, war typisch Cosima. Aber diese Situation war selbst für mich ein Super-GAU.

Beim Abendessen redete keiner von uns ein Wort. Ich blickte nur einmal kurz von meinem Handy auf, um meine

Freundinnen zu mustern, und stellte fest, dass auch sie unglücklich wirkten. Beide hingen ihren eigenen Gedanken nach und mein Blick fiel wieder auf Janes Gesicht. Sie hatte die verlaufene Wimperntusche weggewischt, aber das Gefühl, dass sie geweint hatte, blieb. Trotzdem war es nicht der richtige Zeitpunkt, um sie darauf anzusprechen. Ich wollte es aber im Hinterkopf behalten, denn wenn sie etwas belastete, wünschte ich mir, für sie da zu sein.

Der Gedanke, dass meine Freundinnen mich bei ihrem Neustart brauchten und wir ein Team waren, das zusammenhalten musste, gab mir neue Motivation, das Internet nach weiteren Videos zu durchforsten. Nach und nach meldete ich sie und bekam mit, dass einige gelöscht wurden. Dennoch war es ein sinnloses Unterfangen. Irgendwer hatte das Originalvideo und konnte es jederzeit wieder hochladen. Aber wenn ich mich nicht beschäftigte, würde ich vor lauter Panik doch noch meine Koffer packen und die Stadt verlassen. Und das wollte ich meinen Freundinnen nicht antun. Also machte ich weiter. So lange, bis Charly und Jane sich schlafen legten und ich allein im Wohnzimmer zurückblieb.

Erst da sah ich ein, dass es nur eine vernünftige Lösung gab. Ich musste meinen Account deaktivieren. Dann konnte mich niemand verlinken, keiner konnte mich erreichen und wenn ich aus den sozialen Medien verschwand, wären die Leute tatsächlich gezwungen, sich eine neue Anführerin für ihre Demonstration zu suchen.

Der Schritt fiel mir schwer, denn mit meinem Account

waren zahlreiche Erinnerungen an meine Reisen verbunden, aber wenn der Spuk rum war, würde ich ihn wieder aktivieren. Es war keine endgültige Entscheidung. Ich zog mich nur auf unbestimmte Zeit zurück. Das redete ich mir ein, als ich mit zittrigen Fingern und klopfendem Herzen auf *Account deaktivieren* drückte.

Doch das Gefühl, das Richtige getan zu haben, überwog. Jane und Charly zählten auf mich. Alles, was ich tat, fiel auch auf sie zurück. Wir waren ein Team. Ich wiederholte dies wie ein Mantra, während ich mich bettfertig machte.

Morgen war ein neuer Tag. Eine neue Chance. Ich würde weitere Bewerbungen schreiben, dafür sorgen, dass die Wohnung schöner wurde und mir dann die Stadt ansehen, so wie Jane es vorgeschlagen hatte. Alles würde gut werden. Morgen sähe die Welt besser aus.

Kapitel -10

Reed

Am nächsten Morgen war die Menge der Demonstranten gewachsen. Genau wie Cosima es prophezeit hatte. Jeden Tag gesellten sich ein paar mehr dazu, bis der Platz vor meinem Unternehmen überfüllt wäre. Spätestens dann hätte ich einen Haufen Pressemitarbeiter vor der Tür und ein verdammt großes Problem. So weit durfte ich es nicht kommen lassen. Heute Morgen waren zwei Interviewanfragen per Mail eingetrudelt. Übereifrige Journalisten hatten das Video des Eierwurfs in den sozialen Medien entdeckt und sahen darin eine große Story. Nur gut, dass ich ihre Chefs kannte und diese ihre Mitarbeiter schnell zurückpfiffen. Doch ich wusste, dass das keine dauerhafte Lösung war. Dafür gab es zu viele freie Journalisten, oder welche, die ihren Job riskierten, um eine gute Story zu bringen. Mein einziges Glück war es, dass derzeit aufsehenerregendere Dinge in der Stadt passierten, hinter denen ich mich verstecken konnte. Noch.

Auf mir lastete ein großer Druck, weswegen ich gleich als erste Amtshandlung des Tages zum Telefonhörer griff und den Security-Mitarbeiter von gestern anwies, die Menge nach Cosima abzusuchen und sie zu mir zu bringen. Ich erwartete, dass sie aufgebracht in mein Büro stolpern würde, stattdessen bekam ich bloß die Nachricht, dass sie nicht anwesend war. Er hatte sie nirgendwo unter den Demonstrierenden ausmachen können.

Wütend ballte ich die Hand zur Faust und unterdrückte den

Drang, auf den Tisch zu schlagen, während der Mann am anderen Ende der Leitung auf weitere Anweisungen von mir wartete. Was jetzt?

»Einen Moment«, sagte ich und legte den Hörer beiseite, um in Ruhe nachdenken zu können.

Wir kannten ihren vollen Namen. Cosima Meyer. Wenn ich wollte, konnte ich ein paar Kontakte ausreizen und ihre Adresse herausfinden. Aber das würde Stunden dauern. Zu diesem Mittel wollte ich vorerst nicht greifen. Erst, wenn mir keine andere Wahl blieb. Nachdenklich öffnete ich den Internetbrowser, rief Facebook auf und loggte mich mit dem Firmenkonto ein.

Die Gruppe, in der die Beiträge zur Demonstration geschrieben worden waren, war schnell gefunden. Trevor hatte mir den Namen genannt und meine Firma war unter Hunderten Beiträgen verlinkt worden. Ich suchte die geteilten Veranstaltungen und mir sprang ein bunter Flyer ins Auge, der zu der Demo aufgerufen hatte. Geteilt hatte ihn ein gewisser *Phil Baker.*

Ich griff wieder zum Hörer.

»Suchen Sie nach einem Phil Baker«, wies ich den Mann am anderen Ende der Leitung an. »Ich schicke Ihnen gleich ein Foto.«

Dann legte ich auf und fotografierte mit dem Handy das Profilfoto ab, um es meinem Mitarbeiter zu schicken.

Anscheinend hatte Cosima gestern nichts begriffen. Ich hatte gehofft, dass sie den Abend nutzen würde, um in sich zu gehen und nochmal nachzudenken. Dass sie schlau genug wäre, um einzusehen, wie sinnlos ihre Aktion war. Offensichtlich hatte ich falschgelegen.

Sonst wäre sie jetzt bei mir im Büro und würde mir mitteilen, wie sie plante, die Demonstration aufzulösen. Zweihunderttausend Dollar, und sie lehnte sie, ohne mit der Wimper zu zucken, ab. Ich wusste nicht, ob ich beeindruckt sein oder mich über so viel Dummheit ärgern sollte.

Aber da sie kein schlaues Mädchen war, wurde es Zeit, härtere Geschütze aufzufahren und ihr zu zeigen, wer von uns das Sagen hatte.

***

Cosima

Aufzuwachen und sich von allem erschlagen zu fühlen, war etwas, das ich gut kannte. Auch wenn das letzte Mal vier Jahre zurücklag. Damals waren es meine Familie und die Universität gewesen, heute Reed und seine Firma. Allerdings wusste ich, dass es nichts half, wenn ich mich zu Hause verkroch und mir die Decke über den Kopf zog. Im Gegenteil, ich beschloss, mich fertigzumachen und meine Sight-Seeing-Tour vorzuschieben.

Hellwach, aber trotzdem unausgeschlafen ging ich zum Kühlschrank und zog ihn auf. Charly und Jane waren bereits unterwegs. Heute hatte ich nicht einmal großartig so tun müssen, als würde ich schlafen, denn beide waren förmlich aus der Haustür gestürmt. Ich machte mir große Sorgen um sie. Mein Bauchgefühl sagte mir, dass bei den beiden was nicht stimmte. Deswegen beschloss ich, eine aufmunternde Nachricht in den Gruppenchat zu schicken. Wenn ich den beiden schon nicht anders helfen konnte, dann wollte ich ihnen wenigstens zeigen, dass ich an sie dachte und dass ich da war, falls sie reden wollten. Denn ich kannte meine besten Freundinnen. Sie dazu zu drängen, sich mir anzuvertrauen, würde nichts nützen. Bei ihnen musste man behutsam vorgehen. Besonders Charly war eher der taffe Typ, der seine Angelegenheiten gern mit sich selbst ausmachte.

Guten Morgen Mädels, ich wollte euch bloß einen schönen Tag wünschen.
Wir sehen uns viel zu selten und ihr fehlt mir.
Fühlt euch geküsst.

An meine Nachricht hängte ich eine Reihe verschiedener Emojis an, bevor ich auf Senden drückte.

Im Kühlschrank entdeckte ich Frischkäse und auf der Arbeitsplatte lag eine Papiertüte mit Bagels. Außerdem fand ich Marmelade. Behutsam schnitt ich den Bagel auf, verstrich Frischkäse auf beiden Seiten und gab je einen Klecks Marmelade dazu, bevor ich mir Kaffee kochte. Dann ließ ich mich mit einem Teller und der Tasse in der Hand auf dem Sofa nieder, zog das Fenster auf und genoss mein Frühstück mit Blick nach draußen, als mein Handy laut klingelte. Ich zuckte erschrocken zusammen, wobei ein Schluck meines Kaffees auf das Sofa tropfte. Na toll.

Mein Handy lag vor mir auf der Couch, und auf dem

Display las ich eine unbekannte Nummer. Eine böse Vorahnung beschlich mich und mein Herz begann schneller zu klopfen. Unfähig, etwas zu tun, starrte ich mein Handy an und flehte innerlich, dass der Anrufer einfach auflegen würde.

Aber es klingelte weiter und es kam mir so vor, als würde das Geräusch mit jeder Sekunde aggressiver werden.

Als der Anrufer auflegte, atmete ich erleichtert durch. Doch ein paar Sekunden später ging eine Textnachricht ein und ließ mich erneut zusammenzucken.

Mit zitternden Händen griff ich nach meinem Handy und öffnete sie. Sie war von der unbekannten Nummer, die kurz vorher angerufen hatte.

Du kannst dich nicht ewig vor mir verstecken.

Da stand kein Name, dennoch war ich mir zu hundert Prozent sicher, von wem die Worte kamen. Es gab nur einen Mann, vor dem ich mich versteckte.

Ich hatte kaum Zeit, die Nachricht zu verdauen, da klingelte mein Handy erneut. Ich könnte den Anruf ignorieren, aber wie lange würde das gutgehen? Auf das Beste hoffend, ging ich ran.

Kurz herrschte Stille. Dann räusperte ich mich und fragte mit leiser Stimme: »Wer ist da?«

Ein kurzes Lachen ertönte. »Wenn du dir ein bisschen Mühe gibst, kommst du bestimmt von selbst drauf.«

Die Tasse in meiner Hand zitterte gefährlich, als ich Reeds

Stimme erkannte.

»Woher hast du meine Nummer?«, wollte ich wissen. Auf Facebook war sie nicht hinterlegt gewesen, daher war es unmöglich, dass er sie von dort hatte. Ich stand auf, stellte meinen Kaffee auf meiner Kommode ab und tigerte im Zimmer auf und ab.

»Von deinem Freund Phil«, gab Reed unverblümt zu. Ich legte mir die Hand auf den Bauch, weil ich kurz das Gefühl hatte, mich übergeben zu müssen.

»Wieso sollte Phil dir meine Nummer verraten?«

Reed gab einen Laut von sich, der irgendwo zwischen Lachen und Schnauben lag. »Kannst du dir das nicht denken, Kleines?«

Ich ließ mich auf den Küchentisch sinken und fuhr mir mit der Hand erschöpft durch das Gesicht.

»Du hast ihn bestochen?«, murmelte ich schließlich kraftlos. Eine überflüssige Frage, denn ich konnte mir die Antwort bereits denken.

»Sagen wir, dass ich ihn für seine Hilfe großzügig entlohnt habe.«

Dafür würde ich Phil den Hals umdrehen. Was der heutige Tag auch bringen mochte, der nächste Punkt auf meiner To-do-Liste war es, Phil den Arsch aufzureißen.

»Unglaublich, dass du das getan hast«, fuhr ich Reed an, um einen Teil meines Frusts an ihm auszulassen. Ihn schien das nur zu amüsieren.

»Es bestätigt meine Aussage, dass alles und jeder seinen Preis hat«, spottete er und ich presste wütend die Zähne aufeinander.

»Ist das der Typ Mann, auf den du stehst?«, bohrte er weiter. »Verweichlicht und rückgratlos?«

Ich wollte mich nicht von ihm provozieren lassen. Nicht schon wieder. Aber Reed wusste instinktiv, welche Knöpfe er bei mir drücken musste.

»Besser als arrogant und menschenverachtend«, gab ich bissig zurück, doch Reed lachte nur über meine Worte und ließ sich nicht verunsichern.

»Was willst du von mir?«, fragte ich schließlich genervt, weil dieses Gespräch bereits früh am Morgen alle Kraft aus mir zog. »Warum bestichst du Phil, damit er dir meine Nummer gibt?«

»Was dachtest du, was ich mache?«, fragte er höhnisch. »Zulassen, dass du Chaos anrichtest und dich dann versteckst? Nein, nicht mit mir. Wir werden die Angelegenheit heute klären, Kleines.«

Die Art, wie er das sagte, gefährlich und verheißungsvoll, ließ einen Schauer über meinen Rücken laufen. Vielleicht lag es auch daran, dass er mich zum zweiten Mal *Kleines* nannte.

»Klären?«, fragte ich verächtlich. »Wir klären gar nichts. Ich bin raus.«

Reed lachte wieder. »Oh nein, das bist du nicht. Du steckst tiefer drin als je zuvor.«

Ich schloss die Augen und fuhr mir verzweifelt durch die Haare.

»Gib mir deine Adresse«, forderte Reed, bevor ich irgendwas sagen konnte, und ich riss erschrocken die Augen auf.

»Niemals«, rief ich eine Spur zu aufgebracht und versuchte, mich in den Griff zu bekommen. »Du bekommst meine Adresse nicht.«

Der Gedanke, dass Reed Davis wusste, wo ich wohnte … nein, das war zu viel. Wenn ich jede Sekunde damit rechnen musste, dass er hier auftauchte und mein Leben auf den Kopf stellte, würde mein Herz das nicht mitmachen. Allein bei dem Gedanken schlug es ungesund schnell in meiner Brust.

»Du kannst mir die Adresse freiwillig geben oder warten, bis ich sie auf anderem Weg herausgefunden habe. So oder so werde ich sie bekommen. Für dich wird es nur angenehmer sein, wenn du kooperierst.«

Kooperieren? Er redete mit mir, als wäre ich eine Kriminelle.

»Auf keinen Fall«, lehnte ich sein großzügiges Angebot entschieden ab.

Reed seufzte. »Du enttäuschst mich, Cosima. Wir beide haben heute eine Verabredung.«

Seine Worte waren fast schon ein Raunen und ließen eine Gänsehaut auf meinen Armen entstehen. Ehe ich antworten konnte, fuhr er fort.

»Bevor du eine endgültige Entscheidung triffst, bedenke bitte, wie tief ich graben müsste, um an deine Adresse zu kommen. Und wie tief ich graben würde, wenn ich erst einmal auf den Geschmack gekommen bin. Ich könnte so viele Dinge über dich erfahren. Dinge, von denen du vielleicht nicht willst, dass ich sie weiß, oder?«

Ich biss die Zähne zusammen und ballte die Hand zur Faust. Dieser Mistkerl. Dieser verdammte, rücksichtslose, idiotische Mistkerl. Er hatte recht. Der Gedanke, dass Reed Davis in meiner Vergangenheit herumstocherte, war schlimmer, als ein gemeinsamer Tag mit ihm werden konnte.

»154 Berkeley Place, Park Slope«, gab ich zähneknirschend nach. Ich wusste, dass ich diese Entscheidung bereuen würde, aber meine Alternativen waren begrenzt.

»Schlaues Mädchen. Ich bin in einer halben Stunde bei dir«, raunte er und legte auf.

Als ich vor der Haustür ankam, wartete Reed bereits. Er hatte seinen schnittigen Jaguar am Straßenrand geparkt und machte keine Anstalten auszusteigen und mich zu begrüßen.

Das Handy in der Hand und den Blick abgewendet, ignorierte er mich so lange, bis ich an das Fenster der Beifahrertür klopfte. Er sah mich an, runzelte die Stirn und ließ die Scheibe herunter.

»Steig ein«, forderte er, um direkt danach etwas in sein Handy zu tippen und mich zu ignorieren. Der Mann wusste, wie er mich innerhalb weniger Sekunden zur Weißglut brachte. Ich öffnete die Tür, ließ mich auf den Sitz fallen und verschränkte die Arme abwehrend vor der Brust.

»Was ist so wichtig, dass wir es nicht am Telefon besprechen können? Ich dachte, dass ich mich gestern deutlich ausgedrückt hätte«, fuhr ich ihn schärfer an, als ich es beabsichtigt hatte.

»Keine Sorge, du warst deutlich«, sagte er und verstaute sein Handy in der Innentasche seines Sakkos. Dann wandte er sich mir zu und das Goldbraun seiner Augen traf mich so unvorbereitet, als sähe ich es zum ersten Mal. Gott, Reed war ein schöner Mann. Anders konnte ich es nicht ausdrücken. Seine Anwesenheit reichte aus, um die Temperatur im Wagen zu erhöhen. Aber sein Inneres war so eisig, dass mir vor Kälte die Finger abbrechen würden, wenn ich ihn berührte. Sein Blick verlor sich in meinem, und ich musste angestrengt nach den Worten suchen, die mir eben noch auf der Zunge gelegen hatten.

»Wenn du nicht bereit bist, dich zu entschuldigen und uns entgegenzukommen, sehe ich keinen Sinn in diesem Treffen«, fuhr ich fort und stockte, weil sein Blick von meinem Gesicht hin zu meinen Beinen geglitten war, die durch den Jeansminirock nur sporadisch bedeckt wurden.

Statt einer Antwort lächelte er bloß über meine Worte hinweg, griff nach dem Autoschlüssel und startete den Wagen.

»Soll das eine Entführung werden?«, fragte ich trocken.

»Wenn das eine Entführung wäre, würdest du längst geknebelt und mit einem Sack über dem Kopf auf der Rückbank liegen. Also sei beruhigt und lass dich überraschen.«

»Ich stehe nicht sonderlich auf Überraschungen«, rutschte es mir heraus, und ich sah, wie Reeds Hände um das Lenkrad sich anspannten. Sein Blick glitt zurück zu meinen Beinen, liebkoste die Dornenranken, die sich über meine helle Haut zogen, und ich las eine unausgesprochene Frage in seinen Augen. *Worauf stehst du dann?*

Zwischen Reed und mir flogen aus unerklärlichen Gründen Funken und ich spürte die Hitze selbst dann noch, als ich das Fenster heruntergelassen hatte und kühler Fahrtwind auf mein Gesicht traf. Ich versuchte ihn und das, was zwischen uns war, zu ignorieren, spürte jedoch, wie seine Blicke auf mir ruhten, wann immer der Verkehr es zuließ.

Mit den Händen nestelte ich am Saum meines Jeansrocks herum und unterdrückte den Drang, ihn mir über die Oberschenkel zu ziehen. Um mich abzulenken, konzentrierte ich mich auf die vorbeiziehende Stadt. Außer einem Haufen Menschen, Gebäuden und Ampeln gab es auf unserer Strecke zwar nicht viel zu sehen, aber das war besser, als in Reeds Richtung zu schauen. Denn wenn ich seinen zusammengebissenen Kiefer sah, wollte ich unanständiger Weise mit der Zunge über seinen Hals fahren und beobachten, wie er sich unter meinen Berührungen entspannte.

Bei dem Gedanken schoss die Hitze von meinem Kopf direkt in meinen Schoß und ich kniff die Augen zusammen, um sie abzuschütteln.

»Wo fahren wir hin?«, fragte ich noch einmal, um mich abzulenken und die unangenehme Stille zwischen uns zu durchbrechen.

»Wir sind gleich da, dann siehst du es«, antwortete Reed. Seine Stimme war rau und belegt. Sie klang wie das sanfte Schnurren eines Pumas und sorgte keineswegs dafür, dass meine Gedanken und Sehnsüchte wieder in die richtige Bahn gelenkt wurden.

Zum Glück behielt Reed recht und wir erreichten unser Ziel fünf Minuten später. Der Anblick der heruntergekommenen Wohnsiedlung war der Eimer kaltes Wasser, den ich gebraucht hatte.

Je näher wir ihr kamen, desto stärker wurde mir das Ausmaß des Verfalls bewusst, und es verschlug mir die Sprache. Der Zustand war miserabel. Er befand sich weit weg von allem, was ich als wohntauglich erachtet hätte, und auf Reisen hatte ich mich mit so einigem abgefunden. Aber das hier … Wie mochte der Alltag in einem solchen Zuhause aussehen?

Und wie stand es um das Innere des Gebäudes, wenn das Äußere schon so wenig einladend war?

Meine Reaktion verriet Reed, dass ich nie zuvor hier gewesen war und nicht gewusst hatte, in welchem Zustand die Siedlung sich befand.

»Das ist der Ort, den du so inbrünstig verteidigst und gegen dessen Sanierung du dich ausgesprochen hast«, rieb er mir voller Genugtuung unter die Nase.

Ich schloss erschöpft die Augen und wollte den Anblick der Wohnsiedlung vergessen. Doch Reed ließ es nicht zu. Ich hörte, wie er ausstieg und den Wagen umrundete. Als er die Beifahrertür öffnete, spürte ich einen kühlen Luftzug, der über mein Gesicht wehte.

»Steig aus, ich zeige dir alles«, forderte Reed mich auf.

Ich wusste, dass ich keine andere Wahl hatte. Trotzdem

dauerte es einige Sekunden, bis ich mich in Bewegung setzte. Denn das Letzte, was ich wollte, war, mir diese heruntergekommene Wohnsiedlung genauer anzusehen. Der Anblick verstärkte bloß das Gefühl, dass der Zufall mich in eine Sache hineingeritten hatte, der ich nicht gewachsen war.

Kapitel -11-

Reed

Gemeinsam gingen wir über das Gelände, bei dem offensichtlich war, dass man es seit Jahren nicht mehr renoviert hatte. So sah es aus, wenn die Natur ein Fleckchen Erde Stück für Stück zurückforderte. Zwischen den Pflastersteinen, auf denen wir gingen, wucherte Unkraut hervor.

Cosima war auffallend schweigsam. Sie hatte einen Arm um ihre Mitte geschlungen und spielte mit ihrer freien Hand am Anhänger ihrer Halskette.

Die Genugtuung, die ich bei unserer Ankunft empfunden hatte, war längst verschwunden. Cosimas fassungsloser Gesichtsausdruck ließ wenig Platz für Freude, und ich versuchte mich daran zu erinnern, wie der Ort damals auf mich gewirkt hatte, als ich ihn zum ersten Mal sah. Die bedrückende Atmosphäre, die von ihm ausging, schlug einem auf die Stimmung.

Hatte ich ebenso schockiert reagiert oder nur den Profit gesehen, den ich machen konnte?

Ganz ehrlich, ich wusste es nicht mehr, denn seitdem war einiges geschehen. Manchmal beschlich mich das Gefühl, dass die Zeit für mich schneller verging als für andere. Ein Jahr war unbemerkt an mir vorbeigerast, weil jeder Tag mit Krisen vollgepackt war, die bewältigt werden mussten. Ich hatte keine Zeit, mich zu lange mit einer Sache aufzuhalten.

Deswegen war es auch so wichtig, dass ich niemals den

Fokus verlor. Auch heute nicht. Ich war hergekommen, um Cosima von ihrem Vorhaben abzubringen und das würde ich durchziehen, auch wenn ich mich dadurch in die Rolle des Schurken begab.

»Zuletzt wurde der Komplex 1980 renoviert«, teilte ich ihr mit und bemühte mich um einen gönnerhaften Tonfall, der mir leider nur halb so gut wie sonst gelingen wollte.

Spiele deine Rolle, ermahnte ich mich in Gedanken und räusperte mich. Als ich danach weitersprach, klang ich vielmehr nach mir selbst.

»Bei einem normalen Gebäude wäre das kein Problem, doch in dem Komplex wohnen viele Menschen, hauptsächlich Familien mit Kleinkindern, und einige Haustiere. Dadurch nutzt das Objekt sich deutlich schneller ab.«

Die derzeitigen Mietpreise waren gering und der Vermieter hatte sich offensichtlich entschlossen, das Gebäude so lange wie möglich auszuschlachten und es dann abzustoßen, statt nochmal eine größere Summe zu investieren. Was wenig verwunderlich war, wenn man bedachte, dass er den Mietpreis dadurch nur minimal anheben konnte und die Kosten so erst in zwanzig Jahren abbezahlt wären. Es war ein Teufelskreis und einer der Gründe, weswegen viele Gebäude nach und nach verkamen. Die Kosten für eine Sanierung überstiegen die Gewinne, die durch Mieteinnahmen erzielt werden konnten.

Das war der Grund, weswegen wir uns ausschließlich für den Verkauf der neuen Wohnungen entschieden hatten und das an Singles und Kinderlose, damit das Gebäude möglichst lange etwas hermachte, denn auch, wenn wir die Wohnungen verkauften, hatten wir als Hausverwaltung gewisse Pflichten, den Komplex zu erhalten.

Ich beobachtete Cosima und die Wirkung meiner Worte auf sie. Langsam ließ sie den Blick über die Fassade gleiten, an der der Putz stellenweise abbröckelte. Einige Fensterscheiben in den Hausfluren waren zersplittert. Das Gras neben den Laufwegen wuchs mittlerweile kniehoch. Seit meinem letzten Besuch vor drei Wochen war es nicht gemäht worden.

»Die Rohre und die Elektrik im Inneren sind veraltet. Ebenso die Heizungsanlagen, die im Winter öfter ausfallen.«

Im Sommer hingegen kämpften die Bewohner dank der schlechten Isolierung gegen die Hitze in ihren Wohnungen. Was ein Grund dafür war, dass fast alle Rollläden halb hinuntergelassen waren. Einige von ihnen hingen schief über den Fenstern.

Wir kamen an einem unbenutzten Spielplatz vorbei und ich trat eine leere Bierdose aus dem Weg. Scheppernd flog sie über den unebenen Asphalt und blieb einige Meter von uns entfernt liegen. Cosima zuckte bei dem lauten Geräusch zusammen, ließ sich aber ansonsten nicht anmerken, ob irgendwas von meinen Worten zu ihr durchdrang. Aber jeder, der bei gesundem Menschenverstand war, musste sich eingestehen, dass dieser Komplex unbewohnbar war.

»Falls du dich fragst, wie es im Inneren aussieht«, fuhr ich fort, ohne sie anzusehen. »Es schimmelt. In fast allen Wohnungen konnten wir feuchte Wände finden. Ein modriger Geruch verpestet die Räume und hat sich so tief verwurzelt, dass nichts mehr hilft. Aus diesem Grund reißen wir alles ab. Weil manche Dinge nicht gerettet werden können.«

Wir gingen noch ein Stück weiter, dann blieb Cosima stehen und starrte auf ihre Füße. Es war unmöglich zu sagen, was sie gerade dachte. Aber ich hätte alles dafür gegeben, um Einblick in ihre Gedanken zu bekommen.

»Du darfst gern zugeben, dass du dich für eine Sache eingesetzt hast, von der du nichts verstehst«, provozierte ich sie, um überhaupt eine Reaktion zu bekommen. Fehlanzeige.

Dabei musste sie spätestens jetzt erkennen, wie lächerlich sie sich mit ihrer kleinen Demonstration gemacht hatte. Dieser Ort war unbewohnbar. Hier zu hausen, lag unter jeder menschlichen Würde und es war die reinste Platzverschwendung in einer Stadt wie New York, wo bebaubarer Boden knapp wurde und die Nachfrage nach Wohnraum dafür umso größer.

Als Cosima weiterhin schwieg, gab ich es auf. Offensichtlich hatte ich meinen Job heute gut gemacht, wenn es ihr so die Sprache verschlagen hatte.

»Komm«, wies ich sie an und zog sie leicht an der Schulter, damit sie sich in Bewegung setzte. »Wir fahren zurück. Ich muss mich heute noch um Wichtigeres kümmern.«

Selbst auf der Rückfahrt blieb sie stumm und starrte in ihre eigenen Gedanken versunken aus dem Fenster. Sie ähnelte nicht mehr im Geringsten der vorlauten jungen Frau, die mir gestern entschlossen meinen Scheck ins Gesicht geschmissen hatte. Dieses faszinierende Leuchten, das sie sonst umgab, war verschwunden.

So sah Cosima Meyer aus, wenn sie besiegt war. Ich müsste mich freuen, denn genau das war mein Ziel gewesen, stattdessen spürte ich Bedauern darüber, diesen Kampf gewonnen zu haben. Ich schob es darauf, dass ich unerwarteterweise Mitleid mit ihr hatte. Aber die Dinge waren, wie sie sein mussten. Cosima hatte sich für eine dumme Sache eingesetzt und ich gewann die Ruhe, die ich mir gewünscht hatte.

Später würde ich ein Rundschreiben an die Großaktionäre rausschicken und sie über den Fortschritt informieren.

Und obwohl es genau das war, was ich gewollt hatte, spürte ich einen kleinen Stich, als ich meinen Wagen vor Cosimas Haustür parkte und sie ihn wortlos verließ. Sie drehte sich nicht einmal nach mir um. Ohne ein Wort, ohne einen Blick, ohne großes Aufsehen verließ sie mein Leben.

Wie ich es gewollt hatte.

Mir war klar, dass es etwas Gutes war, dass die Sache ein Ende hatte. Ich konnte mich wieder auf meine Arbeit konzentrieren und würde Cosima ihr Leben leben lassen, wie auch immer das aussehen mochte. Es ging mich nichts an.

Kapitel -12-

Cosima

Ich stand im Hauseingang und beobachtete aus dem Schatten des Flurs heraus, wie Reed davonfuhr. Erst dann steuerte ich das Café an der nächsten Straßenecke an. Ich wusste, dass mir die Decke auf den Kopf fallen würde, wenn ich allein Zuhause wäre. Der Gedanke war so unerträglich, dass er mich erschreckte. Denn obwohl ich ein geselliger Mensch war, hatte das Alleinsein mir nie Probleme bereitet.

Vor dem Café waren Bänke und Tische aufgestellt worden, an denen ein paar Leute saßen. Ich ging an ihnen vorbei, betrat den Laden und stellte mich an der Kasse an.

Ich hatte im Vorbeigehen schon öfter einen Blick in den Laden geworfen und mochte sein Konzept. Der Kaffee kam aus einer ausgezeichneten Rösterei, die im vorherigen Jahr einen Preis für ihr Röstverfahren gewonnen hatte. Die Bohnen waren hochwertig und fair gehandelt. Es gab selbstgebackene Zimtschnecken und veganes Bananenbrot und man konnte sich seine Heißgetränke nicht nur mit Kuhmilch, sondern auch mit Hafer- oder Mandelmilch bestellen. Zwar ernährte ich mich nicht zu einhundert Prozent vegetarisch oder vegan, versuchte aber meinen Fleischkonsum herunterzuschrauben. So klappte es für mich langfristig sehr gut und ich hatte nie das Gefühl, auf etwas verzichten zu müssen. Trotzdem achtete ich darauf, wo die Lebensmittel, die ich konsumierte, herkamen und unter welchen Bedingungen sie hergestellt worden waren. Deswegen liebte ich Cafés wie dieses. Denn sie machten es einem leicht, bewusster zu leben.

Bis ich an der Reihe war, hatte ich mir überlegt, was ich wollte und bestellte mir einen Flat White mit Hafermilch. Drei Espresso Shots. Nach so einem Morgen hatte ich mir das verdient. Nachdem ich bezahlt hatte, suchte ich mir einen freien Platz vor dem Café und setzte mich in die Sonne.

Mit geschlossenen Augen lehnte ich mich zurück und genoss die Wärme, die auf meine Haut traf, während ich an meinem Getränk nippte. Zwischendurch atmete ich tief ein und aus und versuchte, zu meiner Mitte zurückzufinden.

Vor dem heutigen Morgen hatte ich die Demo für eine gute Sache gehalten. War sogar traurig gewesen, dass sie nicht mehr Aufmerksamkeit bekam. Aber nachdem ich mit eigenen Augen gesehen hatte, in welchem Zustand sich die Anlage befand, fragte ich mich, ob Phil und die anderen sich irrten. Ob ich mich geirrt hatte. Vielleicht setzten wir uns für etwas Falsches ein und es wäre besser, wenn diese alten, maroden Gebäude abgerissen und durch bewohnbare Häuser ersetzt werden würden.

Wir. Ich schnaubte. Als ob ich irgendetwas mit der Sache zu tun hätte. Im Prinzip war ich durch Zufall hineingeraten. Hatte mich mal wieder blindlings und unüberlegt in etwas gestürzt, das mich nichts anging und von dem ich nichts verstand. Das war so typisch für mich. Da ließ ich mich von Reed provozieren und setzte mich vor ihm für ein Gebäude ein, das ich nie zuvor gesehen hatte.

Aber so war ich eben. Aufbrausend und jemand, der unüberlegt handelte, dann aber schnell einen Rückzieher machte, wenn die Lage brenzlig wurde. Das hätte meine Mutter zumindest gesagt.

Und sie hatte recht. Ich entschied Dinge aus dem Bauch heraus, ohne darüber nachzudenken. Hätte ich meinen Verstand benutzt, wäre ich gar nicht erst auf diese Demonstration gegangen. Oder hätte mich im Gespräch mit Reed anders verhalten. Irgendetwas, damit die Situation nicht so eskalierte.

Aber ich hatte getan, was ich immer tat. Mich in Schwierigkeiten gebracht, und ich würde weglaufen, wenn es zu kompliziert wurde.

Mal wieder hatte ich eine Sache angefangen, die ich nicht durchziehen würde. Nicht erst seit heute hasste ich mich selbst dafür, dass ich ein Mensch war, der alles, was er im Leben anfing, abbrach. Zwei Studiengänge, meine Auslandsreisen. Sobald es an einem Ort kompliziert oder ernst wurde oder ich das Gefühl bekam, dass Widerstand drohte, lief ich davon. Ich suchte nach dem leichtesten Weg. Dem des geringsten Widerstands, und ich hatte nie etwas voll durchgezogen.

Jane und Charly hielten mich für einen guten Menschen, weil ich auf Demos ging, mich bei vielen wohltätigen Organisationen einsetzte und umweltbewusst lebte. Aber die Wahrheit sah so aus, dass ich eine verdammte Heuchlerin war. Schlimmer als Reed, denn der stand wenigstens zu dem, was er tat und redete sich nichts schön. Ich hingegen ließ mir einen Heiligenschein aufsetzen und nahm das Lob dafür entgegen, dabei war ich weggelaufen, bevor ich mich irgendwo hatte nützlich machen können. Bevor ich irgendwem eine wirkliche Hilfe hätte sein können, war ich längst weitergezogen.

Seufzend zog ich mein Handy aus dem Rucksack und starrte minutenlang das schwarze Display an. Meinen Flat White hatte ich auf dem Tisch neben mir abgestellt. Was sollte ich tun? Ich musste eine Entscheidung treffen, denn Reed erwartete, dass ich für die Auflösung der Demonstranten sorgte.

Eventuell würde es ausreichen, einen Beitrag in der *Food Sharing New York* Gruppe zu verfassen, in dem ich über die Zustände der Wohnsiedlung informierte. Dass sie unbewohnbar war, nach und nach verfiel und durch eine einfache Renovierung nicht mehr zu retten war. Quasi das, was Reed mir gesagt hatte. Was ich mit eigenen Augen gesehen hatte. Aber warum zweifelte ich dann?

Traurig dachte ich an all die Menschen, die in den heruntergekommenen Wohnungen lebten. Sie hatten ohnehin wenig, und das bisschen, was sie besaßen, sollte ihnen genommen werden. Das war nicht fair. Sie wurden aus ihrem Zuhause vertrieben, ohne eine Alternative zu haben. Wie schrecklich und verstoßen mussten sie sich dabei fühlen?

Ich hatte die Schnauze voll davon, wegzulaufen. Ich wollte kein Feigling mehr sein. Wenigstens ein Mal in meinem Leben wollte ich eine Sache zu Ende bringen, und ich hatte etwas gefunden, wofür es sich zu kämpfen lohnte.

Kapitel -13-

Cosima

Am nächsten Morgen wurde ich von einem vermutlich sanften Rütteln an der Schulter aufgeweckt. Für mich fühlte es sich allerdings an, als wäre ich gewaltsam aus dem Schlaf gerissen worden.

Ich gab ein missgelauntes Brummen von mir und wollte die Decke über meinen Kopf ziehen, da hörte ich Charlys Kichern. »Steh auf, Schlafmütze. Frühstück ist fertig«, sagte sie fröhlich und klang viel zu wach. Ich selbst fühlte mich nach einer Nacht mit zu wenig Schlaf und zu vielen Grübeleien wie überfahren.

Ich hörte, wie Charly an Janes Tür klopfte und sie zum Frühstück rief. In der Zwischenzeit schlurfte ich mit müden Augen und hängenden Schultern zur Küchentheke und schenkte mir eine Tasse Kaffee ein. Mit löffelweise Zucker und einem großzügigen Schuss Sahne darin.

Als Charly zurückkam, nahm ich gerade stöhnend einen großen Schluck. Gott, heute bräuchte ich mindestens drei Tassen, um überhaupt in die Gänge zu kommen.

»Irre ich mich, oder verläuft dein Start in New York auch nicht besonders prickelnd?«, brachte Charly mich mit ihrer plötzlichen Frage aus dem Konzept.

Ich seufzte und sah sie an. »Nicht prickelnd ist Kinderkacke gegen den Scheiß, den ich am Laufen habe«, antwortete ich belustigt. Galgenhumor. Und eine völlige Untertreibung.

»Was hast du angestellt?«, wollte Charly wissen. Eine

berechtigte Frage, die ich nicht zum ersten Mal hörte.

»Oh, nichts«, sagte ich voller Sarkasmus. »Mich nur mit einem von New Yorks mächtigsten Männern angelegt. Jetzt will er meinen Kopf.« Ich fuhr mir mit dem Zeigefinger über den Hals, um meine Worte zu unterstreichen.

Charly sah mich erschrocken an. Vielleicht hätte ich mich weniger dramatisch ausdrücken sollen.

»Und was hast du getan, dass dieser Mann so wütend auf dich ist?«, bohrte Charly weiter, während sie eine Kanne Kaffee aufsetzte.

»Gar nichts«, stieß ich wütend hervor. »Ich habe nichts getan!«

Phil sollte in meiner Situation stecken. Ich hätte es verdient, mir unbesorgt einen faulen Lenz zu machen und meine Tage in New York zu genießen, bevor die Uni losging. Ich sollte die Nächte auf Technopartys durchtanzen, morgens verkatert aufwachen und den Tag mit Sightseeing verbringen. Oder in Cafés sitzen und anregende Gespräche mit Menschen wie Samra führen. Alles an der derzeitigen Situation war unfair.

Trotz meiner Worte sah ich Zweifel in Charlys Blick. Sie glaubte mir nicht. Warum auch. Es war typisch für mich.

»Wenn du nichts getan hast, dann …«, setzte Charly an, aber ich unterbrach sie mit einer hektischen Handbewegung, bevor diese Unterhaltung zu sehr ausartete. Ich hatte keine Lust, es zu erklären.

»Was meintest du damit, dass mein Start in New York AUCH nicht gut gelaufen ist?«, fragte ich stattdessen interessiert und gleichzeitig stolz darauf, dass mein Gehirn in

Notsituationen so schnell schaltete.

Charly wich meinem Blick aus und gab ein nichtssagendes »Hm?« von sich, als wüsste sie nicht, wovon ich redete. Sie widmete sich voller Interesse der Kaffeekanne, aber ich dachte bloß: *Oh komm schon Schwester, um mich zu verarschen, musst du besser schauspielern.*

»Charles, was hat es damit auf sich?«

Sie rollte mit den Augen. Ich wusste, dass sie es nicht mochte, wenn ich ihr diesen Männernamen gab.

»Nichts, ich meinte nur … oh, hey Jane. Frühstück ist fertig«, rief sie aufgeregt und eilte zu Jane, um sie an den Tisch zu ziehen. Ein willkommenes Ablenkungsmanöver, und die ahnungslose Jane hatte keinen Schimmer, wo sie gerade reingeplatzt war.

Ich ließ zu, dass Charly das Thema wechselte. Aber während wir frühstückten, warf ich ihr über den Tisch hinweg misstrauische Blicke zu. Charles verheimlichte was. Und wenn ich genau darüber nachdachte, war sie in dieser Woche an zwei Abenden erst mitten in der Nacht durch die Wohnungstür geschlichen und hatte angestrengt versucht, mich nicht aufzuwecken. Was unnötig gewesen war, denn ich hatte ohnehin nicht geschlafen. Nur so getan und meinen eigenen Gedanken nachgehangen. Deswegen hatte ich mich auch nicht weiter über die merkwürdige Uhrzeit gewundert, zu der Charly nach Hause gekommen war. Aber jetzt, wo ich darüber nachdachte … Welches Büro hatte bis zwei Uhr nachts geöffnet?

Wer eine Schlacht gewinnen wollte, musste sich vorbereiten. Das bisherige Vorangehen an die Demonstration war willkürlich und unorganisiert gewesen. Aber wenn man einen Mann wie Reed Davis schlagen wollte, brauchte man eine Taktik. Einen Schlachtplan. Und Verbündete.

Deswegen rannte ich an diesem Morgen nach dem Frühstück mit den Mädels nicht direkt zu *RDC*, sondern hielt mich erst einmal fern. Sollten Reed und seine Aktionäre sich ruhig in Sicherheit wiegen. Sollten sie denken, dass sie gewonnen hatten. Ich wusste es besser.

Ich stand am offenen Fenster und blickte hinaus auf die Straße. Die Sonne erhob sich langsam hinter den Häuserfassaden und tauchte das Bild vor mir in ein warmes, orangefarbenes Licht. Ich hatte mir eine Strickjacke angezogen und die Arme um den Körper geschlungen, weil es so früh am Morgen noch kalt war. Trotzdem genoss ich die kühle Luft auf meinen nackten Beinen, die nur in kurzen Schlafshorts steckten. Ich sah auf mein Handy in der rechten Hand und entsperrte das Display. Es war erst halb acht. Vermutlich schlief Samra noch, dennoch schrieb ich ihr eine Textnachricht. Ihre Nummer hatte ich aus einem gemeinsamen Gruppenchat mit Phil, dem er mich hinzugefügt hatte.

Cosima: Bist du wach? Ich muss mit dir reden.

Die Antwort ließ trotz der frühen Uhrzeit nicht lange auf

sich warten.

Samra: Hellwach. Vor meiner Haustür ist eine Baustelle. Was gibt´s?
Cosima: Können wir uns treffen?

Die Punkte tanzten über den unteren Bildschirmrand und zeigten mir, dass Samra tippte. Kurz darauf erschien ihre Adresse im Chatverlauf. Sie wohnte ebenfalls in Brooklyn. Ich checkte die Verbindung und stellte erfreut fest, dass ich mit der Sub nur 15 Minuten brauchen würde. Perfekt.

Gerade, als ich ins Badezimmer ging, um mich fertigzumachen, trudelte die nächste Nachricht ein.

Samra: Bring Frühstück mit :D

Ich grinste und schüttelte den Kopf. Wie es aussah, würde ich heute zweimal frühstücken.

Zwanzig Minuten später nahm ich zwei Stufen auf einmal in unserem Treppenhaus und steuerte die nächste U-Bahn-Station an, von der aus eine Linie nach Gowanus fuhr.

Obwohl Park Slope und Gowanus beide zu Brooklyn gehörten und direkt aneinandergrenzten, unterschieden die Viertel sich erheblich voneinander.

Während in Park Slope die typischen Brownstone-Häuser das Stadtbild dominierten, es viele Bäume und Grünflächen gab und die Gegend insgesamt sehr familienfreundlich war, bestand Gowanus aus einer Mischung von klassischen Reihenhäusern und umgebauten Industriehäusern.

Auf dem Weg zu Samras Wohnung lief ich gleich an fünf Ateliers vorbei, und die Leute, die mir entgegenkamen, waren wohl das, was man allgemein als Hipster bezeichnete. Warum wunderte es mich nicht, dass Samra ausgerechnet hier wohnte? Der Stadtteil passte zu ihr.

In einer kleinen Bäckerei kaufte ich verschiedene Stückchen und Sandwiches, bevor ich das hohe Eckgebäude mit der Hausnummer 67 betrachtete. Das musste es sein. Ich klingelte, und es dauerte nicht lange, bis der Türöffner betätigt wurde und ich in einen großen Hausflur kam.

»Vierter Stock, es gibt keinen Aufzug«, hallte Samras fröhliche Stimme durch das Treppenhaus und ich stöhnte.

»Sport so früh am Morgen. Der Tag kann nur eine Katastrophe werden.«

Tatsächlich schnaufte ich leicht, als ich oben angekommen war und Samra die Tüte mit dem Frühstück entgegenhielt.

»Ich habe hier eine Lieferung für Sie«, keuchte ich. »Und tausche sie gegen eine Tasse Kaffee.«

Meine dritte für heute. Dann sollte ich ein Koffeinlevel erreicht haben, das mir half, mich wie ein halbwegs normaler Mensch zu fühlen. Und nicht wie eine Schlaftablette.

»Wie gut, dass ich gerade welchen aufgesetzt habe«, sagte Samra lachend und umarmte mich. Sie zog mich in die Wohnung und ich fand mich in einem riesigen Raum wieder, dessen Wände auf einer Seite mit roten Backsteinen versehen waren. In einer Ecke stand eine große Küchenzeile mit einem riesigen Esstisch, auf dessen Mitte eine Obstschale platziert war und an dem gut und gern zwölf Mann Platz finden konnten. Gegenüber lag der Wohnzimmerbereich mit einem überdimensionalen Flachbildschirmfernseher, einer Playstation und einem gigantischen Sofa.

An den Wänden hingen Schallplatten, Kunstwerke und überfüllte Bücherregale, und in einer Ecke entdeckte ich ein Atelier.

»Wow«, rutschte es mir raus, während ich den riesigen Raum musterte. »Die Wohnung ist der Hammer.«

»Danke«, sagte Samra und holte zwei große Teller aus dem Küchenschrank. Auf einem servierte sie die Sandwiches, auf dem anderen die süßen Teilchen. Beides stellte sie auf ein Ende des langen Esstischs.

Dann schenkte sie uns beiden eine Tasse Kaffee ein.

»Setz dich«, bat sie mich und ich nahm am Kopfende des Tisches Platz. Die Sonne schien durchs Fenster auf meinen Rücken und wärmte meine Haut, während ich einen großen Schluck Kaffee nahm.

»Mhm«, seufzte ich mit geschlossenen Augen. »Kaffee ist der Himmel.«

»Sehe ich genauso«, stimmte Samra zu. »Aber ohne Zucker könnte ich ihn nicht trinken.«

Ich zuckte bloß mit den Schultern. »Koffein ist Koffein. Mir ist relativ egal, wie er schmeckt.« Diese Antwort brachte mir nur ein verständnisloses Kopfschütteln ein.

»Wie viele Leute wohnen hier?«, fragte ich und sah mich in

dem großen Raum um. Es waren mindestens fünfzig Quadratmeter. Vermutlich mehr. Ich war schlecht darin, sowas zu schätzen.

»Nur ich und mein Mitbewohner. Und seine zahlreichen Partygäste, die jedes Wochenende herkommen.«

Ich verzog mitleidig das Gesicht, denn Samra klang nicht begeistert.

»Eine Baustelle vor der Tür und Partys jedes Wochenende. Wie hältst du das nur aus?«, fragte ich ironisch.

Ganz ehrlich, um hier zu leben, würde ich so einiges aushalten.

Samra grinste vielsagend. »Die Wohnung ist der Hammer, die Lage gut und mein umwerfend gutaussehender Mitbewohner nimmt nicht viel Miete von mir.«

»Vier gute Gründe, um zu bleiben«, stimmte ich zu und wir lachten.

Samra biss großzügig von ihrem Puddingteilchen ab.

»Also«, nuschelte sie mit vollem Mund. »Du wolltest mit mir reden?«

Ich zuckte mit den Schultern. Wo sollte ich nur anfangen? Meine unbeschwerte Laune war dahin, zurück blieb das beklemmende Gefühl, das mich seit meinem Besuch bei der Wohnsiedlung in Queens nicht losließ. Samra schien meine Ratlosigkeit zu bemerken und lieferte mir einen Ausweg.

»Wie wäre es, wenn du bei deinem Treffen mit Reed Davis anfängst? Seit du in seinem Büro gewesen bist, haben wir nichts mehr von dir gehört.«

Ich wandte den Blick ab und sah auf meine Hände. Das

Thema war mir unangenehm und am liebsten hätte ich es totgeschwiegen.

»Wusstest du, dass Phil ihm meine Nummer gegeben hat?«, fragte ich, und Samra riss ungläubig die Augen auf.

»Hat er nicht!«, rief sie entsetzt. »Warum tut er das?«

»Weil Reed Davis ihm Geld geboten hat.«

Samra schlug sich die Hand vor den Mund. »Das ist doch … das kann er doch nicht machen. Was für ein Arsch.«

Das war noch untertrieben. Phil setzte sich gegen Kapitalismus ein und ließ sich dann bestechen. Schlechte Kombination. Aber darum würden wir uns später kümmern. Zuerst musste Samra erfahren, was seit meinem, nennen wir es Meeting, mit Reed passiert war. Im Schnelldurchlauf fasste ich die Ereignisse für sie zusammen. Nur beim Zustand der Wohnsiedlung ging ich ins Detail. Das Bild hatte sich in meinem Kopf eingenistet und verschwand nicht mehr. Wenn ich daran dachte, wurde mir das Herz schwer.

»Du hättest es sehen sollen, Samra«, sagte ich traurig. »Alles war so verwahrlost. Reed sagt, dass es in den Wohnungen schimmelt und die Heizungen im Winter ausfallen.«

»Reed sagt?«, fragte sie mit skeptischem Blick, und ich lief rot an, weil ich den millionenschweren CEO, der unser Gegner war, einfach so beim Vornamen genannt hatte. Ich räusperte mich und kam zum eigentlichen Thema zurück.

»Wir dürfen nicht zulassen, dass diese Menschen ihr Zuhause verlieren. Schon richtig, dass die Siedlung nicht bewohnbar ist, aber was sagt es denn über ihre Situation aus, dass sie dort leben? Die meisten finden vermutlich nichts anderes. Vor allem nicht in der kurzen Zeit, die *RDC* ihnen für den Umzug gibt. In weniger als einem Monat sollen die Abrissbirnen kommen.«

Samra seufzte mitfühlend. »Als Phil mir von der Demonstration erzählt hat, war das der Punkt, der mir am meisten Sorge bereitet hat. Ich habe mich gefragt, wie all diese Menschen so schnell eine neue Wohnung finden sollen. Das ist doch unmöglich«, schimpfte sie.

Für viele der Menschen würde das bedeuten, dass sie auf der Straße saßen. Selbst wenn sie eine freie Wohnung finden würden, ein Umzug war teuer. »Diese Leute sind so arm«, fuhr ich fort, »dass die meisten sicher nicht einmal das Geld für die Kaution haben.«

Samra nickte. »Und dann das Geld für den Umzug und neue Möbel.«

Eine Weile hingen wir beide unseren Gedanken nach, dann stand Samra auf, verließ den Raum und kam kurz danach mit Stift und Papier zurück.

»Wir brauchen einen Schlachtplan«, begann sie und schrieb auf den oberen Rand des leeren Papiers *Schlachtplan* in großen, geschwungenen Buchstaben.

»So ein Blödsinn wie Phils *Wir bereiten dem Kapitalismus ein Ende* wird nicht ziehen. Nicht gegen ein Unternehmen wie *RDC.* Ich habe ihm das von Anfang an gesagt, aber er nimmt keine Ratschläge an.«

Da konnte ich ihr nur zustimmen. Es war quasi einer meiner ersten Gedanken gewesen.

»Ich schlage vor, dass wir auf die menschliche Ebene

gehen«, sagte ich. »Wir müssen die Öffentlichkeit auf die Notlage der Mieter aufmerksam machen.«

Die nächsten zwei Stunden verbrachten Samra und ich damit, uns eine Strategie zurechtzulegen. Dabei wollten wir mit allen Mitteln arbeiten, die uns zur Verfügung standen. Wir mussten mehr Aufmerksamkeit generieren. Ob über die sozialen Medien oder die Presse, damit mehr Menschen von der Demonstration erfuhren und der Druck auf Reed Davis und seine Aktionäre wuchs. Wenn die Öffentlichkeit jeden ihrer Schritte beobachtete und bewertete, könnten sie nicht einfach so machen, was sie wollten.

Am Ende hatten wir über zehn vollgeschriebene Seiten Papier und betrachteten erschöpft, aber zufrieden unser Werk.

»Es ist erst elf, aber ich könnte einschlafen«, jammerte Samra und legte die Stirn auf die Tischplatte. Ich fühlte mich ähnlich ausgelaugt. Keine Ahnung, wann mein Kopf zuletzt so früh auf Hochtouren gearbeitet hatte. Aber für eine Pause war Zeit, wenn wir den Kampf gewonnen hatten.

»Leider kann ich dir nicht erlauben, einzuschlafen«, sagte ich und stach Samra mit dem Finger in die Seite. »Aufstehen, wir haben noch viel zu tun.«

Grummelnd hob sie den Kopf und sah mich an. »Du bist ein schlimmerer Tyrann als Reed Davis«, brummte sie.

Sobald sein Name fiel, lief ich rot an. Ich konnte nichts dafür, aber mein Körper war offensichtlich dazu konditioniert worden, bei ihm an unanständige Dinge zu denken.

Langsam richtete Samra sich auf und beäugte mich

misstrauisch. »Wieso wirst du jedes Mal rot, wenn die Sprache auf ihn fällt?«

Ich hob die Schultern und schob ratlos die Unterlippe vor. »Ich weiß nicht, wovon du sprichst.«

»Spiel hier nicht die Ahnungslose«, erwiderte Samra und ein fettes Grinsen breitete sich auf ihrem Gesicht aus. »Hat er mit dir geflirtet?«

Geflirtet war wohl nicht das richtige Wort für das, was Reed getan hatte. Flirten klang viel zu harmlos, wenn ich an die Situation zurückdachte. An seine besitzergreifende Art.

»Soll ich ein Fenster aufmachen?«, fragte Samra belustigt und riss mich aus meinen Erinnerungen. »Du siehst aus, als würdest du gleich auf dem Stuhl schmelzen.«

Ich schüttelte den Kopf und damit hoffentlich alle Gedanken an Reed ab.

»Nicht nötig«, lehnte ich ab. »Nur ein kurzer Aussetzer.«

Samra legte einen wissenden Gesichtsausdruck auf. »Bei so einem Kerl kann man den schonmal haben.« Am liebsten hätte ich laut: »*Wenn du wüsstest!*« geschrien. Reed war ein feuchter Traum auf zwei Beinen. Hinter seiner eiskalten Fassade loderte das Feuer der Leidenschaft. Seit dem Treffen in seinem Büro beschäftigte mich die Frage, wie stark ich mich verbrennen würde, wenn ich damit spielte.

Fokus, Cosima.

Ich zwang meine Gedanken weg von Reed und hin zu unserem Vorhaben. Hungrig griff ich nach dem letzten Frischkäse-Gurke-Sandwich. Heute würde ein langer Tag werden. Wenn Samra und ich unsere Strategie umsetzen wollten, mussten wir uns beeilen.

»Cos«, fragte Samra vorsichtig, und ich sah sie kauend an. »Willst du mir sagen, was zwischen euch vorgefallen ist?«

»Nichts«, antwortete ich viel zu schnell. »Wirklich. Es ist alles gut«, fügte ich mit mehr Nachdruck hinzu.

Samra sah nicht so aus, als würde sie mir glauben. Und verdammt, ich glaubte mir selbst nicht. Reed war kein guter Mensch. Außerdem standen wir auf verschiedenen Seiten. Das konnte nicht gutgehen.

Trotzdem glitten meine Gedanken zu ihm zurück. Zu seinem harten Griff. Der Kraft, die er ausstrahlte. Reed war ein starker Mann. Nicht nur körperlich, sondern psychisch. Das spürte ich, sobald ich mit ihm zusammen war, und es zog mich an. Mehr als seine Muskeln oder sein Gesicht.

Es war die Unverwüstlichkeit, die er ausstrahlte. Die Überlegenheit.

Vielleicht war es ein uralter Instinkt, der sich da in mir meldete, aber ich wollte mich in Reeds Armen fallen lassen und erforschen, in welche Höhen er meinen Körper katapultieren konnte, wenn ich ihn ließ.

Kapitel -14-

Reed

Als ich Cosima am Morgen nicht unter den Demonstrierenden fand, freute ich mich zunächst. Vorsichtshalber schickte ich Glen, den Sicherheitsmitarbeiter, und nahm die Nachricht, dass er sie nicht hatte finden können, lächelnd entgegen. Sah ich sie doch als Zeichen ihrer Kapitulation. Cosima gab auf.

Der Besuch der Wohnsiedlung musste sie wachgerüttelt haben. Vermutlich bereitete sie gerade die Auflösung der Demo vor. Ich war gewillt, ihr dafür einen Tag Zeit einzuräumen.

Doch bereits am Vormittag merkte ich, wie ich nervös wurde. Als Sara mich fragte, ob sie mir einen Kaffee bringen sollte, schnauzte ich sie sogar für meine Verhältnisse heftig an. Es fiel mir schwer, mich auf meine Arbeit zu konzentrieren, obwohl wichtige Punkte auf der Tagesordnung standen. Trotzdem schaffte ich es nicht, meine Gedanken darauf zu lenken. Sie wanderten weg, hin zu Cosima.

Ich sah sie vor mir, in ihrem Jeansrock, mit der schwarzen Dornenranke auf ihrer hellen Haut und hatte den Duft nach Birne in der Nase. Ich wollte nicht auf diese Art an sie denken, aber es war unmöglich, es nicht zu tun. Cosima war frei, wild und ungezähmt. In meiner Welt aus Anzugträgern, Intrigen und Profit war sie ein weißer Wal. Sie übte eine Faszination auf mich aus, der ich mich nicht entziehen konnte. Vielleicht sollte ich sie zum Essen einladen, wenn das alles vorbei war. Dann wäre sie nicht mehr die Anführerin einer Demonstration gegen mein Unternehmen, sondern nur eine normale Frau, die ich anziehend fand. Vorausgesetzt, sie konnte mit der Niederlage umgehen. Aber ich wusste schon, wie ich sie darüber hinwegtrösten würde.

Den restlichen Tag beschäftigte ich mich damit, wichtige Telefonate zu erledigen, Mails mit dem Architekten auszutauschen und die Präsentationsmappe für die neue Wohnsiedlung durchzugehen. Ab und zu kehrten meine Gedanken zu den Demonstranten zurück, aber heute störten sie mich kaum. Ich wusste, dass sie bald verschwinden würden.

So schaffte ich es, mich ein paar Stunden zu konzentrieren und einen erheblichen Teil meiner Tagesaufgaben abzuarbeiten. Für den Nachmittag war ein Meeting mit Trevor angesetzt. Als mein Head of Finance musste er mir einmal im Monat einen Bericht über die finanzielle Lage des Unternehmens vorlegen. Danach hätte ich Feierabend.

Aber bis es soweit war und Trevor vorbeikam, blieben mir noch ein paar Minuten. Ich rief Sara an und beauftragte sie damit, mir etwas Thailändisches zu essen zu besorgen und das Treffen mit Trevor um eine halbe Stunde zu verschieben.

Während ich wartete, überlegte ich, wie ich die freien Stunden nutzen könnte. Es war selten, dass ich so früh Feierabend hatte. Oft arbeitete ich bis es dunkel wurde und kam erst nach zehn Uhr nach Hause. Normal, wenn man ein Unternehmen führte. Dennoch anstrengend. Häufig war ich ausgelaugt von dem anstrengenden Tag. Den vielen Entscheidungen und den Dutzenden Meinungen, die ich mir zu jedem Thema anhören musste. Heute fühlte ich mich jedoch beflügelt und voller Energie. Insgeheim wusste ich, dass es der Gedanke an Cosima war, der mich so fühlen ließ. Nach dem Tag bei der Wohnsiedlung hatte ich gedacht, dass sie aus meinem Leben verschwinden würde. Die Vorstellung hatte mich gestört. So sehr, dass ich beschloss, dass es in Ordnung wäre, wenn sie das nicht tat. Ich war bereit, die Art und Weise, wie Cosima und ich uns kennengelernt hatten, zu vergessen, wenn sie es auch war. Die Anziehungskraft, die zwischen uns herrschte, konnte ihr nicht entgangen sein. Funken sprühten, und ich wollte, dass es zu einem verdammten Feuerwerk kam.

Mit dem Wunsch im Kopf griff ich zu meinem Handy, rief ihren Kontakt auf und tippte eine Nachricht an sie. Ich wusste, wie ich meinen freien Abend verbringen wollte.

Was machst du heute Abend? Ich will dich sehen.

Als ich die Nachricht abschickte, lächelte ich. Fünf Minuten später nicht mehr. Nach einer halben Stunde ohne Antwort wusste ich, dass es ein Fehler gewesen war.

Um sechzehn Uhr klopfte Trevor an meine Bürotür. Vor lauter Ärger hatte ich weder mein Essen angerührt noch das Meeting mit ihm im Kopf gehabt. Ich hatte auf mein Handy gestarrt und versucht, Cosima mit schierer Willenskraft dazu zu bringen, mir zu antworten. Ich war es nicht gewohnt, dass man mich warten ließ.

»Was ist dir denn so übel aufgestoßen?«, begrüßte Trevor mich und sah mich skeptisch an, weil ich mit steinharter Miene durch mein Büro tigerte.

Ich ignorierte seine Frage und setzte mich an den Konferenztisch.

»Hast du die Unterlagen?«, fragte ich harsch, und Trevor kam mit hochgezogenen Augenbrauen näher.

»Ganz ruhig«, sagte er, setzte sich mir gegenüber und schob mir einen dicken schwarzen Ordner zu.

Ich griff danach und merkte, dass ich die Hand zur Faust geballt gehabt hatte. Trevor sah es auch. »Reed, was ist los?«

»Nichts«, antwortete ich, hörte jedoch selbst das Knirschen meiner Zähne. Wieder warf ich einen Blick auf mein Handy. Cosima hatte nicht geantwortet.

Auch das entging Trevor nicht. »Wartest du auf einen wichtigen Anruf?«

Ich ignorierte ihn und schlug den Ordner auf, doch Trevor wollte nicht lockerlassen. »Es geht um die Kleine von neulich, oder?«, traf er mitten ins Schwarze. Und wie es um Cosima ging. Ich war mir sicher, dass das Biest absichtlich nicht antwortete. Mit aller Macht musste ich den Drang unterdrücken, ihre Nummer zu wählen und so lange klingeln zu lassen, bis sie ranging. Reed Davis rannte niemandem hinterher.

Obwohl der Gedanke bei Cosima sehr verlockend war. Denn wenn ich sie erst einmal eingefangen hätte, wüsste ich bereits, wie ich Genugtuung fordern könnte.

»Es geht eindeutig um die Kleine«, führte Trevor sein Selbstgespräch grinsend fort. »Sie geht dir nicht mehr aus dem Kopf, was?«

»Nein, leider nicht«, gestand ich mir widerwillig ein. Und das auch nur, weil Trevor ohnehin schon zu viel mitbekommen hatte und nicht nur mein Mitarbeiter war, sondern auch mein Freund. »Ich denke öfter an sie, als gut für mich ist«, beichtete ich schließlich und fühlte mich, als wäre eine Last von mir genommen worden.

»Sie ist aber auch heiß«, kommentierte Trevor und handelte sich dafür einen wütenden Blick von mir ein.

»Was denn?«, rief er und hob abwehrend die Hände. »Nur die Wahrheit. Seit wann bist du überhaupt so besitzergreifend?«

Trevor hatte recht. So war ich nicht. Für gewöhnlich störte es mich nicht, wenn andere Männer anzüglich über meine Eroberungen redeten. Ich hatte auch kein Problem damit, wenn sie sie nach mir hatten, denn ich erhob keine Ansprüche auf Frauen, mit denen ich schlief. Sex war eine rein körperliche Sache. Ein Verlangen, das gestillt werden musste. Ein schöner Zeitvertreib, nach dem sich die Wege zweier Menschen wieder trennten.

Ich legte keinen Wert auf Gefühle, Monogamie oder darauf, dass sich ein One-Night-Stand wiederholte.

Allerdings genügte diese unbedachte Bemerkung von Trevor, um mich wütend zu machen.

Erneut griff ich zu meinem Handy. Als ich feststellte, dass meine Nachricht noch immer unbeantwortet war, musste ich den Drang unterdrücken, mein Smartphone auf den Tisch zu knallen. Trevor beobachtete mich, aber das war mir egal. Mittlerweile wartete ich seit über einer Stunde. Ich tippte noch eine Nachricht an Cosima. Nur ein einziges Wort.

Antworte!

»Junge, Junge, dich hat es ganz schön erwischt«, sagte Trevor lachend und sah mich voller Schadenfreude an. »Dass ich den Tag noch erlebe. Reed Davis' eisige Fassade bekommt Risse.«

Ich schnaubte abfällig. Nichts bekam Risse.

»Es ist nur eine körperliche Anziehungskraft«, spielte ich den Fall runter. Eine außergewöhnlich starke Anziehungskraft, die mich keinen klaren Gedanken mehr fassen ließ.

»Weißt du, was du brauchst?«, fragte Trevor und beugte sich vielsagend vor.

»Jetzt bin ich gespannt.«

»Wenn sich eine Frau in deinem Kopf eingenistet hat, gibt es nur ein Mittel dagegen. Du vögelst sie dir raus.«

Ich blinzelte zwei Mal. Trevor musste mir meine mangelnde Begeisterung angesehen haben.

»Was denn?«, rief er. »Glaub mir, das funktioniert. Wenn du so fasziniert von einer Frau bist, lockst du sie in dein Bett und nimmst sie dir. Wenn du sie erst einmal nackt gesehen hast, ist die Neugier nicht mehr so groß und du hast den Kopf frei für Wichtigeres. Es sei denn, es ist mehr als etwas rein

Körperliches.«

Sein letzter Satz war keine direkte Frage gewesen, trotzdem lauerte er auf eine Antwort. Ich tippte auf den Ordner vor uns.

»Konzentriere dich auf das Wesentliche und sag mir, wie die Zahlen aussehen.«

»Du lenkst ab«, stellte Trevor fest. Ich machte mir nicht die Mühe, ihm zu widersprechen. Weder rechtfertigte ich mich noch ließ ich mich zu einer Antwort drängen. Ich hatte ihm gesagt, dass das mit Cosima rein körperlich war, und ich wollte selbst daran glauben. Tat ich aber nicht. Und ich würde einen Teufel tun, Trevor einen Blick hinter meine Fassade zu gewähren.

»Die Zahlen«, forderte ich strenger. Trevor erinnerte sich an seine Position und ließ von dem Thema Cosima ab. Während wir die Zahlen durchgingen, unterdrückte ich den Drang, auf meinem Handy nach einer Antwort von ihr zu sehen. Gott, diese Frau würde mich noch dazu bringen, dass ich ihr hinterherlief wie ein notgeiler Köter.

Nach einer halben Stunde lehnten Trevor und ich uns mit rauchenden Köpfen in unseren Stühlen zurück. Er rieb sich erschöpft über die Augen.

»Es sieht nicht gut aus«, fasste ich das Ergebnis der letzten dreißig Minuten in einem Satz zusammen.

Trevor schüttelte den Kopf. »Nein. Tut es nicht.«

Ich beobachtete die Finanzen meiner Firma genau, daher war es keine Überraschung zu erfahren, dass wir finanzielle Probleme hatten. Der Engpass kündigte sich seit Monaten an. Der Immobilienmarkt in New York war heiß umkämpft. Es gab zu wenige freie Grundstücke, und der Preis, der dafür verlangt wurde, war zu hoch. Im letzten Jahr hatte ich zwei Objekte nicht so gewinnbringend verkaufen können, wie ich es geplant hatte. Der Bau war kostenintensiver geworden, als abzusehen gewesen war und hatte damit ein Loch in die Firmenkasse gerissen. Eines, das sich nicht so leicht stopfen ließ. Denn in meinem Geschäft sah es nun einmal so aus, dass ich nur zu wenigen Gelegenheiten im Jahr hohe Einnahmen generierte. Der Rest des Jahres war von kleinen, wenig lohnenswerten Geschäften geprägt. Dann waren es zwar Millionen, aber davon mussten die Kosten mehrerer Monate getragen werden. Hohe Kosten. Umso schlimmer, dass so viel unseres Budgets im Queens-Projekt feststeckte.

Ich seufzte und fuhr mir mit der Hand über das Gesicht.

»Wie lange können wir das noch stemmen?«, fragte ich ruhig, fürchtete mich jedoch vor der Zahl, die Trevor mir nennen würde.

»Zwei Monate. Danach müssen wir Entlassungen vornehmen.«

Das musste unter allen Umständen vermieden werden.

»Zwei Monate«, wiederholte ich gedankenverloren. Nicht nur, dass mir die Aktionäre wegen der sinkenden Gewinnausschüttung im Nacken saßen und eine Horde von Demonstranten mir ein Klotz am Bein war, jetzt lief mir auch noch die Zeit davon.

»Das Queens-Projekt darf sich nicht verzögern«, erinnerte Trevor mich an das Offensichtliche.

Mit den Einnahmen aus den ersten Verkäufen von einem

der sechs Gebäude könnten wir unsere Kosten für weitere sieben bis acht Monate decken. Sieben bis acht Monate, in denen ich nicht die Entscheidung treffen musste, welche meiner Mitarbeiter ich auf die Straße setzte.

»Du bist dir sicher, dass du die Demonstranten im Griff hast?«

Damit spielte Trevor auf meine Rundmail an, in der ich ein Statement abgegeben und Aktionäre sowie Mitarbeiter darüber aufgeklärt hatte, dass die Lage sich bald entspannen würde und wir wieder zur Normalität zurückkehren konnten.

Bei Trevors Frage warf ich erneut einen Blick auf mein Handy. Cosima hatte nicht geantwortet. Mittlerweile wusste ich nicht mehr, ob sie mir aus dem Weg ging oder ob sie etwas plante. In mir kämpften zwei Seiten um die Vorherrschaft. Der Geschäftsführer, der sicher sein wollte, dass sein Bauvorhaben nicht gefährdet wurde und der Mann, der sich von ihrem Schweigen zurückgewiesen fühlte. Als ich eine dritte Nachricht an sie tippte, gewann der Mann in mir.

Du willst spielen, Kleines. Dann spielen wir. Aber beschwere dich nicht, wenn du am Ende verlierst.

»Ich bin sicher«, antwortete ich Trevor. »In ein paar Tagen hat diese Farce ein Ende.«

Kapitel -15-

Cosima

Am nächsten Morgen stand ich extra früh auf und verließ die Wohnung, bevor Jane und Charly wach wurden. Vermutlich würden sie sich wundern, wenn sie die Couch leer vorfanden. Ich war nicht gerade bekannt dafür, dass ich früh aufstand. Aber heute hatte ich allen Grund dazu.

Samra und ich waren im Financial District beim Starbucks in der Nähe von *RDC* verabredet. Bei einem Frühstück wollten wir weitere Pläne schmieden und anschließend zur Demo gehen. Um nicht auf die Einwegbecher von Starbucks zurückgreifen zu müssen, nahm ich mir eine Recup mit, meine wiederverwertbare Tasse. Als ich im Starbucks eintraf, stellte ich erfreut fest, dass Samra ebenfalls eine in der Hand hielt.

Wir bestellten uns etwas zum Essen und zwei Kaffee und ließen uns an einem der hinteren Tische nieder, um unseren Schlachtplan zu besprechen.

Insgeheim war ich stolz auf das, was wir innerhalb weniger Stunden auf die Beine gestellt hatten. Reed würde noch bereuen, mich so unterschätzt zu haben.

Sobald ich an ihn dachte, kehrten meine Gedanken zu seinen Nachrichten von gestern zurück.

Nachdem ich die Worte gelesen hatte, war es mir unglaublich schwergefallen, mich auf etwas anderes als die Fragen in meinem Kopf zu konzentrieren.

Was hatte er mit *Ich will dich sehen* gemeint? Ein Date?

Abendessen? Unverbindlichen Sex? Oder dachte ich komplett in die falsche Richtung und es ging nur um die Demo? Aber nein, dann hätte er mich tagsüber zu sich bestellt. Gepaart mit der Anziehungskraft, die zwischen uns herrschte, war ich mir ziemlich sicher, dass es sich nicht um eine harmlose Einladung gehandelt hatte.

Zum Schluss hatte ich mich dazu entschieden, Reed nicht zu antworten, denn ich war mir sicher, dass Sex mit ihm eine Sache gewesen wäre, die ich bitter bereut hätte.

Nicht, dass ich schüchtern war, was das Thema anging. Ich würde mich selbst als sehr körperliche Person beschreiben und Sex war für mich ein natürliches Verlangen, das man nicht unterdrücken sollte. Im Gegenteil, ich genoss die Verschmelzung von zwei Körpern.

Reed wäre nicht der erste Mann, mit dem ich geschlafen hätte, ohne in einer festen Beziehung mit ihm zu sein. Was mir Angst machte, war, wie schnell er mich um den Finger gewickelt hatte und dafür sorgte, dass ich alles andere vergaß. Und derzeit gab es zu viele wichtige Dinge, auf die ich mich konzentrieren musste. Wenn wir den Krieg gegen *RDC* gewinnen wollten, durfte ich meine Libido nicht zum Schwachpunkt unserer Armee werden lassen.

Nach zwei Stunden lösten wir uns von unseren unbequemen Stühlen bei Starbucks und machten uns auf den Weg zu der Demonstration.

Als wir am überfüllten Platz ankamen, begrüßten uns

einige der Leute freudig. Dieses Mal erwiderte ich ihr Lächeln, auch wenn ich sie nicht kannte. Hauptsächlich waren es Demonstranten in Samras und meinem Alter, die sich in denselben Kreisen zu bewegen schienen. Umweltbewusste junge Leute. Bald schon würden sich mehr Menschen zu uns gesellen. Mütter, Familienväter, Jugendliche. Ich hoffte, dass wir sie wachrütteln und bewegen würden, denn diese Sache hier ging jeden etwas an.

Ich wehrte mich nicht mehr dagegen, dass die Demonstranten mich als ihre Anführerin sahen, stattdessen bestätigte ich sie in ihrer Annahme und fütterte das Feuer mit Informationen darüber, dass wir einen unfehlbaren Plan hatten, um Reed Davis in die Knie zu zwingen.

Die allgemeine Aufregung, die sich daraufhin ausbreitete, war fast greifbar.

Nach einer Weile gesellten sich Lynn und Chuck zu uns. Da die beiden mitbekommen hatten, dass Reed mich in sein Büro gerufen hatte und wir uns seitdem nicht mehr begegnet waren, gab es eine Menge zu berichten. Ich erzählte ihnen von Reeds Angebot im Büro, dem Scheck, den er mir dafür geben wollte, dass ich die Demonstration auflöste. Außerdem berichtete ich vom Ausflug am nächsten Tag zu der Wohnsiedlung und von den miserablen Zuständen, die dort herrschten. Wie ich es vermutet hatte, waren die beiden genauso ahnungslos gewesen wie ich. Der Einzige, der es gewusst haben musste, war Phil.

»Wisst ihr, wo Phil ist?«, fragte ich die beiden.

Chuck schüttelte den Kopf, sodass seine Dreadlocks nach

links und rechts flogen. Lynn machte ein nachdenkliches Gesicht. »Ich habe ihn heute noch nicht gesehen«, sagte sie grüblerisch. »Das letzte Mal, als er hier war, war vorgestern Mittag.«

Das wunderte mich nicht. Vorgestern Mittag musste er mit Reed gesprochen haben, um ihm meine Handynummer zu geben. Wie viel er wohl bekommen hatte? Wütend darüber, dass ich die Angelegenheit heute nicht mit ihm klären konnte, fluchte ich leise. »Dieser Mistkerl.«

»Ich weiß, wo du ihn finden könntest«, informierte Chuck mich. »Wenn es dringend ist, bringen wir dich hin.«

Ich dachte kurz nach. »Vielleicht später«, antwortete ich dann entschlossen. Zunächst stand eine Konfrontation mit Reed auf dem Plan. Er sollte wissen, dass unser Kampf nicht zu Ende war. Dass er gerade erst begonnen hatte.

Als hätte er meine Gedanken gelesen, fuhr sein Wagen in diesem Moment um die Ecke. Ich hätte den schnittigen Jaguar, in dem er mich mitgenommen hatte, schon von weitem erkannt. Der silbrig graue Lack schimmerte im Sonnenlicht, als er vor dem Gebäude vorfuhr. Einige der Demonstranten machten Platz, was ich ausnutzte, um mich in die erste Reihe zu quetschen.

Nachdem ich mich hastig an ein paar Leuten vorbeigedrängt hatte, bekam ich freie Sicht auf Reed, der gerade aus seinem Wagen ausstieg. Fast erwartete ich, dass er seine Firma betrat, ohne den Demonstranten Beachtung zu schenken. Aber kurz vor der Eingangstür blieb er stehen, drehte sich um und ließ seinen Blick suchend über die Menge gleiten.

Er fand mich schnell. Über eine Distanz von mindestens zwanzig Metern kreuzten sich unsere Blicke. Ich glaubte Überraschung, aber auch Freude in seinem Gesicht zu erkennen. Unerklärlicherweise schlug mein Herz höher und für ein paar Sekunden hatte ich das Gefühl, dass meine Beine aus Gummi bestanden, denn meine Knie zitterten so heftig, dass ich an meiner Fähigkeit, stehen bleiben zu können, zweifelte. Ich musste zugeben, dass Reed verlockend aussah. Aber da war noch mehr. So oberflächlich war ich nicht. Etwas an Reed faszinierte mich.

Voller Genugtuung betrachtete ich sein überraschtes Gesicht und sah, wie der kurze Moment der Freude verschwand und Ärger Platz machte. Für ein paar Sekunden war ich mir sicher gewesen, dass Reed Davis sich freute, mich zu sehen und dachte an seine Nachrichten von gestern. Aber in dem Moment, als er mir einen letzten, abfälligen Blick schenkte und das Gebäude betrat, waren wir wieder Gegner.

Als Reeds Gestalt aus meinem Sichtfeld verschwand, stieß ich erleichtert die Luft aus und ließ zu, dass mein Körper sich entspannte. Samra tauchte neben mir auf und griff nach meiner Hand, um sie aufmunternd zu drücken.

»Jetzt weiß er, dass du mit beiden Beinen im Ring stehst«, sagte sie, und für mich klang es, als hätte jemand die Glocke zum Kampf geläutet.

Lasset die Spiele beginnen.

Kapitel -16-

Reed

»Bilde ich mir das ein, oder werden es von Tag zu Tag mehr Demonstranten?«, fragte Trevor. Mir gefiel sein vorwurfsvoller Tonfall nicht.

»Vermutlich«, antwortete ich knapp, ohne vom Bildschirm meines Computers aufzublicken. Trevor stand am Fenster und schaute hinunter, während ich tat, als hätte ich etwas Wichtiges zu tun, damit ich nicht mit ihm reden musste. Dabei starrte ich bloß vor mich hin und fragte mich, wie diese unmögliche Frau den Mut aufgebracht hatte, heute aufzutauchen.

Hatte ich mich nicht klar ausgedrückt? Waren die Zustände der Wohnsiedlung nicht unübersehbar, sodass selbst ein Trottel es begreifen musste? Gott, ich kochte vor Wut.

»Die Aktionäre werden nervös«, fuhr Trevor fort, und ich begann, unruhig im Raum auf- und abzugehen.

Ich hatte den Aktionären versprochen, dass die Demo sich bald auflösen würde. Dass ich die Sache im Griff hatte. Aber nachdem zwei Tage lang nichts passiert war, zweifelten sie. Berechtigterweise. Die Sache, von der ich am Anfang noch gedacht hatte, dass sie sich von allein erledigen würde, stellte ein größeres Hindernis dar, als gut für mich war.

»Bitte sag mir, dass du einen Plan hast«, wollte Trevor wissen und sah mich zweifelnd an.

»Selbstverständlich habe ich einen Plan«, antwortete ich kühl. »Ich mag die Kleine unterschätzt haben, aber es besteht dennoch kein Grund zur Sorge.«

Ich würde mir etwas einfallen lassen.

»Das habe ich schonmal von dir gehört. und seitdem hat sich die Lage nur verschlechtert«, warf Trevor mir vor, und ich funkelte ihn wütend an.

»Du bewegst dich auf dünnem Eis«, warnte ich ihn. Aber Trevor wäre nicht mein Head of Finance geworden, wenn er sich einschüchtern lassen würde. Denn in Führungspositionen brauchte es Leute mit Eiern.

»Du weißt, dass ich recht habe. Auch wenn du es nicht hören willst.«

Da lag er richtig. Ich wollte es nicht hören.

»Am besten gehst du dich um deine Arbeit kümmern. Und überlasst meine mir«, wies ich Trevor an.

Seufzend ging er zur Tür und schüttelte den Kopf über mein Verhalten, als er die Hand auf den Griff legte. Dann drehte er sich ein letztes Mal zu mir um.

»Was ist mit meinem Plan, dass du die kleine Hippiebraut verführst?«

Ich warf ihm einen vernichtenden Blick zu.

»Was denn?«, rief er und hob abwehrend die Hände. »Sonst hast du auch kein Problem mit Sex.«

»Geh«, forderte ich ihn auf. Zu seinem Glück verstand er, dass wir an einem Punkt waren, an dem er mich nicht weiter provozieren sollte. Als sich die Tür hinter ihm schloss, ließ ich erschöpft den Kopf in die Hände sinken und fuhr mir mit den Fingern durch die Haare. Diese Frau würde mich noch meinen letzten Nerv kosten. Dennoch oder gerade deswegen griff ich nach meinem Handy und wählte ihre Nummer.

»Hallo«, vernahm ich den Klang ihrer Stimme und bildete mir ein, dass etwas Sanftes in dem einfachen Wort gelegen hatte.

»Komm in mein Büro«, verlangte ich schlicht. »Sofort.«

Dann legte ich auf. Mein Gefühl sagte mir, dass sie bereits mit diesem Anruf gerechnet hatte.

Während ich unruhig in meinem Büro auf- und abging und auf Cosima wartete, wusste ich nicht, ob ich von ihrem Mut beeindruckt sein oder den Kopf darüber schütteln sollte. Wenn ich ehrlich war, gefiel es mir, dass sie sich nicht von mir hatte bestechen oder verängstigen lassen. Auch wenn es mir nicht gerade gelegen kam. Ich lebte in einer Welt, in der jeder käuflich war. Ich mochte es, dass Cosima es nicht war. Ob ich wollte oder nicht, dafür respektierte ich sie.

Sie war eine ebenbürtige Gegnerin. Weshalb ich mich umso mehr über ihre Niederlage freuen würde. Allerdings ohne mich dabei solch unmoralischer Methoden zu bedienen, wie Trevor vorgeschlagen hatte. Nein, das hatte ich nicht nötig.

Obwohl mir die Vorstellung, Cosimas Körper zu erkunden und ihre Reaktion auf mich zu erleben, mehr als verlockend erschien. Extrem aufregend sogar. Cosima war die anziehendste Frau, die ich seit langem getroffen hatte. Weder ließ sie sich von mir manipulieren noch machte sie es mir möglich, ihr Verhalten einzuschätzen. Ich hatte keine Ahnung, wie ihre nächsten Schritte aussehen würde. War nicht in der Lage, sie zu durchschauen. Ob sie im Bett ebenso leidenschaftlich war und die Krallen ausfuhr? Oder war sie nachgiebig und offen, bereit, ihren Körper hemmungslos herzugeben, um mir Lust zu schenken?

Genug. Meine Gedanken schweiften ab. Und zwar gefährlich weit.

Bevor sie zu mir kam, musste ich meinen Fokus zurückgewinnen.

Zehn Minuten später betrat Cosima mein Büro und sah zum Niederknien aus. Das musste ein übler Scherz des Universums sein. Ihr zierlicher Körper steckte in einem engen schwarzen Kleid, das ihr bis zu den Knien reichte. Der dunkle Stoff schmeichelte ihrer Figur und stachelte meine Fantasie gehörig an. Dazu trug sie rotgoldene Riemchensandalen. Ihr blauschwarzes Haar war zu einem langen Zopf geflochten, in den sie ein buntes, gemustertes Tuch eingearbeitet hatte. Das verlieh ihrem Look etwas Orientalisches. Und mir gab es den Rest.

Ich wusste nicht, ob ich zuerst in ihre Augen, auf ihr Tattoo am Schlüsselbein oder ihre Rundungen gucken sollte.

Mit jedem Mal, mit dem ich Cosima begegnete, gefiel sie mir besser. Ihr Anblick brachte etwas tief in mir aus dem Gleichgewicht, und ich bezweifelte, dass es lediglich mit ihrem Äußeren zu tun hatte.

So viel zum Thema *Fokus bewahren*.

Ich räusperte mich und zog mein Sakko zurecht. »Setz dich«, forderte ich sie auf und begegnete ihrem stolzen Blick. Ich musste mich daran erinnern, weshalb ich sie hergerufen

hatte.

»Ich stehe lieber«, erwiderte sie und sah mich aufmerksam an. »Warum sollte ich kommen?«

Ich ging einen Schritt auf sie zu. Sofort stieg mir ihr fruchtiger Duft in die Nase.

»War die Botschaft bei der Wohnsiedlung nicht unmissverständlich?«, wollte ich wissen. »Ich dachte, dass ich mich klar ausgedrückt hätte. Diese Häuser sind nicht zu retten und eure Demo damit völlig sinnlos. Warum haltet ihr euch weiterhin vor meiner Firma auf?«

Beim Reden war ich ungewollt näher an sie herangerückt, sodass uns kein halber Meter mehr trennte. Trotzig reckte sie mir das Kinn entgegen, als sie zu einer Erwiderung ansetzte.

»Ich habe nicht vor, die Demonstration aufzulösen. Ich stehe hinter der Sache, für die ich mich eingesetzt habe.«

Ich schnaubte abfällig. »Was soll diese Sache sein? Ein schimmliges altes Gebäude?«

Unfassbar, dass sie so uneinsichtig war. Nicht zum ersten Mal wollte ich sie packen und schütteln, bis sie zur Vernunft kam. Und dann, wenn ich schon dabei war, würde ich noch ganz andere Dinge mit ihr anstellen. Die Tatsache, dass ich mich in ihrer Nähe nicht einmal mehr fünf Minuten konzentrieren konnte, ohne an Sex zu denken, machte mich noch aggressiver.

»Du benimmst dich wie ein stures Kind«, warf ich ihr mitleidslos an den Kopf, um einen Teil der angestauten Wut loszuwerden. Sonst lief ich Gefahr, dass sie sich einen anderen Weg nach draußen suchte. »Ein stures Kind, das nicht einsehen will, dass es unrecht hat.«

Gott, wie sehr sie mich auf die Palme brachte.

»Du, Reed Davis,«, zischte sie und stach mir mit dem Finger in die Brust, »bist ein Egoist. Ein machthungriger Egoist, und von dir lasse ich mir nicht sagen, wofür es sich lohnt, sich einzusetzen.«

»Egoistisch?«, stieß ich aus. »Du nennst mich egoistisch?« Ich griff nach der Hand, mit der sie mich berührt hatte und hielt sie fest, als Cosima sie mir entziehen wollte.

»Ich nehme mich eines Gebäudes an, das ohne mein Eingreifen verfallen würde. Das ist etwas Gutes. Ich erschaffe aus einer Ruine neuen Lebensraum.«

»Aber nur, weil es Profit bringt«, warf sie mir vor und versuchte erneut, sich mir zu entziehen, doch ich griff nach ihrem Arm und zog sie ein Stück näher zu mir.

»Selbstverständlich, weil es Profit bringt«, knurrte ich. Warum die Wahrheit leugnen. »So funktioniert die Welt. Meine Firma ist keine Wohltätigkeitsorganisation.«

»Und auf wessen Kosten geht das? Hast du dir darüber nie Gedanken gemacht?«, fragte sie mehr traurig als wütend.

Mir war klar, dass mein Gewinn auf Kosten eines anderen stattfinden musste. Aber Himmelherrgott, was sollte ich noch alles in meine Planung miteinbeziehen? Ich musste an mich denken, meine Aktionäre, meine Mitarbeiter, meine Geschäftspartner und die Unternehmen, die ich für den Bau beschäftigte. Für viele kleinere Firmen hing die Existenz von Großaufträgen wie meinem ab. Insgesamt fanden durch ein Bauvorhaben dieses Ausmaßes Hunderte Menschen Arbeit.

Vielleicht Tausende, wenn man bis ins kleinste Detail ging. Wo sollte da noch Platz sein, um mir Vorwürfe wegen der derzeitigen Bewohner zu machen?

Nein, auf meinen Schultern lastete bereits genug Verantwortung und ich würde mir nicht mehr aufhalsen, weil ein Mädchen mit seinen graublauen Augen und seinem Wunsch, die Welt zu verbessern, das von mir wollte. Ich war nicht die Art Mann, und die Welt, in der wir lebten, war nicht die Art Welt. Das musste sie begreifen.

»All diese Leute sind gezwungen, ihr Zuhause zu verlassen«, konfrontierte Cosima mich mit dem, was mir lange bekannt war. »Den Ort, an dem sie ihre Kinder großgezogen haben. Viele von ihnen finden in der kurzen Zeit keine neue Wohnung. Einige können sich den Umzug vermutlich nicht einmal leisten. Sie werden auf der Straße landen oder in einer weiteren minderwertigen Wohnung. Nur damit andere aus ihrem Zuhause Luxusapartments machen und Geld verdienen können.«

Die Menschen, mit denen ich verkehrte, setzten sich für sich selbst ein und damit endete die Geschichte. Cosima machte sich für Schwächere stark und schaffte es sogar, mich mit ihren Worten zu berühren.

»Dir muss doch klar sein, dass sie nicht ewig in diesen Wohnungen bleiben können, oder?«, fragte ich ruhiger und bemerkte, wie ich mit dem Daumen kleine Kreise über ihren Unterarm zog. Voller Freude beobachtete ich, wie die Berührung eine Gänsehaut hinterließ. »Früher oder später müssen sie dort ausziehen. Ich beschleunige nur das

Unvermeidliche.«

Mal abgesehen von der Tatsache, dass ein anderer den Komplex abreißen würde, wenn ich es nicht täte. Ich war nicht der einzige Kaufinteressent gewesen. Dafür der schnellste. Bei meinen Worten blickte Cosima betroffen zu Boden. Sie wusste, dass ich recht hatte.

»Es ist vorbei, Cosima«, sagte ich sanft und hob ihr Kinn an, damit sie mich ansah. »Du kannst diesen Kampf gegen mich nicht gewinnen. Zieh dich zurück.«

Aber sie schüttelte den Kopf, und ich spürte, wie die Wut zurückkam.

»Nur weil ihr Zuhause runtergekommen ist, heißt das nicht, dass das Leben dieser Menschen keinen Wert hat. Sie werden vor dem Nichts stehen, und das lasse ich nicht zu.«

Sie sah mich entschlossen an und entzog sich mir ruckartig. Langsam wich sie einen Schritt zurück und brachte Distanz zwischen uns.

»So leicht wirst du mich nicht los, Reed.«

Es war eine eindeutige Kampfansage.

»Diese Menschen hatten genug Zeit, um sich eine neue Wohnung zu suchen«, klärte ich Cosima auf. »Sie wissen seit einem halben Jahr, dass sie umziehen müssen. Das ist fair und mehr Zeit, als jeder Mietvertrag vorsieht.«

»Und wie viele haben tatsächlich eine neue Bleibe gefunden?«, wollte sie aufgebracht wissen, und ich zuckte gleichgültig mit den Schultern.

»Das ist nicht meine Sache. Ich halte mich an alle Regeln. Mehr muss ich nicht wissen.«

Cosima warf verzweifelt die Hände in die Luft. »Hörst du dir selbst zu?«, rief sie aufgebracht. »Wir reden hier von Menschen. Von Müttern und Kindern, die auf der Straße landen. Was spielen Regeln da für eine Rolle? Ja, es mag stimmen, dass du kein Gesetz verletzt. Aber das macht die Sache noch lange nicht richtig, Reed.«

Meinen Namen aus ihrem Mund zu hören, wenn sie voller Leidenschaft sprach, gefiel mir. Mehr, als gut für mich war. Ich versuchte das Gefühl beiseitezudrängen und mich auf den Inhalt ihrer Aussage zu konzentrieren.

»So funktioniert die Welt eben«, fuhr ich sie scharf an. »Damit es den einen gut geht, müssen die anderen zurückstecken. Nicht alle können an der Spitze der Nahrungskette stehen.«

Ich konnte es nicht fassen, wie naiv und idealistisch Cosima war. Was dachte sie denn, was die Lösung wäre? Glaubte sie wirklich, dass irgendwer kommen, die Häuser umsonst renovieren und den Leuten sagen würde, dass sie ohne erhöhte Mieten dort weiterwohnen dürften?

»Wenn du wirklich glaubst, dass die Welt anders funktionieren kann«, knurrte ich und verringerte den Abstand zwischen uns, »dann solltest du dich schleunigst untersuchen lassen, denn sonst muss ich davon ausgehen, dass du dir den Kopf zu fest angeschlagen hast und nicht mehr klar denken kannst.«

Ich sah, wie wütend meine Worte sie machten. Das Funkeln in ihren Augen. Sie schubste mich aufgebracht von sich, weil ich näherkam, aber ich ließ mich nicht beirren. Wenige

Sekunden später stand ich so dicht vor ihr, dass sich unsere Körper berührten.

»Du bist ein Widerling«, fluchte sie. »Und ein Arschloch.«

Ich zuckte unbeeindruckt mit den Schultern. »Hast du deswegen nicht auf meine Nachricht geantwortet?«, wollte ich wissen. »Weil ich ein Arschloch bin?«

Ich brachte mein Gesicht näher an ihres und beobachtete, wie sie immer atemloser wurde. »Oder weil du Angst hattest, mir nicht widerstehen zu können?«

Erschrocken riss sie die Augen auf, sprachlos über meine Unverfrorenheit. Aber ihre Reaktion sagte mir alles, was ich wissen musste. In all ihrer Wut auf mich sah sie so hinreißend aus, dass ich nicht anders konnte. Bevor Cosima einen Ton hervorbrachte, presste ich meine Lippen fordernd auf ihre.

Kapitel -17-

Cosima

Reed war wie das Schokoladeneis, das man sich verbot zu essen, dem man aber nicht widerstehen konnte. Irgendwann zog man es aus der Kühltruhe und machte sich seufzend darüber her.

Ihn zu küssen war falsch, verboten und dumm. Ich sollte ihn von mir stoßen und ihm eine schallende Ohrfeige verpassen, stattdessen stöhnte ich lustvoll und öffnete die Lippen, um ihm zu erlauben, den Kuss zu intensivieren.

Er drang mit der Zunge in meinen Mund ein, leckte über meine Lippen und lockte mich dem Wahnsinn ein Stück näher, während seine Hände meine Taille hinabfuhren. Seine Finger gruben sich gierig in meinen Po und er küsste mich heftiger. Ich sollte verdammt sein, aber es fühlte sich unglaublich an.

Noch während mein Verstand versuchte, einen Neustart vorzunehmen, drückte Reed mich gegen die Wand seines Büros und schlang eines meiner Beine um seine Hüfte. Als seine harte Erektion dadurch an mir rieb, keuchte ich atemlos in seinen Mund und zog ihn an den Haaren näher zu mir. Ich brauchte mehr. So viel mehr.

Mein Körper kribbelte vor Aufregung. Mein Magen zog sich vor Erregung freudig zusammen und ich konnte nur an die Gefühlsexplosion denken, die dieser Mann in mir auslöste. Der mir mit seiner Dominanz und seinen geschickten Fingern gar keine andere Wahl ließ, als mich ihm hinzugeben.

»Reed«, flehte ich an seinen Lippen und klammerte mich an ihn.

Da packte er mich und drehte mich ruckartig um, sodass ich mit dem Gesicht zur Wand stand. Als er mir in die Halsbeuge biss, bog ich stöhnend den Rücken durch.

Seine Hände fanden meine und drückten sie an die Wand, während seine Lippen an mein Ohr wanderten, um mir verruchte Worte zuzuflüstern.

»Es gefällt mir, wenn du so hingebungsvoll und willig bist.«

Ich spürte, wie eine heiße Röte mein Gesicht überzog, als er seine Erektion an meinem Po rieb. Erregt presste ich die Schenkel zusammen und musste mir eingestehen, dass Reed recht hatte. Ich war dermaßen willig. Fuck, ich war ein Flittchen, aber in den Händen dieses Mannes wurde ich zu Wachs.

Als Reed langsam den Stoff meines Kleides hochschob und darunter fuhr, um die nackte Haut meiner Oberschenkel zu streicheln, entschuldigte ich mich bei allen Frauen dieser Welt, dass ich so schwach war. Meine Beine zitterten vor Verlangen.

Statt Reed von mir zu stoßen, kniff ich die Augen vor freudiger Erwartung fest zusammen. Ich biss mir auf die Lippe und versuchte gar nicht erst, meine hektische Atmung zu beruhigen. Es war unmöglich. Seit Reed mich geküsst hatte, war ich nicht mehr die Herrin über meinen Körper. Alles, was ich tun konnte, war, darauf hinzufiebern, dass seine Finger meinen brennenden Mittelpunkt erreichten und mich vom Boden abheben ließen.

Doch der Moment kam nicht. Im Gegenteil. Reed löste sich von mir und ohne seinen Halt wäre ich dank meiner Pudding-Beine beinahe auf den Boden gesunken.

»Was?«, fragte ich benommen und versuchte, mich zu sammeln. Sein amüsiertes Lachen drang an mein Ohr. Ich sah ihn an und ärgerte mich darüber, dass er so viel gefasster wirkte als ich. Mehr aber störte mich, dass die einzige Frage in meinem Kopf die war, weswegen er aufgehört hatte.

»Du solltest jetzt gehen«, sagte Reed mit geschmeidiger Stimme. »Bevor ich dich gegen die Wand gelehnt ficke.«

Bei der Vorstellung ließ ich mich schwach gegen besagte Wand sinken. Die Bilder, die er mit seinen Worten heraufbeschwor, gaben mir den Rest.

Wieso ging ich nicht?

Mein Körper verweigerte mir den Dienst. Dieser Verräter klammerte sich an das, was Reed ihm in Aussicht gestellt hatte. Dabei wusste ich nicht einmal, ob ich mich von seinen Worten zurückgestoßen fühlen sollte.

Aber ich würde sicher nicht hier stehen und bedürftig aussehen. Auch wenn ich mich so fühlte. Ich richtete mein Kleid und funkelte Reed an. Wortlos verließ ich sein Büro, bevor mein Körper noch Hochverrat beging und sich Reed an den Hals warf.

Was gerade geschehen war, würde eine einmalige Sache bleiben.

Kapitel-18-

Cosima

Lust dir was dazuzuverdienen?

Erst die Nachricht von Samra schaffte es, mich aus meiner Schockstarre zu befreien. Nach dem Vorfall in Reeds Büro hatte ich mich mit der lahmen Ausrede, ich hätte Kopfschmerzen, von der Demo verabschiedet. Was Besseres war mir nicht eingefallen, aber ich hatte unter keinen Umständen bleiben können. Nicht nach diesem Kuss.

Ich fühlte mich zurückgewiesen und begehrt gleichzeitig und hatte keine verfluchte Ahnung, wie das überhaupt möglich war. War das seine Retourkutsche, weil ich seine SMS nicht beantwortet hatte?

Du solltest gehen, bevor ich dich gegen die Wand gelehnt ficke.

Stöhnend sank ich mit dem Gesicht in mein Kopfkissen. Ich sollte erleichtert darüber sein. Immerhin war Sex mit Reed Davis das Letzte, was ich wollte.

Daher antwortete ich Samra umgehend.

Sag mir Wann und Wo, ich bin dabei. Mir ist sogar relativ egal, was für eine Arbeit es ist.

Ich brauchte Ablenkung, dringend. Und zu Arbeiten war noch immer die beste Methode, um unangenehme Gedanken beiseitezudrängen. Außerdem wäre ein bisschen Extrageld nicht schlecht. Je weniger ich an meine Ersparnisse ging, desto besser. Samras Antwort ließ nicht lange auf sich warten.

Gut, dass du nicht wählerisch bist. Der Job wird ätzend. Catering auf einer schickimicki Benefizveranstaltung. Aber sie zahlen hundertfünfzig Dollar für den Abend und suchen noch Kellner.

Mein Bedürfnis den Abend zwischen reichen Leuten zu verbringen, war gering. Reed Davis stillte meinen Bedarf an anstrengenden Allüren. Aber es war besser als daheim rumzusitzen und mir Gedanken zu machen. Außerdem war eine Benefizveranstaltung doch etwas Gutes. Ich sagte Samra zu und ließ mir von ihr den Standort schicken.

Eine Stunde später stieg ich an der Wall Street aus und lief die letzten Meter bis zu dem Restaurant, welches Samra mir genannt hatte. Am Mitarbeitereingang auf der rechten Seite des Gebäudes sagte ich Bescheid, dass ich als Verstärkung für das Catering da war und wurde ins Erdgeschoss geschickt. Ich hatte nur kurz Zeit einen Blick auf meine Umgebung zu werfen, bevor ein Kellner, die sich wie ein Pinguin gekleidet hatte, mich die Treppen hinabscheuchte.

»Schnell, schnell. Die Gäste treffen bald ein«, rief er dabei.

Der kurze Blick hatte allerdings gereicht um festzustellen, dass dieses Restaurant mehr wie ein Palast aussah.

»Cosima«, rief Samra und eilte mir entgegen. »Da bist du ja. Hier.« Sie trug eine weiße Bluse mit einem schwarzen Rock und einer Strumpfhose darunter, womit sie dem Pinguin gar nicht unähnlich sah. Ich verzog angewidert das Gesicht, als sie mir ein Kleiderbündel in die Hand drückte. Offensichtlich würden wir im Partnerlook gehen. Aber was hatte ich anderes erwartet?

Widerwillig zog ich mich um und hörte mir die Einweisung des Chefkellners an. Wir würden das bestehende Team unterstützen, indem wir leichte Aufgaben übernahmen. Tabletts mit Sekt und Champagner durch die Gegend tragen oder Teller mit Hors d´oeuvre. Außerdem sollten wir leere Gläser wieder abräumen und im Allgemeinen dafür sorgen, dass Boden und Tische sauber blieben. Er zeigte uns einen kleinen Lagerraum, in welchem wir Sekt und Champagner nachfüllen konnten, sowie das Kühlhaus, falls uns die Schnittchen ausgingen.

»Die Bezahlung erfolgt selbstverständlich erst am Ende des Abends, wenn es zu keinerlei Katastrophen gekommen ist«, sagte der grantige Chefkellner, bevor er uns auf die eintreffenden Gäste losließ. Insgesamt waren wir zehn Zusatzkellner und Kellnerinnen.

»Der hält aber viel von uns«, raunte Samra belustigt, als wir die Treppe ins erste Stockwerk hochgingen. Auf einer Handfläche balancierte ich ein Tablett mit Champagner. Lieber hätte ich das Brot mit dem bescheuerten Namen genommen, da war die Gefahr geringer, dass etwas hinfiel. Aber die anderen waren schneller gewesen.

Vor dem Festsaal blieben wir stehen und ich staunte nicht schlecht, als ich den Blick zu der hohen, gewölbten Decke gleiten ließ. Pfeiler aus Sandstein stützten sie und an den Wänden waren teure Gemälde in dicken, goldenen Rahmen angebracht worden. Die Tische wurden von schweren weinroten Decken geziert, was das Gebäude noch mehr wie einen antiken Palast aussehen ließ.

»Bringen wir es hinter uns«, sagte ich zu Samra und wir verteilten uns auf den Raum, um den Gästen aufzuwarten. Offensichtlich gab es ein Motto, denn die Damen trugen allesamt Kleider mit einem Meerjungfrauensaum. Was, nur nebenbei erwähnt, total bescheuert aussah.

Langsam füllte sich der Raum, eine ältere Dame betrat die Bühne und redete über ein Mikro mit dem Publikum. Ich hörte kaum zu und bekam nur am Rande mit, dass Gelder für die AIDS-Forschung gesammelt wurden. Ich hatte recht gehabt, die monotone Arbeit ermöglichte es mir, meine Gedanken abzuschalten. Etwa im fünfzehn Minuten Takt eilte ich runter in den Lagerraum, um mein Tablett aufzufüllen. Ich kam gar nicht dazu, an etwas anderes zu denken, so gierig rissen mir die Reichen und Schönen den Champagner aus der Hand. Erst nach ungefähr einer Stunde beruhigte sich die Nachfrage etwas und ich hatte Zeit aufs Klo zu gehen, kurz durchzuatmen und auf die Uhr zu schauen. Achtzehn Uhr. In fünf Stunden dürfte ich gehen.

Als ich die Treppen raufging, eilte mir eine aufgeregte Samra entgegen.

»Cosima«, zischte sie und zog mich mit sich in eine abgelegene Ecke. Die Gläser auf meinem Tablett schwankten gefährlich. »Rate, wer hier ist.«

»Die heilige Mutter Teresa?«, antwortete ich gelangweilt und erntete ein Augenrollen.

»Reed Davis«, korrigierte Samra mich.

»Was?«, entfuhr es mir so laut, dass sich zwei vorbeigehende Herren nach uns umdrehten. »Was will der denn hier?«

Samra zuckte mit den Schultern. »Keine Ahnung, etwas von seinem unmoralisch verdienten Geld spenden?«

Danach rechnete ich jede Sekunde damit in Reed hineinzulaufen und überlegte, wie ich mich vor ihm verstecken könnte. Dabei war ich hier, um nicht an ihn denken zu müssen. Hatte toll funktioniert.

»Verfolgst du mich«, raunte mir eine Stimme von hinten ins Ohr und ich zuckte erschrocken zusammen. Als ich herumwirbelte, stieß ich fast mit Reed zusammen, der mich breit grinsend ansah. Er trug einen dunkelgrauen Anzug mit einem weißen Hemd und einer pechschwarzen Krawatte und sah darin zum Niederknien aus. Der Stoff schmiegte sich eng an seinen Körper, betonte seine starken Konturen und die Farbe ließ das Gold seiner Augen noch intensiver leuchten. »Offensichtlich kannst du nicht genug von mir kriegen.« Seine Worte trieften vor Selbstzufriedenheit.

»Bilde dir bloß nichts ein«, erwiderte ich gelassener, als ich mich fühlte. »Ich bin hier, um zu arbeiten.«

»Wieso gibst du nicht einfach zu, dass du nochmal geküsst werden willst?«, sagte er so leise, dass die umstehenden Gäste es nicht hören konnten.

»Du…«, setzte ich zu einer schlagfertigen Erwiderung an, aber in dem Moment sah ich ihm in die Augen und vergaß, was ich hatte sagen wollen. Dunkel und voller Verlangen lag sein Blick auf mir. Unwillkürlich musste ich auf seine Lippen sehen und mein Körper erinnerte sich sofort an die Gefühle, die unser Kuss in mir wachgerufen hatte. Ich seufzte leise.

Reeds Augen weiteten sich voller Erstaunen.

Bevor einer von uns etwas sagen konnte, trat eine Frau an seine Seite. Sie hatte gewelltes rotes Haar und trug ein schimmerndes hellblaues Kleid. Ebenfalls mit Meerjungfrauensaum. Sie war hübsch, keine Frage, aber in diesem Aufzug sah sie lächerlich aus.

»Reed, Honey. Wieso unterhältst du dich mit dem Personal?«, säuselte sie und maß mich abfällig.

Ich unterdrückte ein Würgen. Honey? Du meine Güte.

Als sie mit der Hand über seinen Oberarm strich und ihren Körper dicht an ihn schmiegte, verspürte ich ein hässliches Stechen der Eifersucht in meinen Eingeweiden.

»Champagner?«, fragte ich viel zu laut und hielt der Frau das Tablett mit so viel Schwung entgegen, dass die Gläser aneinander klirrten.

»Passen Sie doch auf«, rief sie empört und suchte bei Reed nach Zuspruch. Dieser jedoch hatte nur Augen für mich. Er musterte mich voller unverhohlener Neugier, so intensiv, dass mein Herzschlag sich beschleunigte. Ich musste hier weg, bevor ich mein letztes bisschen Selbstkontrolle verlor und mich vollständig zum Affen machte.

»Entschuldigen Sie«, murmelte ich, ohne die Frau anzusehen, wandte mich ab und verließ den Saal. Was war passiert? War ich gerade wirklich eifersüchtig auf eine Frau geworden, die Reed Honey nannte? War sie seine Freundin?

Aber nein, Reed Davis führte keine Beziehung. Also seine Fickbekanntschaft. Was interessierte es mich überhaupt?

Ich erreichte die Treppe und eilte ins Erdgeschoss hinab. Auf dem Weg kam mir keiner vom Personal entgegen und auch unten war ich allein. Zielstrebig steuerte ich den Lagerraum an, stellte das Tablett auf einer freien Regalfläche ab und lehnte mich mit geschlossenen Augen an die Wand.

»Reiß dich zusammen, Cosima«, schimpfte ich mit mir selbst.

Mir war keine Verschnaufpause vergönnt. Schon nach kurzer Zeit wurde die Tür zum Lagerraum geöffnet. Das Geräusch ließ mich hochschrecken. Reed stand in der Tür und musterte mich mit einem unergründlichen Blick. Langsam trat er ein, ließ die Tür hinter sich zufallen und kam auf mich zu. Schnell stieß ich mich von der Wand ab und wollte an ihm vorbeieilen. Wollte vor der Situation fliehen, doch er packte mich am Arm und zog mich ruckartig an sich. Ich fiel gegen seine muskulöse Brust.

»Musst du nicht bei deiner Begleitung sein«, zischte ich und versuchte ihn von mir zu drücken, aber Reed hielt mich an den Oberarmen fest. Wortlos und unerbittlich. So lange, bis ich meinen Widerstand einstellte und aufhörte mich aus seinem Griff winden zu wollen. Erschöpft ließ ich den Kopf hängen.

»Sieh mich an«, forderte Reed mit rauer Stimme. Ich traute mich nicht, weil ich nicht wollte, dass er die Wahrheit in meinem Blick las.

»Sieh mich an«, wiederholte er mit mehr Nachdruck. Schließlich gehorchte ich.

»Großer Gott, du bist eifersüchtig«, stellte er fest.

Hitze stieg mir in die Wangen.

»Das hättest du wohl gerne«, zischte ich, schaffte es jedoch nicht so viel Schärfe wie sonst in meine Stimme zu legen.

»Du bist eine schlechte Lügnerin, Cosima«, er sagte meinen Namen so sanft, dass es mir einen Schauer über den Rücken jagte. Meine heftige körperliche Reaktion entging Reed nicht. »Wovor fürchtest du dich so sehr?«

Seine Augen bohrten sich tiefer in meine, als suchte er darin die Wahrheit. Gott, wie sehr ich hoffte, dass er sie nicht fand.

»Lass mich gehen«, forderte ich erneut. Die Worte verließen meinen Mund so leise, dass ich sie selbst kaum hörte.

Reed schüttelte langsam den Kopf. »Du willst doch gar nicht gehen, Cosima.« Er vergrub seine Hand in meinem Haar und legte seine Stirn an meine. »Du willst, dass ich dich küsse.«

Seine Lippen berührten meine ganz sanft.

»Dass ich dich anfasse.«

Seine freie Hand wanderte zu meinem Po. Ruckartig zog er mich zu sich, presste seine Finger in den Stoff meines Rockes und drückte mich an sich.

»Dich ficke«, knurrte er und nahm meine Unterlippe zwischen seine Zähne.

Ich seufzte und ließ mich in seinen Griff sinken. Statt ihn von mir zu schieben, krallte ich meine Finger in sein Hemd und suchte Halt, weil ich innerlich verbrannte.

Weder sagte ich Ja, noch Nein. Ich sagte nicht küss mich, oder verschwinde. Ich sagte nichts. Aber mein Schweigen, mein fehlender Widerstand waren Antwort genug. Mit einem Knurren presste Reed seine Lippen auf meine. Ich stöhnte erleichtert auf, weil das brennende Verlange, das sich in mir aufgebaut hatte, endlich ein Ventil fand. Als er mit der Zunge in meinen Mund glitt, konnte ich nicht genug von seinem Geschmack bekommen. Ich wollte ihn halten und gleichzeitig von mir stoßen. Ich wollte in ihm ertrinken und gleichzeitig an die Oberfläche und nach Luft schnappen.

Ein Poltern im Flur ließ mich zusammenzucken. Ich riss mich von Reed los und für einige Sekunden starrten wir einander atemlos an. Seine Lippen glänzten feucht und in seinen Augen lag ein gefährlicher Hunger. Die Lust, die bei seinem Anblick in mir tobte, war so groß, dass ich es nicht länger mit ihm in einem Raum aushielt. Ich musste hier weg, bevor ich einen großen Fehler beging. Doch als ich mich an Reed vorbeidrängen wollte, versperrte er mir den Weg zum Ausgang.

»Lass mich durch«, zischte ich. Aber Reed dachte nicht daran. Er drehte sich um und das nächste, was ich hörte, war das Klicken des Türschlosses.

Als er mich wieder ansah, schien die Luft in dem kleinen Lager knapp zu werden. »Lass… lass mich raus«, forderte ich mit zitternder Stimme. Mit jedem Zentimeter, den er näherkam, verlor ich mehr die Kontrolle über meinen Körper. Reed schüttelte den Kopf. »Nein.«

Ich unternahm einen letzten Versuch mich an ihm vorbeizuschieben, doch er hielt mich fest und drängte mich so weit zurück, bis ich mit dem Rücken an eins der Metallregale stieß.

Mit beiden Händen hielt er mein Gesicht fest und zwang mich ihn anzusehen. Sein Blick war voller Gier. »Hör auf wegzulaufen«, flüsterte er und berührte dabei meine Lippen. Ein Beben ging durch meinen Körper und ich presste die Beine zusammen, zwischen denen sich eine unerträgliche Hitze bildete.

»Ich verabscheue dich«, antwortete ich schwach. Reed lachte kehlig.

»Man kann jemanden verabscheuen und ihn dennoch begehren«, sagte er rau und brachte seine Lippen dicht an mein Ohr, während seine Finger sich an den Knöpfen meiner Bluse zu schaffen machten. Einen nach dem Anderen öffnete er, bis mein weißer BH darunter zum Vorschein kam. Mit den Fingern fuhr er über den Saum, strich über meine Haut und hinterließ wohlige Schauer überall dort, wo er mich berührte.

Mir hatte eine schlagfertige Erwiderung auf der Zunge gelegen, doch sie erstarb, als er meinen Nippel zwischen seine Finger nahm und leicht zudrückte. Stöhnend legte ich den Kopf in den Nacken. Seine Liebkosung sandte einen Stromschlag direkt in meinen Unterleib. Ich wollte mehr. Ich brauchte mehr.

»Ich könnte so schöne Sachen mit dir anstellen, Cosima. Du musst mich nur darum bitten«, raunte Reed, während er sich bückte und den Ansatz meiner Brüste mit Küssen bedeckte.

Ich zog an seinen Haaren, wollte ihn von mir ziehen, aber als er mir den BH ein Stück hinunterzog und meinen Nippel mit seinem Mund umschoss, keuchte ich laut auf und presste seinen Kopf an meine Brüste.

Ich spürte die Vibration seines Lachens, scherte mich aber nicht darum. Mir fehlte die Kraft weiter vor der Anziehungskraft wegzulaufen, die zwischen uns herrschte. Reed saugte und leckte, fuhr langsame Kreise mit seiner Zungenspitze und liebkoste abwechselnd meine Brüste, bis ich nur noch ein wimmerndes Häufchen war.

»Willst du, dass ich dich kommen lasse?«, fragte er mit vor Erregung belegter Stimme. Ich war am Ende meines Widerstands angekommen. Reed Davis hatte eine Wirkung auf mich, wie kein Mann zuvor.

»Ja«, stöhnte ich. »Bitte.«

Zwei kleine Worte. Ich überschritt eine Grenze und könnte es nie wieder ungeschehen machen. Dennoch fiel mir die Entscheidung leicht.

Als Reed meinen Rock aufraffte und mir die Strumpfhose runterzog, rauschte das Blut laut in meinen Ohren. Mit der Hand fuhr er zwischen meine Beine und schob meinen Slip beiseite. Wir stöhnten beide laut auf, als er mit zwei Fingern in mich eintauchte.

»So feucht«, keuchte er und ließ seine Finger zunächst langsam aus mir heraus und wieder hineingleiten. So lange, bis ich vor Verlangen schier wahnsinnig wurde.

»Mehr«, flehte ich und begann fiebrig am Knopf seiner Hose herumzufingern. Irgendwann schaffte ich es ihn zu öffnen und zog den Reißverschluss runter.

»Nimm dir alles, was du brauchst, Baby«, knurrte Reed und drang mit seiner Zunge in meinen Mund ein. Gleichzeitig versenkte er seine Finger tief in mir. Stieß immer wieder hart zu. Ich schaffte es seinen Schwanz aus seiner Hose zu befreien und umschloss ihn. Während Reed es mir mit der Hand besorgte, rieb ich an seiner harten Erektion auf und ab und stellte mir vor, wie es sich anfühlen würde, wenn er mich damit vollständig ausfüllte. Wenn er mich mit seiner vollen Größe von innen heraus dehnte. Die Vorstellung, Reeds geschickte Finger in mir und seine Zunge in meinem Mund sorgten dafür, dass mein Unterleib sich zusammenkrampfte und meinen Höhepunkt ankündigte.

Ich stöhnte laut, kniff die Augen zusammen, ließ Reeds Schwanz los und krallte meine Finger in sein Haar. »Oh Gott«, keuchte ich, weil ich spürte, wie heftig ich gleich kommen würde.

»Komm für mich, Baby«, forderte Reed und legte seinen Daumen auf meinen Kitzler, während er mit zwei Fingern weiter in mich stieß.

Mit einem lauten Schrei warf ich den Kopf in den Nacken und gab mich meinem Höhepunkt hin. Es war mir egal, ob jemand uns hörte. Ich konnte nicht anders. Wellen der Erregung überzogen meinen Körper. Mein Innerstes krampfte sich gierig um Reeds Finger zusammen. All die

Gefühle, die sich angestaut hatten, brachen aus mir heraus und ließen mich atemlos und schweißgebadet zurück.

Langsam zog Reed seine Finger aus mir zurück. Als ich die Augen öffnete, sah er mich voller Verlangen und gleichzeitig fasziniert an.

Seine Erektion rieb an meinem nackten Oberschenkel. Ich wusste, was jetzt kommen würde. Und ich war bereit. Mehr als das. Ich wollte mit Reed schlafen.

Ein Klopfen an der Tür ließ uns beide zu Eis erstarren.

»Hallo, ist da jemand?«, rief eine männliche Stimme von draußen.

»Fuck«, fluchte ich leise und brach in Panik aus. Reeds Gesichtszüge wirkten wie versteinert, als er seine Hose hochzog und sein Hemd richtete. Es war, als hätte das Klopfen eine Blase zum Platzen gebracht und uns beiden klargemacht, was wir gerade getan hatten. Wie weit wir hatten gehen wollen.

Schnell zog ich meine Strumpfhose hoch und meinen Rock glatt, aufgeregt richtete ich mein Haar und mied es dabei die ganze Zeit Reed anzusehen.

Erst, als wir beide vor der Tür standen, warfen wir einander einen undurchdringlichen Blick zu. So sehr ich es auch versuchte, ich konnte nicht sagen was Reed gerade dachte.

»Hallo? Öffnen Sie die Tür, oder ich rufe die Polizei«, rief der Mann erneut. Bei dem Wort Polizei zuckte ich zusammen. Das fehlte mir gerade noch. Reed schien ähnlich zu denken, denn er schloss auf und öffnete die Tür.

»Was haben Sie sich dabei… Oh, Mr. Davis«, stotterte der Mann, sobald er Reeds Gesicht im Türspalt sah. »Ich wusste nicht, dass sie hier drinnen sind.«

Der Mann klang sichtlich verwirrt. Kein Wunder, was wollte ein Mann wie Reed Davis auch im Lagerraum des Restaurants?

Bevor die Situation noch peinlicher werden konnte, zwängte ich mich an Reed vorbei und stürmte hinaus. Der Mann vor mir gab einen überraschten Laut von sich, doch ich beachtete weder ihn, noch Reed.

»Ich kann mich auf ihre Diskretion verlassen«, hörte ich Reed noch sagen, dann bog ich in die Garderobe ab, nahm meine Handtasche und verschwand durch den Mitarbeiterausgang. Während ich zur nächsten U-Bahn Station hechtete, schrieb ich Samra eine kurze Nachricht, dass mir schlecht sei und die Leute vom Restaurant mich heimgeschickt hätten.

Scheiß auf das Geld. Ich hatte viel dringendere Probleme. Wenn der Mann nicht dazwischengefunkt hätte, hätte ich mit Reed Davis geschlafen.

Fuck! Und das Schlimmste war, dass ich frustriert darüber war, unterbrochen worden zu sein. Ich war ja sowas von kaputt.

Kapitel -19-

Cosima

Wie viele Stunden ich im Schneidersitz auf der Couch verbracht hatte, wusste ich nicht. Aber als Jane mich so vorfand, war der Abend weit fortgeschritten und ein kühler Wind strich durch das geöffnete Fenster über meinen Rücken.

Jane, die ihre wilden Locken mit einem Haarreif aus dem Gesicht hielt und in ihrer hochtaillierten Stoffhose und der weißen Bluse umwerfend aussah, blieb mitten im Raum stehen und sah mich überrascht an.

»Cosima, geht es dir gut?«, fragte sie besorgt und kam näher. Ein Duft nach Rosenblüten umgab sie und drang an meine Nase, als sie sich neben mir auf die Couch setzte und die Hand auf meinen Oberschenkel legte.

Es ging mir nicht gut. Eindeutig nicht. Was geschehen war, ließ mich nicht los. Es hatte mich völlig aus dem Konzept gebracht. Wäre ich ein Rennwagen, hätte man beobachten können, wie ich aus der Bahn flog und im Gestrüpp landete.

Alles, worüber ich nachdenken konnte, war, wie falsch und fantastisch dieses Erlebnis gewesen war. Dass Reed mein Gegner war, ich mich von ihm fernhalten sollte und welche Gefahr es bedeutete, ihm so nahe zu kommen. Gleichzeitig lockte er mich. Er war so verführerisch, dass ich nicht widerstehen konnte. Nie zuvor hatte ich eine solche Anziehungskraft erlebt. Eine, der die äußeren Umstände egal waren. Die sich nicht um Rivalen, Bauprojekte, Demonstranten oder sonst irgendwas scherte. Eine, für die nur Reeds Lippen auf meinen zählte. Und wenn ich ehrlich war, hatte es dieses Knistern zwischen uns schon am ersten Tag gegeben. Als wären wir dazu gemacht worden, ein gemeinsames Feuerwerk zu erschaffen. Unbewusst fuhr ich mir mit dem Finger über die Lippen. Fühlte Reeds Berührung nach, die so präsent war.

»Cos?«, sprach Jane mich nochmal an.

»Tut mir leid«, sagte ich und schüttelte den Kopf, um wieder klarzukommen. »Alles in Ordnung. Es ist nichts passiert.«

Der hohle Klang meiner Stimme verriet mich allerdings.

»Willst du mir nicht sagen, was dich so bedrückt?«, bat Jane. Seufzend lehnte ich den Kopf an ihre Schulter und schloss die Augen.

»Ist es schlimm, Berufliches und Sex miteinander zu vermischen?«, wollte ich von ihr wissen und wappnete mich für die Antwort. Insgeheim hoffte ich, dass sie mir den Kopf waschen würde. Jane hatte, was das anging, einen unfehlbaren moralischen Kompass. Wenn man sich nicht sicher war, ob man gerade dabei war, etwas Verwerfliches zu tun, konnte man sich darauf verlassen, dass Jane in der Lage war, einen Rat zu geben. Sie war der anständigste Mensch, den ich kannte.

»Nein«, antwortete sie, und ich riss überrascht die Augen auf und starrte sie an.

»Was?«, stieß ich verwirrt hervor. »Nicht?«

Jane schüttelte den Kopf. »Es ist nicht schlimm, nein. Solange keiner dabei zu Schaden kommt, beide wissen, worauf sie sich einlassen und keine Gefühle verletzt werden.«

Ich richtete mich auf und musterte meine Freundin, die mich ernst ansah. Das war nicht die Antwort, die ich von ihr erwartet hatte. Jane sollte mich von meinem Vorhaben abhalten. Mir helfen, wieder in meine Spur zu kommen. Stattdessen ermutigte sie mich quasi.

»Du wirkst überrascht«, deutete Jane meinen Gesichtsausdruck richtig und schmunzelte.

»Das trifft es gut. Ich dachte … keine Ahnung, dass du mir den Kopf waschen würdest. Du bist sonst die Vernünftige von uns.«

Bei meinen letzten Worten schürzte Jane abfällig die Lippen.

»Was denn? So ist es doch. Ich bin die Chaotin, Charly der Wildfang und du bist die süße Jane. Das Mädchen von nebenan.«

Jane erhob sich ruckartig von der Couch. Verärgert ging sie zur Küchenzeile und riss den Kühlschrank auf, um eine Flasche Wasser rauszuholen.

»Habe ich was Falsches gesagt?«, fragte ich vorsichtig. So wütend hatte ich Jane selten gesehen. Sie wirkte verändert. Nicht mehr wie das ruhige, fröhliche Mädchen, das nach New York gekommen war.

»Alles gut«, erwiderte sie mit einem schnippischen Unterton. »Ich bin es gewohnt, dass man mich so sieht. Aber um ehrlich zu sein, habe ich die Schnauze voll.«

Verwundert zog ich die Augenbrauen hoch. In ihren Worten schwang Frustration mit. Etwas, was ich von Jane nicht kannte.

»Ist in den letzten Tagen etwas vorgefallen?«, erkundigte ich mich behutsam und dachte an die verlaufene Wimperntusche von neulich Abend. »Läuft es auf der Arbeit nicht gut?«

Eine Weile sagte Jane nichts, und ich hatte den Eindruck, dass das die Zeit war, in der sie ihre Emotionen wieder unter Kontrolle bekam. Als sie mir antwortete, hatte sie sich vollständig im Griff.

»Es ist nur, dass man nicht immer vernünftig sein und die richtige Entscheidung treffen kann, Cos. Keiner von uns.«

Dann drehte sie sich um und ging in ihr Zimmer. Ich wurde nicht schlau aus meiner Freundin, weswegen ich aufstand und ihr folgte.

»Jane?«, rief ich und klopfte sanft an ihre Zimmertür. »Darf ich reinkommen?«

Ich erhielt keine Antwort. Eine Weile stand ich da, die Hand auf dem Griff, und überlegte, ob ich einfach reingehen sollte. Ich war hin- und hergerissen. Einerseits wollte ich meiner Freundin beistehen, andererseits sollte sie sich von mir nicht bedrängt fühlen.

»Du weißt, dass du jederzeit mit mir reden kannst, oder?«, murmelte ich schließlich und ließ den Kopf gegen das Holz sinken. »Ich mache mir Sorgen um dich.«

Die Tür wurde ruckartig geöffnet, und ich verlor kurz das Gleichgewicht. Eine müde Jane blickte mir entgegen. Mit einer Hand stützte sie sich am Rahmen ab, mit der anderen hielt sie die Tür halb geschlossen.

»Cos, du musst dir keine Sorgen machen. Ich komme schon klar«, versicherte sie mir, klang aber erschöpft.

»Ist es, weil ich so lange weg war?«, platzte es aus mir heraus, ehe ich mich zurückhalten konnte.

»Was?«, fragte Jane verwirrt und runzelte die Stirn. »Was meinst du?«

»Du redest nicht mit mir, obwohl ich genau sehen kann, dass etwas nicht stimmt. Und Charly verheimlicht offensichtlich auch etwas. Früher haben wir uns alles gesagt. Bevor ich weggegangen bin. Und jetzt … jetzt habe ich das Gefühl, dass wir uns voneinander entfernt haben«, schloss ich traurig und offenbarte Jane eine meiner größten Ängste. Dass ich mit meinem Verschwinden aus Chicago die zwei wichtigsten Menschen in meinem Leben verloren hatte.

»Oh Cosima«, seufzte Jane, öffnete die Tür und zog mich in ihre Arme. Ich ließ mich in die Berührung fallen und schloss die Augen. »Wie kannst du so etwas Dummes denken?«

Ich zuckte mit den Schultern und löste mich langsam aus der Umarmung. »Keine Ahnung, ich hatte bloß Angst, dass sich etwas zwischen uns verändert haben könnte.«

Jane griff nach meiner Hand. »Natürlich verändert sich unsere Freundschaft im Laufe der Zeit, weil wir uns weiterentwickeln. Aber das muss doch nicht gleich etwas Schlechtes sein. Und dass ich nicht mit dir rede, hat nichts damit zu tun, dass du weg warst, Cos. Ich will dich doch nicht bestrafen. Ich will nur … ich will einfach nicht darüber reden, um keine größere Sache daraus zu machen, als es ist. Verstehst du das?«

Ich nickte. Wenn Jane wüsste, wie gut ich es verstand. Schließlich hatte ich aus demselben Grund nicht über Reed reden wollen.

»Aber falls du doch reden willst, bin ich für dich da«, versicherte ich ihr daher, woraufhin sie lächelte.

»Auf dich war schon immer Verlass, Cos. Und das weiß ich zu schätzen.«

Nach diesem Gespräch ließ ich Jane allein. Offensichtlich brauchte sie das gerade. Um mich abzulenken, schaltete ich den Laptop ein und durchforstete das Internet nach Artikeln zur Demo. Ich wollte mich auf dem Laufenden halten, was sich ohne Facebook schwierig gestaltete.

Nach langem Zögern aktivierte ich mein Konto wieder. Ohnehin hätte ich es nur noch ein paar Tage hinauszögern können, denn für den Plan, den Samra und ich geschmiedet hatten, brauchte ich die sozialen Medien. Verstecken war schon lange keine Option mehr.

Als ich nach Tagen zum ersten Mal wieder auf mein Profil zugreifen konnte, fühlte es sich an, als würde ich einen alten Freund begrüßen. Statt wie geplant nach Beiträgen zur Demo zu suchen, ging ich zunächst die Bilder von meinen Reisen durch und versank in Melancholie. Es gab Momentaufnahmen von mir vor der Chinesischen Mauer. Auf einem Markt in Vietnam. Wie ich ein Känguru in Tasmanien streichelte und in Japan auf der Häscheninsel einen Haufen Hasen fütterte, die sich nicht gescheut hatten, auf meinen Schoß zu hüpfen.

Mich von diesen Erinnerungen loszureißen, bereitete mir

fast schon körperliche Schmerzen und mir wurde klar, wie sehr ich das Reisen vermisste. Die Welt zu erkunden, gab mir ein Gefühl von Freiheit, wie es nur wenige andere Sachen konnten.

Dennoch musste ich mich gerade um wichtigere Dinge kümmern. Also zwang ich mich, mein Fotoalbum zu schließen und widmete mich der Recherche.

Wie es sich herausstellte, verzeichnete die Facebook-Gruppe ein großes Wachstum. Über siebenhundert Mitglieder waren beigetreten. Nicht alle davon nahmen auch an der Versammlung vor *RDC* teil, aber es zeigte immerhin, dass wir bereits ein größeres Interesse generiert hatten. Das Video vom Eierwurf war noch im Umlauf und wurde fleißig geteilt. Mittlerweile störte ich mich nicht mehr daran, sondern begrüßte diese Entwicklung. Außerdem fand ich einige kleinere Artikel von freien Onlinemagazinen und Beiträge auf Blogs. So erreichten wir noch ein paar Tausend Leute. Aber nicht genug. Reeds Einfluss auf die Presse war zu groß. Wenn wir gegen ihn gewinnen wollten, mussten wir den Boulevardblättern mehr als eine kleine unbedeutende Demo liefern. Sie wollten einen Skandal. Allerdings hatte ich keine Ahnung, wie ich das anstellen sollte. Trotzdem nahm ich mir vor, die Sache anzugehen. Vielleicht fanden sich ein paar größere Blogger mit viel Reichweite, die uns unterstützen würden. Dann könnte es sein, dass die Presse automatisch mitzog. Ich setzte das auf meine To-do-Liste, bevor ich den Laptop ausschaltete und mir erschöpft die brennenden Augen rieb.

Den Rest des Abends verbrachte ich damit, sinnlos auf der Couch zu liegen und mir auf dem Handy eine Doku über Zero Waste anzuschauen. Keine rauschende Freitagnacht, aber zu mehr konnte ich mich nicht aufraffen. Jane verließ ihr Zimmer nicht und von Charly fehlte jede Spur. Das war schon der dritte Abend in dieser Woche, an dem sie mitten in der Nacht erst nach Hause kam.

Ich überlegte gerade, ob mich eine Portion Schokoeis vom Kiosk um die Ecke aufmuntern könnte, als eine eingehende Nachricht dafür sorgte, dass ich mich kerzengerade aufrichtete.

Sie war von Reed. Als ich sie mit zitternden Fingern öffnete, schlug mein Herz heftig in meiner Brust.

Ich stehe in fünfzehn Minuten vor deiner Haustür. Wenn du mutig genug bist, komm runter.

Kapitel -20-

Reed

Wozu hatte ich mich bloß verleiten lassen? Was ich begonnen hatte, war ein gefährliches Spiel. Trotzdem konnten meine Gedanken sich keine Sekunde von Cosima trennen. Ich hatte die Benefizveranstaltung kurz nach ihr verlassen. Meine Gedanken spielten verrückt und ich hatte etwas gebraucht, um mich davon abzulenken. Deswegen war ich in mein Apartment gefahren und aufs Laufband gestiegen. Eine schweißtreibende Trainingseinheit hatte bisher immer geholfen. Nicht so heute. Nicht einmal Sport half mir, mich abzulenken.

Heute versuchte ich vergeblich, mich auf die virtuelle Laufstrecke vor mir auf dem Bildschirm zu konzentrieren. Angeblich joggte ich gerade durch die Hügel der Hollywood Hills. In Wirklichkeit musste ich aufpassen, dass meine Füße mich nicht zu Cosima trugen.

Ich war kurz davor, die Kontrolle zu verlieren.

Seit über einer Stunde rannte ich ohne Pause. Der Schweiß lief mir in Strömen über die Stirn und brannte schmerzhaft, wenn er in meine Augen kam. Aber all das interessierte mich nicht, denn ich wusste, dass ich, wenn ich stehenblieb, zu ihr fahren würde. Und das durfte nicht sein.

Denn meine Reaktion auf Cosima war zu heftig gewesen. Ich war drauf und dran gewesen Sex in einem Lagerraum zu haben. Wo uns jederzeit jemand hätte erwischen können. Ich konnte froh sein, dass es der Chefkellner gewesen war, der uns entdeckte. Ein großzügiges Trinkgeld genügte da. Aber das war nicht meine größte Sorge. Solche impulsiven Gefühle waren untypisch für mich.

Ja, ich hatte regelmäßig Sex und ich hatte ihn gern, aber ich verlor mich nicht darin. Egal, wie attraktiv die Frauen waren, ein Teil meines Verstandes blieb aktiv, selbst wenn ich mich in ihnen befand. Aber bei Cosima … Ihre Lippen zu berühren hatte gereicht, um alle Systeme runterzufahren.

Sie war wie ein wilder Tiger, der sich in meinen Armen in ein zartes Kätzchen verwandelt hatte. Und so wahr ich Reed Davis hieß, ich wollte über jeden Zentimeter ihrer Haut lecken und sie zum Schnurren bringen.

Und genau das war der Punkt. Solche Gedanken konnte ich mir nicht leisten. Dafür stand zu viel auf dem Spiel. Das Queens-Projekt, Millionengewinne, die Jobs zahlreicher Mitarbeiter und im Endeffekt sogar meine Firma.

Aber Cosima hatte mit ihrer verdammten Ich-verbessere-die-Welt-Einstellung etwas in mir berührt. Etwas, das ich loswerden musste.

Also lief ich. So lange, bis meine Beine fast unter mir nachgaben und mein Shirt vor lauter Schweiß die Farbe gewechselt hatte. Erst dann gönnte ich mir eine Abkühlung in meiner ebenerdigen Wasserfalldusche. Doch sobald ich unter dem kühlen Strahl stand, kehrten meine Gedanken zu Cosima zurück.

Wie gern ich sie gerade bei mir hätte. Nackt und nass. Augenblicklich erwachte mein Schwanz zum Leben und machte es mir schwer, eine gute Entscheidung zu treffen.

Ich konnte, nein, ich *wollte* mir die Freuden, die Cosima mir versprach, nicht länger verbieten. Ich würde sie haben.

Wir waren erwachsen und sollten in der Lage sein, das eine vom anderen zu trennen. Ich konnte es, da war ich mir sicher. Ich konnte Cosimas Gegner sein und dennoch die Vorzüge ihres Körpers genießen. Das eine musste das andere nicht ausschließen. Es war nur Sex. Mehr nicht. Wenn sie ebenfalls in der Lage war, diese beiden Dinge auseinanderzuhalten, stand ein wenig Spaß nichts im Weg. Zwanzig Minuten später stieg ich geduscht und umgezogen in meinen Jaguar. Cosima bekäme eine letzte Chance von mir, wegzulaufen. Wenn sie schlau wäre, würde sie sie ergreifen.

Wobei ein großer Teil von mir hoffte, dass sie dumm genug war, sich auf das gefährliche Spiel, das ich für uns plante, einzulassen.

Kapitel -21-

Cosima

Als ich dieses Mal zu Reed in den Wagen stieg, spürte ich, dass etwas anders war. In der Luft lag eine greifbare Spannung. Er hatte seinen Anzug durch ein schwarzes, enganliegendes Shirt eingetauscht, das seine breiten Schultern und seinen muskulösen Oberkörper betonte. Seine Haare sahen ohne Gel viel weicher und einladender aus. Ich stellte mir vor, wie ich mit den Fingern zuerst sanft hindurchfuhr und dann daran zog, um ihm ein Stöhnen zu entlocken.

Es fehlte nicht viel und man könnte die Funken sehen, die zwischen ihm und mir hin- und herflogen. Als ich Reed ansah, lag in seinen Augen ein Hunger, bei dem mir die Luft wegblieb.

»Also bist du mutig und dumm genug, um in meinen Wagen zu steigen«, sagte er und klang wie eine Raubkatze auf der Lauer.

»Sieht so aus«, antwortete ich atemlos und war mir deutlich bewusst, wie intensiv Reed mich musterte. Er ließ den Blick über mein Gesicht gleiten, hin zu meinem Dekolleté und über meine nackten Oberschenkel. Ja, ich hatte mich extra für Shorts entschieden. Und ja, ich hatte es in der Hoffnung getan, dass Reed mich ansehen würde, als wäre ich das köstlichste Stück Torte in der Auslage.

»Dir ist klar«, fuhr er fort, während er weiterhin meinen Körper mit seinen Blicken liebkoste, »dass es, wenn du mit mir fährst, kein Zurück mehr geben wird.« Es war keine richtige Frage, mehr ein Aufzählen der Tatsachen. Als sein Blick meinen fand, nickte ich.

»Gut«, erwiderte Reed zufrieden. »Dann lass uns ein paar Regeln aufstellen.«

»Regeln?«, fragte ich verwirrt.

»Selbstverständlich wird es Regeln geben, Cosima«, klärte er mich auf. Die Worte klangen wie ein Schnurren und jagten einen wohligen Schauer über meinen Rücken. »Wenn du zustimmst, fahren wir zu mir und treiben es die ganze Nacht.«

Allein bei seinen Worten zog sich etwas in meinem Inneren vor freudiger Erwartung zusammen.

»Wie lauten die Regeln?«, fragte ich, solange ich noch zu einem klaren Gedanken in der Lage war. Reed grinste amüsiert. Ihm war der lustvolle Unterton, der meinen Worten anhaftete, nicht entgangen.

»Erstens, was heute Nacht passiert, dringt nicht an die Öffentlichkeit. Die Sache bleibt zwischen uns.«

Während er das sagte, strich er mit der Hand am Rand meines Ausschnitts entlang und streifte mit der Fingerkuppe mein Dekolleté. Sein Blick wanderte über das Tattoo an meinem Schlüsselbein. Ein Zitat aus Stolz und Vorurteil. *Falscher Stolz macht die Augen des Herzens blind.*

Als er weitersprach, hatte er sich zu mir gebeugt, sein Gesicht dicht an meinem Hals, und sein Atem streifte die Haut über meinen Brüsten.

»Regel Nummer zwei: Wenn der Morgen anbricht, sind wir

wieder Gegner.«

Eine Gänsehaut breitete sich überall dort aus, wo seine Worte mich trafen. Ich schloss seufzend die Augen und ließ den Kopf gegen die Lehne des Autositzes fallen.

»Regel Nummer drei: Es ist nur Sex. Stelle keine Erwartungen an mich.«

Begleitend zu seinen Worten ließ er seine Finger an meinen Oberschenkeln hinaufwandern, ganz langsam. Seine raue Haut hinterließ ein feuriges Brennen überall dort, wo er mich berührte. Bis er zwischen meinen Beinen angelangt war und durch den Stoff meines Höschens die Stelle, an der sich all meine Lust angesammelt hatte, rieb. Überwältigt von dem plötzlichen Gefühlsausbruch, keuchte ich und stemmte mich seinen Fingern entgegen.

An meinem Hals lachte Reed amüsiert.

»Ich bin mir sicher, dass wir beide eine Menge Spaß haben werden, Cosima«, murmelte er gegen meine Haut und verwöhnte meinen Hals mit seiner Zunge.

Mit den Händen suchte ich Halt an seinen Schultern und wollte ihn gleichzeitig näher zu mir ziehen, damit er mich küsste, aber Reed interessierte sich nicht für das, was ich wollte. Stattdessen fuhr er fort, meinen Hals und den Ansatz meiner Brüste zu liebkosen, während seine Finger träge Kreise zwischen meinen Beinen zogen.

»Ich stimme zu«, keuchte ich.

»Eine letzte Regel gibt es noch«, sagte er, griff in meinen Nacken und zwang mich, ihn anzusehen. Wilde, animalische Lust lag in seinem Blick.

»Welche?«, wollte ich wissen, wobei ich ihm nur mit halbem Ohr zuhörte. Der Rest meines Gehirns war damit beschäftigt, sich Bilder vom nackten Reed auszumalen und wie ich mit der Zunge über seinen Bauch und weiter hinab fahren würde. Ein erregtes Beben ging bei der Vorstellung durch meinen Körper und ich senkte lustvoll die Lider.

»Cosima, sieh mich an«, forderte Reed. »Der letzte Punkt ist unverzichtbar.«

Ich gehorchte und zwang mich, mich auf seine Worte zu konzentrieren.

»Verliebe dich nicht in mich. Niemals.«

Er sah mich ernst an, die sinnlichen Lippen zu einer schmalen Linie zusammengepresst. Das Goldbraun seiner Augen schimmerte verheißungsvoll im Licht der Straßenlaternen, als ich mit den Händen durch sein Haar fuhr und samtweiche, schwarze Strähnen zwischen meinen Fingern hindurchglitten.

Unverwüstlich. Wunderschön. Verheißungsvoll.

»Ich weiß, du hältst dich für unwiderstehlich«, sagte ich und verstärkte meinen Griff in seinem Haar. »Aber du bist nicht unbedingt der Typ Mann, den man seinen Eltern vorstellt.« Seine Augen verengten sich zu dünnen Schlitzen, während ich sprach. Vermutlich bekam er das nicht allzu oft zu hören. Aber ich würde mich nicht in die lange Schlange der Frauen einreihen, die Reed Davis anschmachtend zu Füßen lagen.

»Also keine Sorge. Ich werde mich nicht in dich verlieben«, versprach ich ihm und gleichzeitig mir selbst. Reed Davis bekam meinen Körper, aber nicht mein Herz. Und obwohl mir die letzten Worte nur leise über die Lippen gekommen waren, schien er zufrieden zu sein.

»Ich gebe dir eine letzte Chance, auszusteigen und zu gehen. Dieses Angebot werde ich nicht nochmal machen. Bleibst du, gehörst du mir. Du hast die Wahl.«

Entschlossen griff ich nach dem Gurt und schnallte mich an, ohne Reed anzusehen. Dabei versuchte ich, meine zitternden Hände ruhig zu halten und platzierte sie schlussendlich auf meinen Oberschenkeln. Reeds Worte hallten in meinem Körper wider, brachten mein Blut zum Rauschen und meinen Herzschlag außer Kontrolle. *Bleibst du, gehörst du mir.*

Seine Finger fanden mein Kinn und drehten mein Gesicht zu ihm. Seine andere Hand wanderte in meinen Nacken, und er zog mich für einen schnellen, harten Kuss an sich. Unsere Lippen pressten sich vielversprechend aufeinander, und ich sehnte mich nach mehr. Aber Reed löste sich beinahe sofort wieder von mir, startete den Wagen und trat das Gaspedal durch, bis die Lichter der Nacht an uns vorbeirasten.

Reed war so schnell gefahren, dass er aus einer dreißigminütigen Fahrt eine zwanzigminütige gemacht hatte. Wir waren schnurstracks nach Manhattan gefahren, auf die Upper Eastside, vorbei an Hochhäusern, die stetig höher wurden. Als wir mit dem Jaguar in eine Tiefgarage hinabfuhren, spürte ich zum ersten Mal so etwas wie Nervosität. Die Wagen, die hier standen, kosteten allesamt ein kleines Vermögen.

Als Reed seinen Jaguar auf einem Eckplatz parkte und mir beim Aussteigen half, schlug mir mein Herz bis zum Hals. Auf der Fahrt hierher hatte ich Zeit gehabt zu realisieren, was ich gerade tat. Die Erkenntnis traf mich mit einer Wucht, die mich fast aus den Socken haute. Ich war auf dem Weg in Reed Davis' Zuhause und würde Sex mit ihm haben. Mit dem Mann, dem ich vor wenigen Tagen einen Scheck ins Gesicht geschleudert hatte. Der alles darangesetzt hatte, um mich loszuwerden. War ich von allen guten Geistern verlassen?

Zum ersten Mal dachte ich an Flucht. Daran, die Beine in die Hand zu nehmen und wegzulaufen. So schnell und so weit ich konnte, damit ich keine Dummheit beging. Reed schien es zu spüren, denn er zog mich ruckartig an sich, bis ich gegen seine Brust fiel. Das Geräusch meiner Absätze hallte von den Betonwänden der Tiefgarage wider. Mit zusammengezogenen Augenbrauen musterte Reed mich, und es fiel mir schwer, seinem Blick standzuhalten.

»Hast du Angst?«, fragte er und ich glaubte einen Hauch von Mitgefühl in seiner Stimme zu hören. Nur deswegen nickte ich. Ja, ich hatte eine Scheißangst.

»Gut so«, hauchte er, dann gab er mir einen heftigen, leidenschaftlichen Kuss. Seine Zunge fuhr über meine Lippen, drang in meinen Mund ein und raubte mir den Atem. Seine Hand wanderte zu meinem Po, presste mich an ihn und entlockte mir Geräusche, die ich nicht von mir kannte. Als er meine Unterlippe zwischen seine Zähne nahm und zärtlich hineinbiss, schmolz ich in seinen Armen dahin und meine

Knie, nein, mein ganzer verdammter Körper zitterte.

Wenn ein Mann so küsste, wie fickte er dann? Bei dem Gedanken an das, was mich erwartete, stieg mir Hitze in die Wangen. Gegner hin oder her, darauf wollte ich nicht verzichten.

»Du hattest deine Chance, wegzulaufen, Cosima«, raunte Reed und sein Atem streifte meine von unserem Kuss feuchten Lippen. »Jetzt gehörst du mir.«

Ich suchte seinen Blick und verlor mich in dem goldbraunen Ton seiner Augen.

»Ich hatte nicht vor, wegzulaufen«, flüsterte ich und verschränkte meine Hand gleichzeitig mit seiner. Mit einem Kopfnicken bedeutete ich ihm vorzugehen.

Ich hatte Angst vor dem, was mich erwartete.

Reed Davis war ein gefährlicher Mann, das wusste ich. Aber ich war schlau genug, ihn nicht zu unterschätzen. Ich gestattete mir selbst diese eine Nacht mit ihm - unter dem Vorbehalt, vorsichtig zu sein. Denn meine Sehnsucht und meine Neugier waren stärker.

Kapitel -22-

Cosima

Im Penthouse angekommen, blieb mir keine Gelegenheit, mich umzusehen. Reed verschwendete keine Zeit und kam gleich zur Sache. Von hinten umschloss er meinen Körper mit seinen Armen, küsste meinen Hals und meine Schultern und drängte mich gleichzeitig tiefer in die Wohnung hinein.

Es war dunkel, nur das Mondlicht erhellte die Umrisse einiger Möbel. Ich begriff, dass wir so weit oben sein mussten, dass nicht einmal der Schein von Hunderten Werbetafeln uns hier erreichte.

Reed drückte mich mit dem Oberkörper gegen einen Esstisch aus Glas. Ich stützte mich mit den Händen darauf ab und stöhnte, als er von hinten meine Brust umfasste. Die ganze Zeit über spürte ich seine harte Erektion in meinem Rücken. Meine eigene Lust ließ mich schier verrückt werden und ich wusste, dass es gleich schnell und heftig zur Sache gehen würde.

Ich *wollte,* dass es schnell und heftig zur Sache ging, denn meine Ungeduld steigerte sich mit jeder von Reeds Berührungen.

Entschlossen wand ich mich in seiner Umarmung, packte ihn am Shirt und drehte uns beide ruckartig, sodass er derjenige war, der mit dem Rücken an den Tisch stieß. Ein überraschter Laut entwich ihm, doch ich ließ ihm keine Zeit, etwas zu sagen. Ich zog sein Gesicht an seinen Haaren zu mir und versiegelte seinen Mund mit einem hungrigen Kuss. Als er mit der Zunge zwischen meine Lippen fuhr, entwich mir ein lautes Seufzen.

Egal wie nahe er mir war, in diesem Moment war nichts genug.

Als Reed sich mit den Fingern am Knopf meiner Shorts zu schaffen machte, schob ich seine Hände beiseite und ging zwei Schritte zurück. Mit einem erhobenen Finger hielt ich ihn davon ab, mir zu folgen. Sanft lächelnd schüttelte ich den Kopf. Heute Abend würde ich die Kontrolle behalten.

Gemächlich machte ich mir an den Knöpfen meiner Bluse zu schaffen. Öffnete einen nach dem anderen, bis mir der Stoff wie von allein über die Schultern glitt und auf dem Boden landete.

Reeds Mundwinkel hatten sich zu einem schiefen Grinsen gehoben. Nun begriff auch er, was ich vorhatte. »Du spielst ein gefährliches Spiel«, raunte er und ich genoss, wie er mich mit seinen Blicken verschlang. »Aber ich bewundere deinen Mut.«

Was ich Reed nicht verriet, war, dass ich mich nie zuvor so furchtlos gefühlt hatte wie in diesem Moment. Unter seinen begehrlichen Blicken wuchs mein Wagemut zu einer gefährlichen Größe an.

Mit den Fingern fuhr ich mir sanft über mein Dekolleté, strich über den Rand meines BHs und liebkoste die Haut darunter, glitt weiter hinab, bis meine Finger den Saum meiner Shorts erreichten. Als ich den Knopf öffnete und mir den Stoff über die Hüfte streifte, bemerkte ich, wie sich Reeds Hände um die Tischplatte verkrampften. In seinen Augen loderte ein bedrohliches Feuer, und ich wusste, wie leicht es wäre, sich an ihm zu verbrennen. An dem Mann mit der eiskalten Schale und dem glühend heißen Kern.

»Zieh dich aus«, befahl ich und bekam eine Gänsehaut von meinem eigenen fordernden Tonfall.

Seine Mundwinkel zogen sich weiter nach oben, seine Augen funkelten neugierig und belustigt zugleich. Es verlieh ihm etwas Unbeschwertes und machte ihn in diesem Moment so attraktiv, dass mein Magen sich vor Hitze zusammenzog.

»Sofort«, fügte ich atemlos hinzu.

Reed schüttelte leicht den Kopf, zog sich aber widerstandslos das Shirt über den Kopf. Seine harten Bauchmuskeln glänzten im hineinscheinenden Mondlicht und meine Fingerkuppen kribbelten, weil ich ihn unbedingt berühren wollte. Mit den Augen folgte ich seinen Bewegungen. Als er seine Hose öffnete und sie sich samt Boxershorts abstreifte, war mein Mund staubtrocken und meine Kehle ausgedörrt.

Ich schluckte hart und betrachtete seinen aufgerichteten Schwanz. Mein Herz schlug schmerzhaft in meinem Brustkorb. Als ich hinter meinen Rücken griff und den Verschluss des BHs öffnete, damit ich ihn ausziehen konnte, hörte ich Reeds Stöhnen nur gedämpft, so laut rauschte mir das Blut in den Ohren.

Wie er da stand, nackt und erregt, gab er ein göttliches Bild ab. *Unverwüstlich.* Ich war froh, dass ich mich auf dieses Spiel mit ihm eingelassen hatte.

»Komm her«, raunte er verheißungsvoll und strich sich mit

der Hand sanft über seine Erektion. Zu sehen, wie er sich selbst berührte, gab mir den Rest.

Mit nichts als meinem Slip bekleidet, ging ich auf Reed zu. Die Schuhe hatte ich mir abgestreift und die Kälte der Fliesen krabbelte mir an den Beinen hinauf. Aber die Hitze, die andere Körperteile von mir ausstrahlten, überdeckte das.

Vor Reed blieb ich stehen, hielt seinen Blick fest und streifte mir das Höschen ab.

»Du bist wunderschön«, hauchte er ehrfürchtig, und seine Worte jagten eine Gänsehaut über meine Arme.

Reeds Hände fuhren über meinen Rücken, hinab zu meinem Po und verharrten dort, während sein Mund meinen suchte. Kurz schloss ich die Augen und genoss unseren Kuss, genoss das Gefühl von seiner Haut an meiner, bevor ich die Lider wieder aufschlug, ihm die Hand auf die Brust legte und ihn dem Tisch entgegendrückte.

Ich wusste, dass Reed mich nicht ewig die Oberhand über ihn haben lassen würde. Dafür war er zu dominant. Aber als er sich meinem Willen beugte und sich auf den Tisch sinken ließ, verspürte ich ein überwältigendes Gefühl und erkannte, wie berauschend es war, Macht über diesen Mann zu haben. Der Blick aus seinen Augen war gefährlich, aber darin lagen auch Neugier und Ungeduld, und ich wusste, dass er gespannt darauf wartete, was ich als Nächstes tun würde.

Ohne zu zögern, kletterte ich zu ihm auf den Tisch und positionierte mich über seiner Erektion. In seinen Augen las ich, wie sehr ihm gefiel, was ich gerade tat.

Als ich mich auf seine Härte hinabsinken ließ und ihn

vollständig in mir aufnahm, schloss er die Lider und legte stöhnend den Kopf in den Nacken. Meine Lippen teilten sich zu einem stummen Seufzen und jegliche Luft entwich meinem Körper, als Reed mich vollständig ausfüllte.

Ich nahm mir einen Moment, um mich an seine Größe in mir zu gewöhnen, dann begann ich langsam, meine Hüften in kreisenden Bewegungen auf- und abzubewegen. Jedes Mal nahm ich ihn dabei ein Stück tiefer in mich auf. Das Gefühl war überwältigend. Reeds Hände glitten über meinen Körper, über meine Brüste, meine Taille und zu meinem Po. Dort krallte er sie in mich und versuchte, mein Becken in einem schnelleren Rhythmus zu bewegen.

Entschlossen löste ich seine Hände und hielt lächelnd in der Bewegung inne, als ich sie ihm neben seinem Gesicht in die Tischplatte drückte. Unsere Finger waren miteinander verschränkt. Reed wollte von unten in mich stoßen, aber ich entzog mich ihm, sodass er vollständig aus mir hinausglitt, und ich beugte mich dicht über sein Gesicht.

»Ich entscheide, wie ich dich ficke«, flüsterte ich an seinen Mund und sah ihm dabei tief in die Augen. Zuerst weiteten sie sich vor Erstaunen, dann entbrannten sie vor Verlangen.

»Das werde ich dir heimzahlen, Kleines«, knurrte er gefährlich leise und nahm meine Unterlippe zwischen seine Zähne, was ein heißes Ziehen direkt zwischen meine Beine sandte.

»Kanns kaum erwarten«, antwortete ich lächelnd, stützte mich an seiner Brust ab und ließ mich wieder auf ihn sinken. Als er dieses Mal in mich eindrang, stöhnten wir beide erleichtert auf.

Ich verlor meinen anfänglich langsamen Rhythmus. Reed in mir zu spüren und gleichzeitig zu sehen, wie er stöhnend unter mir lag, schickte heiße Schauer der Erregung durch meinen Körper. Ich erzitterte und kleine Beben krampften meinen Unterleib zusammen. Schnell und hart ließ ich mich auf ihn hinabsinken, nahm ihn hemmungslos und vergrub meine Fingernägel fest im Fleisch seiner Brust.

Unter uns gab der Tisch ein gefährliches Knarzen von sich, aber es war mir egal. Ich gab mich hemmungslos meiner Lust hin und ritt Reed so, wie ich es brauchte. Schnell und hart.

Seine Hände liebkosten meine Brüste, kneteten sie und spielten mit meinen Nippeln. Während mein Rhythmus heftiger wurde, ließ Reed seine Finger über meinen weichen Hals gleiten und drückte leicht zu. Gleichzeitig hielt er meinen Blick fest. Als ich mich das nächste Mal auf ihn hinabsinken ließ, hob er mir seine Hüfte entgegen und drang dabei noch tiefer in mich ein.

Ein lauter Schrei teilte meine Lippen, ich warf den Kopf in den Nacken. Ein Beben ging durch meinen Körper und kündigte meinen Höhepunkt an.

»Komm für mich«, hörte ich Reed knurren. »Ich will sehen, wie du auf mir kommst.«

Seine Worte gaben mir den Rest und schickten mich über die Klippe. Mit geschlossenen Augen trieb ich mich seinen Stößen entgegen, krallte meine Finger in den Arm, mit dem er meinen Hals umschlossen hielt, und schrie, als mein Innerstes sich um Reeds Schwanz verkrampfte.

Als das letzte Beben vorbei war, fand ich kaum mehr die Kraft, mich aufrecht zu halten, so heftig hatte der Orgasmus mich überrollt. Gleichzeitig konnte ich nicht genug von diesem Gefühl kriegen.

Erschöpft ließ ich meine Stirn an Reeds Brust sinken und spürte seinen kräftigen Herzschlag. Aber Reed gönnte mir keine Pause. Seine Hände fanden meine Taille und er hielt mich fest, als er vom Tisch aufstand. Instinktiv schlang ich die Beine um seine Hüfte. Sein Schwanz glitt aus mir hinaus und ich biss mir ungeduldig auf die Unterlippe, weil ich das Gefühl vermisste, von ihm ausgefüllt zu sein. Selbst nach einem unglaublichen Orgasmus war mein Hunger nach Reed noch nicht gestillt.

Dieser machte einen Schritt vom Tisch weg, drehte sich und legte mich mit dem Rücken auf der kalten Glasplatte ab. Er zog mich bis zur Kante vor, spreizte mit den Händen meine Oberschenkel und trat zwischen meine Beine.

Mit lustvoll verhangenem Blick stand er vor mir und saugte den Anblick meines entblößten Körpers gierig in sich auf. Fuhr mit den Augen die Rundungen meines Körpers nach, meiner Brüste und meiner Tattoos. Ich spürte seinen Blick intensiver als jede Berührung. Und obwohl ich auf der kalten Glasplatte lag, glühte mein Körper vor Verlangen.

Als ich es nicht mehr aushielt, wand ich mich unruhig, stemmte die Füße in Reeds Po und zog ihn dicht zu mir. Ein amüsierter Zug spielte um seine Lippen, als er mich gewähren ließ und die Spitze seiner Erektion gegen meinen Eingang drückte.

»Ungeduldig?«, fragte er amüsiert. »Ich habe dir gesagt, dass dein kleines Spiel seinen Preis hat.«

Und er hatte nicht gelogen. Reed hatte mir ein Stückchen Macht überlassen, aber er forderte es umgehend zurück. Während ich mich vor Ungeduld wandte, ließ er sich ein Stück weit in mich hineingleiten, nur um sich sofort wieder zurückzuziehen. Diese winzige Bewegung reichte, um heftige Stromstöße durch meinen Körper zu senden und hinterließ dennoch ein verschlingendes Gefühl der Leere. Ich wollte ihn in mir spüren, tief und hart.

»Bitte«, flehte ich und drückte ihm mein Becken entgegen, doch Reed hielt mich mit einer Hand an der Hüfte fest und setzte sein erotisches Spiel mit mir fort. Schlimmer noch, er legte zwei Finger zwischen meine Beine und rieb meine Klitoris im Takt seiner sanften Stöße. Diese doppelte Stimulation trieb mich beinahe in den Wahnsinn. Stöhnend bäumte ich mich auf, schloss die Augen und genoss die heißen Schübe, die Reed durch meinen Unterleib sendete. Doch immer, wenn ich das Gefühl hatte, dass sich ein erneuter Orgasmus ankündigte und ich danach greifen wollte, entzog Reed sich mir. So lange, bis mein Körper vor Anstrengung feucht glänzte.

»Sag mir, was du willst, Cosima. Sprich es aus«, forderte er.

Ich hatte gewusst, dass Reed ein dominanter Mann war, vom ersten Moment an. Das war es, was mich an ihm anzog. Und wenn er dachte, dass ich mich scheuen würde, die Worte auszusprechen, irrte er sich. Ich konnte mich einem Mann voll und ganz hingeben, ihm gestatten, meinen Körper zu besitzen, und dennoch stark sein. Für mich lag darin kein Widerspruch. Reed glaubte, die Kontrolle zu haben, in Wirklichkeit verlangte ihm dieses Spielchen jedoch seine gesamte Selbstbeherrschung ab. Ich sah es an seiner Brust, die sich hektisch hob und senkte und an den Schweißperlen, die auf seiner Stirn glänzten.

»Fick mich, Reed Davis«, flüsterte ich so verführerisch ich konnte. Während ich das sagte, ließ ich mein Becken über die Spitze seines Schwanzes streichen.

»Ich will, dass du mich hart und hemmungslos nimmst.«

Ich sah, wie sich etwas in seinem Blick veränderte. Wie sich sein Verstand abschaltete und seine Instinkte die Führung übernahmen.

Dann ging alles rasend schnell. Reed legte seine Hände an meine Hüfte, zog mich zu sich und drang gleichzeitig mit einem einzigen harten Stoß in mich ein. Mit einem leisen Schrei presste ich die Handflächen auf die Tischplatte und schnappte nach Luft.

»Sieh mich an«, forderte Reed. Sein Blick hielt meinen fest, als er meine Oberschenkel griff, sich aus mir zurückzog und erneut tief in mich stieß.

Sein Kiefer war angespannt, seine Hände gruben sich schmerzhaft in mein Fleisch, während er mich mit harten Stößen auf dem Glastisch nahm.

Keine Küsse, keine verführerischen Worte.

Nur harter, grandioser Sex.

Jedes Mal, wenn Reed in mich eindrang, berührte er einen Punkt in mir, der mich dem Himmel ein Stück näherbrachte.

Ich wollte ihn ansehen, jedes Detail in mir aufsaugen: Seine harten Bauchmuskeln, die sich anspannten, die Konturen seiner starken Schultern, die sich gegen das Mondlicht abzeichneten und sein vor Lust verzerrtes Gesicht. Aber als Reed das Tempo steigerte, teilte mein Mund sich zu einem lautlosen Schrei. Mit geschlossenen Augen warf ich den Kopf zurück, wand mich auf der Tischplatte und trieb mich seinen Stößen entgegen, bis ein weiterer Höhepunkt über mich hinwegrollte und mich abheben ließ. Schreiend gab ich mich ihm hin. Genoss die Zuckungen, die durch meinen Unterleib gingen.

Mit unkoordinierten Bewegungen drang Reed noch einmal in mich, bevor er mit einem lauten und langgezogenen Stöhnen kam.

Eine Weile regten wir uns beide nicht, sondern genossen den Nachhall, den diese sexuelle Explosion in uns hinterlassen hatte. Dann beugte Reed sich erschöpft über mich und presste seine verschwitzte Stirn an meine.

Unsere Gesichter waren sich so nahe, dass wir dieselbe Luft atmeten. Dann suchte er meinen Blick und ich glaubte, er würde mich gleich küssen.

Aber er tat es nicht. Er fuhr bloß mit der Hand durch meine Haare und sah mich weiter an, bis ich unruhig wurde und nicht wusste, wie ich mich verhalten sollte.

Ich wollte mich in seinen Augen verlieren. Wollte meinen Mund auf seinen legen. Aber ich durfte nicht. *Es ist nur Sex, Cosima.*

Schließlich räusperte ich mich. »Ich sollte gehen«, sagte ich leise, obwohl ich nirgendwo lieber wäre als hier. Aber Reed verharrte weiter auf mir. In mir.

»Du gehst nirgendwohin«, teilte er mir entschlossen mit. »Hast du es schon vergessen, Cosima? Bis zum Morgengrauen gehörst du mir.«

Dann küsste er mich, und ich wusste, dass ich den Geschmack eines Mannes auf meiner Zunge nie mehr genossen hatte als jetzt.

Kapitel -23-

Cosima

Als ich im Morgengrauen meine Augen öffnete, schmerzte jeder meiner Muskeln. Ich konnte höchstens eine Stunde weggedämmert sein, denn den Rest der Nacht hatten wir mit hemmungslosem Sex verbracht. Dem besten meines Lebens, nur so nebenbei erwähnt.

Vorsichtig richtete ich mich auf der Couch auf, um den schlafenden Reed neben mir nicht zu wecken. Die Augen geschlossen und die Züge entspannt, sah er so zufrieden aus wie nie zuvor. Auf seinem Hals entdeckte ich rote Flecken. Seine Schultern waren von den Spuren meiner Fingernägel gezeichnet.

Die letzte Nacht hatte meine Erwartungen in jeder Hinsicht übertroffen. Aber jetzt musste ich schleunigst hier weg. Denn in mir baute sich der Drang auf, Reed sanft das Haar aus der Stirn zu streichen, und ich war mir sicher, dass das gegen den Deal verstieß, den wir geschlossen hatten.

Daher riss ich mich zusammen und verzichtete auf das Vergnügen, ihn ein letztes Mal zu berühren.

Stattdessen stand ich langsam von der Couch auf, wodurch ich Reed ein unruhiges Geräusch entlockte. Kurz hielt ich den Atem an und fürchtete, dass ich ihn geweckt hatte. Doch er drehte sich auf die Seite und schlief weiter. Erleichtert stieß ich die angehaltene Luft aus. Ich wusste nicht, wieso ich mich davor fürchtete, dass er aufwachen könnte.

Als ich in die Küche kam, verriet die Digitalanzeige des

Herdes mir, dass es erst halb sechs am Morgen war. Die ersten Sonnenstrahlen tauchten das Zimmer in ein rotes Licht. Unter dem Glastisch lagen mein Slip und meine Shorts. Die Platte war übersät mit den Abdrücken unserer Körper und erinnerte mich an das Feuerwerk, das Reed in mir entfacht hatte.

In einer Ecke fand ich meinen BH und mein Shirt. Vollständig angekleidet rief ich den Aufzug und hoffte, dass ich verschwinden konnte, ohne dass Reed es bemerkte. Ich wusste nicht, wie der Morgen danach bei *nur Sex* aussah. Klar, ich hatte One-Night-Stands gehabt. Aber die waren anders gewesen. Reed war anders. Und ich war nicht scharf darauf, herauszufinden, wie er reagieren würde, wenn ich bei Anbruch eines neuen Tages noch in seiner Wohnung war.

Ich hatte keine Lust, der beherrschten, kühlen CEO-Version von ihm zu begegnen. Nicht nach dem, was wir letzte Nacht getan hatten. Nicht nachdem ich den heißblütigen, leidenschaftlichen und unersättlichen Reed kennengelernt hatte.

Als die Aufzugstüren sich vor mir öffneten und ich über dreißig Stockwerke hinabfuhr, atmete ich tief durch und suchte nach meiner Mitte.

»Du schaffst das, Cosima«, redete ich mir selbst gut zu. »Es war nur Sex.«

Nur Sex. Und ich konnte das auseinanderhalten. Dennoch war ich froh, dass heute Samstag war. Denn es bedeutete, dass *RDC* geschlossen hatte. Dementsprechend würde heute keine Demonstration stattfinden und morgen auch nicht. Mir blieben zwei Tage, um zu verarbeiten, was gestern geschehen war und CEO Reed wieder gegenüberzutreten.

Zwei Tage, um wieder in den Ring zu steigen.

***

Reed

Als ich die Augen öffnete, war sie verschwunden. Ich wusste es, ohne mich überhaupt erst umzusehen. War mir sicher, dass sie weg war, obwohl ihr Duft noch in der Luft hing. Denn wenn Cosima anwesend war, spürte ich es körperlich.

Gut, sie war gegangen. Genau das war es, was ich gewollt hatte.

Ruckartig setzte ich mich auf der Couch auf, fuhr mit den Händen durch meine Haare und sah mich um. Draußen war es bereits hell, dennoch konnte es erst früh am Morgen sein. Ich stand auf und kippte die Fenster im Wohnzimmer und in der Küche, um Cosimas Parfum und den Geruch nach Sex aus der Wohnung zu vertreiben.

Danach ging ich auf direktem Weg ins Bad und stellte mich unter die kalte Dusche, um richtig wach zu werden. Das eisige Wasser belebte meine Geister, aber es vertrieb nicht Cosimas Bild aus meinem Kopf. Wie sie vor mir auf dem Tisch gelegen und sich geräkelt hatte. Wie es sich angefühlt hatte, mit der Zunge über die Dornenranken auf ihrem Oberschenkel zu fahren.

Ich drehte das Wasser ab und stieg aus der Dusche, um mich abzutrocknen. Vielleicht brauchte ich erst einen Kaffee, um auf andere Gedanken zu kommen. Während ich mich mit dem Handtuch abtrocknete, entdeckte ich im Spiegel die Kratzspuren auf meinem Körper. Sie würden mich tagelang daran erinnern, wie Cosima sich unter mir aufgebäumt und meinen Namen geschrien hatte, während der Orgasmus über sie hinwegrollte.

Ich kniff die Augen zusammen und schüttelte den Kopf, als würde mir das helfen, die Erinnerung loszuwerden. Dann ging ich in die Küche und ließ einen Kaffee durch die Maschine laufen. Obwohl die Fenster offenstanden, hing Cosimas Duft weiterhin im Raum. Als hätte er sich in die Wände gefressen und in meiner Nase festgesetzt.

Wenn das so weiterging, wäre es unmöglich, mit der Sache abzuschließen. Am besten rief ich das Reinigungsunternehmen an, das ich beauftragt hatte, und ließ eine Putzkraft kommen, um die Spuren der letzten Nacht restlos zu beseitigen. Ja, das war eine gute Idee. Und ich würde mich auf den Weg ins Büro machen, um ungestört zu arbeiten. Heute waren keine Mitarbeiter oder sonst wer anwesend, weil wir offiziell geschlossen hatten. Niemand da, der mich ablenkte. So, wie ich es am liebsten mochte.

Das zwischen Cosima und mir war lediglich Sex gewesen. Phänomenaler Sex. Mehr nicht. Kein Grund, der Sache länger als nötig nachzuhängen.

Kapitel -24-

Cosima

»Hast du mittlerweile mal was von Phil gehört?«, riss Samra mich aus der Tiefe meiner Gedanken. Welche mal wieder zu Reed geglitten waren.

Ich schüttelte den Kopf, behielt die Augen aber weiterhin geschlossen und ließ mir die spätsommerliche Sonne ins Gesicht scheinen.

Es war Sonntag und in der kleinen Wohnung war mir die Decke auf den Kopf gefallen. Charly war über Nacht nicht nach Hause gekommen, und auf meine Nachricht, wo sie war und ob es ihr gut ging, hatte ich noch keine Antwort erhalten. Ein wenig sorgte ich mich um sie. Entweder war sie bei einem Kerl oder sie hatte mit einer Arbeitskollegin getrunken und bei ihr übernachtet. Aus Erfahrung wusste ich aber, dass Charly es nicht mochte, wenn man ihr hinterhertelefonierte. Sie war wie eine Katze. Kam dann nach Hause, wann sie wollte. Deswegen beließ ich es bei einer Nachricht. Jane hatte ebenfalls keine Zeit, sonst hätte ich den Tag gern mit ihr verbracht. Seit unserem Umzug hatten wir uns kaum gesehen. Aber sie sagte, dass sie etwas Wichtiges zu erledigen hätte. Weil sie so kurz angebunden war, konnte ich allerdings nicht nachfragen, worum es sich handelte.

Also hatte ich Samra angerufen und sie gefragt, ob sie Lust hätte, mich ein bisschen durch die Stadt zu führen. Sie sagte zu und wir einigten uns darauf, in Brooklyn zu bleiben. Denn ich hatte keine Lust, früher als nötig nach Manhattan zu fahren.

Aber Brooklyn war riesig und es gab eine Menge zu sehen. Samra führte mich durch Williamsburg. Diesen Stadtteil liebte ich, seit ich *Two Broke Girls* gesehen hatte. Richtige Sehenswürdigkeiten schauten wir uns keine an, mir war es lieber, durch die Straßen zu schlendern und das Feeling des jeweiligen Ortes in mich aufzunehmen. Denn die Stimmung, die in der Luft lag, war das Besondere, das man mit einem Ort verbinden würde. Dieses Gefühl suchte ich in allen Städten, die ich bereiste. Nicht überall fand man es, denn nicht jede Stadt hatte ihren eigenen Klang. Aber New York hatte das definitiv. Und wenn man es genau nahm, hatte jeder Stadtteil, jedes Viertel hier seinen eigenen Klang.

New York war vielfältig, an jeder Ecke wartete ein neuer Eindruck und ich begann, die Stadt zu mögen. Manchmal kam es mir vor, als verströmte jede Straße ihren eigenen Geruch. Abgase, überteuerte Parfums, der Duft nach Hot Dogs oder frisch gebrühtem Kaffee, der an der Straßenecke verkauft wurde. Anfangs hatte mir das keine Luft gelassen und mir das Gefühl gegeben, zu ersticken. Aber mittlerweile mochte ich diese Vielfalt. Das war New Yorks Art und Weise, mit seinen Bewohnern zu sprechen, und ich wurde besser darin, zuzuhören. Nach und nach akzeptierte ich diesen Ort als mein neues Zuhause.

Irgendwann waren wir durch das viele Herumlaufen müde geworden und hatten uns mit einem Eiskaffee und einem Obstbecher in den Prospect Park auf die Wiese gelegt, wo wir den sonnigen Tag genießen wollten. Lautes Stimmengewirr und das Lachen von Kindern drangen an unsere Ohren.

»Aber du willst auf jeden Fall nochmal mit ihm reden, oder?«, griff Samra das Thema Phil erneut auf.

Ich drehte mich auf den Bauch und stützte mein Kinn auf meinen verschränkten Armen ab. »Auf jeden Fall«, antwortete ich. »Sobald ich ihn in die Finger bekomme.«

Ich fragte mich, wo Phil war. Versteckte er sich oder gab es einen anderen Grund, aus dem er am Freitag nicht zur Demo gekommen war? So oder so, ich war mir sicher, ihn morgen dort anzutreffen. Und dann würde ich ihm sagen, dass er gar nicht mehr wiederkommen musste. Das hätte ich auch per SMS machen können, aber ich wollte ihm ins Gesicht sehen, wenn ich ihn mit seiner Heuchelei konfrontierte.

»Womöglich taucht er gar nicht mehr auf«, zweifelte Samra, und ein Teil von mir hoffte, dass sie recht haben könnte. Denn mich Phil und Reed zu stellen und gleichzeitig eine Demonstration zu leiten, war mir zu viel.

Gerade als ich antworten wollte, klingelte Samras Handy und eine eingehende Nachricht forderte ihre Aufmerksamkeit. Während sie sie las, erhellte sich ihr Gesicht.

»Die ist von Lynn. Sie und Chuck geben in der Nähe eine Rooftop-Party und laden uns ein. Wir müssten nur ein paar Stationen weit fahren. Hast du Lust?«

»Eine Rooftop-Party am Nachmittag?«, fragte ich belustigt. »Ich dachte, die fangen erst nachts an.«

»In New York ist den ganzen Tag Zeit zum Feiern«, meinte Samra achselzuckend, und ich stimmte zu, mit ihr hinzugehen. Es war zwar erst sechzehn Uhr, aber hey, was soll's? Mir stand eine unangenehme Woche bevor. Was konnte es da schaden, ein bisschen Kraft zu tanken?

Eine Stunde später korrigierte ich mich. Auf der Party tankte ich keine Kraft, sondern Tequila. Shotweise Tequila, der sich seinen Weg brennend in meinen Magen bahnte, wo ich ihn fünf Minuten später noch spürte. Und der relativ schnell auch meinen Kopf und den Rest meines Körpers erreichte.

Die Party fand auf dem Dach von Lynns Wohngebäude statt. Die Bewohner des Stockwerks hatten sie organisiert, wobei das bedeutete, dass sie billiges Bier, Tequila, Zitronen, Salz und Chips bereitgestellt hatten. Relativ lieblos, aber die Musik war gut und die Aussicht grandios. Man konnte über einen großen Teil von Brooklyn blicken. Zwischen Häusern blitzten grüne Flächen hindurch, und als die Sonne langsam unterging und alles in ein rosarotes Licht tauchte, war der Zauber perfekt.

Vielleicht hatte ich bis dahin auch einfach schon zu viele Tequilas gehabt.

Am Anfang waren wir nur knapp fünfzehn Leute gewesen, aber irgendwann füllte sich das Dach. Ich vermutete, dass die Leute aus den unteren Stockwerken sich ebenfalls unter die Gäste mischten. Was sollte man auch machen, wenn die Nachbarn sich an einem Sonntag entschlossen, eine Fete zu feiern? Einfach mittrinken war die unkomplizierteste Lösung.

In dem Getümmel verlor ich Samra aus den Augen. Sie war

die ganze Zeit an meiner Seite gewesen, bis ein attraktiver Kerl mit vielen Tattoos sie auf einen Drink an die provisorische Bar eingeladen hatte. Lynn und Chuck sah ich ab und an aus dem Augenwinkel. Es war mir nicht klar gewesen, aber offensichtlich waren die beiden ein Paar. Oder hatten zumindest so ein Freundschaft-Plus-Ding am Laufen.

Der Anblick der beiden, wie sie eng umschlungen knutschten uns sich außerhalb des Taktes der Musik bewegten, löste ein sehnsuchtsvolles Ziehen in meinem Magen aus. Ihr Umgang miteinander wirkte so liebevoll und locker. Als wäre es das Natürlichste der Welt, einander zu berühren. Je länger ich sie beobachtete, umso bewusster wurde mir auch, dass die zwei sich zwar nicht im Takt der Musik bewegten, dafür aber im Rhythmus zueinander. Als wären ihre Körper miteinander gekoppelt. Als wüssten sie schon im Vorhinein, welche Bewegung der andere ausführen wollte und passten sich dieser dann an.

Nein, das war kein Freundschaft-Plus, *nur-Sex*-Ding. Das war wahre Intimität. Eine, die man nur bekam, wenn man viele Jahre miteinander verbrachte. Etwas daran störte mich, aber mein Hirn war vom Tequila so benebelt, dass ich den Gedanken nicht zu greifen bekam.

Irgendjemand rempelte mich von hinten an, ich stolperte zwei Schritte, wobei ich mir das Bier, das ich mir vorhin geholt hatte, über mein Kleid schüttete. Da es kein Wasser gab, hatte ich es für eine gute Idee gehalten, um ein wenig nüchterner zu werden. Aber jetzt war es aus dem roten Becher direkt auf mein gelbes Kleid geschwappt und hinterließ einen riesigen Fleck darauf.

»Na toll«, fluchte ich und stellte den leeren Becher auf einem Mauervorsprung neben mir ab. Dann bahnte ich mir einen Weg durch die tanzenden Betrunkenen, was gar nicht so einfach war. Kurz vor dem Treppenhaus hielt ich einen Kerl an, der gerade an mir vorbeitorkelte.

»Hey, weißt du, wo das Bad ist?«, schrie ich ihm über den Lärm hinweg zu. Er deutete bloß mit dem Daumen die Treppe runter und eilte dann weiter.

Tatsächlich gelang es mir nach nur zwei Fehlversuchen, die richtige Wohnung und darin das Klo zu finden. Es war winzig und ich hatte kaum Platz, um mich zu drehen, aber es gab ein Waschbecken und mehr brauchte ich gerade nicht.

Keine Ahnung, in wessen Wohnung ich da gestolpert war. Aber die Tür hatte offengestanden, und ich vermutete, dass die Bewohner zu den Gastgebern gehörten, also war es sicher in Ordnung, dass ich hier war.

Ich drehte den Wasserhahn auf und schob meine Handtasche, die an einem dünnen Träger über meiner Schulter baumelte, auf den Rücken, damit sie nicht nass wurde. Dann begann ich ungeschickt damit, das Bier aus meinem Kleid zu waschen. Der Versuch endete darin, dass ich noch nasser wurde.

»Ach verdammt«, brummte ich genervt, drehte das Wasser wieder ab und setzte mich auf den geschlossenen Klodeckel, wo ich den Kopf an die kalte Fliesenwand lehnte.

Während ich so dasaß und die Augen schloss, damit der Raum aufhörte, sich zu drehen, tropfte das kühle Wasser an meinen Schenkeln und Waden hinab und sammelte sich zu meinen Füßen auf dem Boden. Gott, ich fühlte mich so elend. Normalerweise war ich keine große Trinkerin und heute hatte ich es definitiv übertrieben. Aber mein Verstand arbeitete noch genug, um mir zu raten, dass es besser wäre, wenn ich nach Hause ging.

Draußen rüttelte jemand an der verschlossenen Tür und drückte die Klinke hinunter. »Besetzt«, schrie ich laut.

Mit ungelenken Bewegungen fischte ich mein Handy aus meiner Handtasche, rief Samras Kontakt auf und schrieb ihr eine Nachricht.

Wo bkst du? Will gehebn.

Dann schloss ich die Augen und wartete auf eine Antwort. Als mein Handy kurz darauf in meiner Hand summte, hatte ich das Gefühl, dass es mich aus dem Schlaf riss. Aber das Klingeln hörte nicht auf, und ein Blick auf das Display verriet mir, dass das keine eingehende Nachricht war, sondern ein Anruf. Und es war nicht Samras Nummer.

Es dauerte eine Weile, bis diese Information es durch die zähe Masse meines Verstandes geschafft hatte und mein Hirn erreichte. Aber als sie ankam, blieb mir die Luft weg.

Reed rief an.

Bevor ich abwägen konnte, ob es eine gute Idee war, drückte ich mit zitternden Fingern auf das Symbol des grünen Hörers und hielt mir das Handy ans Ohr.

Ich räusperte mich. »Hallo?«, sagte ich leise und hoffte, dass ich halbwegs normal klang.

»Was machst du gerade?«, antwortete Reeds geschmeidige Stimme und der Klang jagte einen wohligen Schauer über meinen Körper. Als würde ein sexy Jaguar über meinen Rücken lecken.

»Bin mit Freunden unterwegs«, hielt ich meine Antwort knapp und unverbindlich. Je weniger ich sprach, desto weniger konnte ich lallen und meinen Zustand verraten. Ich hoffte zumindest, dass die Worte für ihn so klangen wie für mich. »Und du?«, ergänzte ich, weil ich Angst hatte, dass das Gespräch sonst frühzeitig endete.

»Ich musste an dich denken«, raunte Reed verheißungsvoll. »An unsere gemeinsame Nacht.«

Etwas in meinem Bauch veranstaltete einen heftigen Tumult. Ein schönes, aufregendes Gefühl, das aber gleichzeitig dafür sorgte, dass der Tequila sich bemerkbar machte.

»Ich auch«, gestand ich, denn seit ich seine Wohnung verlassen hatte, waren meine Gedanken verboten oft zu ihm geglitten. Am anderen Ende der Leitung gab Reed ein zufriedenes Geräusch von sich.

»Wo bist du gerade?«, wollte er wissen.

»Brooklyn.«

Kurz schwieg er und ich befürchtete, dass ihn meine knappen Antworten nervten und er aufgelegt hatte. Aber dann sprach er weiter und ich atmete erleichtert aus.

»Was hältst du davon, wenn ich dich abholen komme und wir das wiederholen?«

Ein sehnsuchtsvolles Ziehen zwischen meinen Beinen erinnerte mich daran, wie gern ich Ja sagen wollte. Aber die Antwort, die es über meine Lippen schaffte, war eine andere. »Ich dachte, es sollte eine einmalige Sache bleiben.«

Reed lachte. »Ich sagte, dass es nur Sex sei. Nicht, dass wir es nicht öfter tun könnten, Cosima.« Er sprach meinen Namen so lasziv aus, dass er wie ein dunkles Versprechen klang.

Seine Worte ergaben Sinn. Wir hatten nie gesagt, dass es eine einmalige Angelegenheit sein musste. Wir waren beide erwachsen. Und Erwachsene hatten Sex. Auch unverbindlichen. Nichts sprach dagegen. Vor allem nicht, wenn man von so grandiosem Sex redete, oder?

»Ich schicke dir meinen Standort«, sagte ich entschlossen.

»Braves Mädchen«, flüsterte Reed. »Dafür werde ich dich belohnen.«

Und ein Feuerwerk der Vorfreude ließ abwechselnd heiße und kalte Schauer über meinen Körper gleiten.

Kapitel -25-

Reed

Ich hatte Cosima nie gesagt, dass das zwischen uns eine einmalige Sache bleiben würde, aber gedacht hatte ich es. Bis ich feststellen musste, wie gut wir beim Sex harmonierten. Zu gut, als dass man es unbeachtet lassen dürfte. Was für eine Verschwendung wäre das?

Den ganzen Samstag und den heutigen Sonntag hatte ich versucht, mich mit Arbeit und Sport abzulenken. Aber sobald ich mir eine kleine Pause gönnte, fanden meine Gedanken einen Spalt, durch den sie entwischen konnten und glitten hin zu Cosima, ihrer weichen Haut und zu der Vorstellung, wie ihr volles Haar auf der Couch einen Fächer bildete, während ich zwischen ihren Schenkeln war.

Fazit, ich lief mit einem Dauerständer herum und am Abend hielt ich es keine Sekunde länger aus. Ich beschloss, sie anzurufen.

Cosima war reif genug. Sie hatte meine Worte verstanden, war im Morgengrauen aus meiner Wohnung verschwunden und hatte sich nicht mehr bei mir gemeldet. Um ehrlich zu sein, hatte ich nicht erwartet, dass sie so unkompliziert sein würde. Warum also nicht einen Schritt weitergehen und herausfinden, ob sie mit einer Affäre genauso gut umgehen konnte wie mit einem One-Night-Stand?

Als ich vierzig Minuten später die Straße entlangfuhr, die sie mir als ihren Standort geschickt hatte, und nach ihr Ausschau hielt, entdeckte ich sie schon aus einigen Metern

Entfernung.

Ihr gelbes Kleid strahlte mir selbst im Dunklen entgegen wie eine Leuchtfackel. Sie war nicht zu verfehlen. Während ich rechts ranfuhr, musterte ich sie und stellte voller Freude fest, wie vorteilhaft der Stoff sich an ihre Figur schmiegte. Er reichte nur bis zur Hälfte der Oberschenkel und entblößte ihre Dornenranken. Die Farbe hätte nur wenigen Menschen gestanden, aber zu Cosimas leicht gebräunter Haut passte sie perfekt.

Ich wollte gerade auf die Hupe drücken, als sie mich von allein bemerkte und sich von der Hauswand abstieß, an der sie gelehnt hatte, um zum Wagen zu kommen. Ihr Haar trug sie in einem hohen Pferdeschwanz, der ihr wellig über den Rücken fiel. Bei ihrem Anblick breitete sich ein Ausdruck der Vorfreude in meinem Gesicht aus, der sofort gefror, als ich sah, wie sie wankend die ersten Schritte in meine Richtung machte.

Fluchend umklammerte ich das Lenkrad.

War sie etwa betrunken?

Genervt stieg ich aus und ging ihr entgegen. Ihr Blick war milchig trüb und sie hatte Schwierigkeiten, die Augen offenzuhalten, geschweige denn, geradeaus zu laufen. Warum war mir das am Telefon nicht aufgefallen? Ich hatte gemerkt, dass ihre Stimme anders klang, hatte es aber auf ihre Nervosität geschoben.

»Da bischt du ja«, begrüßte sie mich. Bei ihrem nächsten Schritt stolperte sie über ihre eigenen Füße, und ich war gezwungen, sie aufzufangen, wenn ich nicht wollte, dass sie hinfiel und sich das Knie aufschlug.

»Du bist betrunken«, stellte ich verärgert fest und packte sie härter an den Armen, als es unbedingt nötig gewesen wäre. Vom Dach des Gebäudes drangen laute Musik und verschiedene Stimmen an mein Ohr. Als Cosima gesagt hatte, dass sie bei Freunden war, hatte sie offensichtlich eine Party gemeint.

»Hab nur ein klein bisschen getrunken«, antwortete sie kichernd und wich meinem Blick aus.

»Ein bisschen?«, fragte ich mit hochgezogener Augenbraue. Das klang eher nach einem Fass. »Was hast du getrunken?«

»Bier«, kam die Antwort prompt und Cosima sank erschöpft gegen meine Brust. »Du riechst gut«, murmelte sie an mein Shirt gelehnt und rieb ihre Nase daran.

»Bier und weiter?«, wollte ich wissen, während ich sie skeptisch bei ihrem Treiben beobachtete. Ich sollte sie wegschieben und nach Hause fahren. Aber gerade wollte ich bloß herausfinden, wie betrunken sie war.

»Tequila«, nuschelte sie und half mir damit, den Geruch zu identifizieren, der von ihr ausging. »Irgendein Kerl hat ihn mir gegeben.«

Ein unvernünftiger Teil in mir wollte hochgehen, *irgendeinen Kerl* finden und dafür sorgen, dass er Cosima nie wieder nahekam. Aber dann erinnerte ich mich selbst daran, weswegen ich hergekommen war. Für Sex. Und in Cosimas Zustand würde ich den nicht bekommen.

»Du solltest wieder raufgehen«, sagte ich entschlossen und schob sie ein Stück von mir. Dabei fiel mir auf, dass ihr Kleid durchtränkt war und an ihren Schenkeln klebte. Ich unterdrückte ein Seufzen.

Sie schüttelte langsam den Kopf und sah mich aus ihren großen Mandelaugen an. »Ich will nicht gehen«, antwortete sie und suchte erneut die Nähe zu meinem Körper, so schnell, dass ich es nicht schaffte, sie davon abzuhalten, mich zu umarmen.

Ich räusperte mich, aber Cosima reagierte nicht. Sie stand bloß da, die Arme um mich geschlungen, und schloss zufrieden die Augen.

»Mit wem bist du hier?«, fragte ich und bekam einen Namen als Antwort, den ich nicht richtig verstand. Klang aber nach einer Frau. »Du solltest sie anrufen und ihr sagen, dass sie dich nach Hause bringen soll.«

Ich würde warten, bis ihre Freundin sie eingesammelt hatte und dann verschwinden. So konnte ich sicher sein, dass Cosima in ihrem Rausch nicht irgendwohin weglief und sich in der fremden Stadt verirrte. Und danach würde ich in eine Bar gehen, eine Frau aufreißen und mir mit ihrer Hilfe Cosimas Umarmung aus dem Schädel vögeln.

»Geht nicht«, lallte diese an meiner Brust. »Ich glaube, sie ist mit einem Typ abgehauen.«

Sie fuhr mit den Händen über meinen Rücken - unter mein Shirt - und strich mit den Fingern über meine nackte Haut, wobei sie ein zufriedenes Schnurren von sich gab. Ich konnte nichts dagegen tun. Angesichts ihrer Berührungen zeigte mein Schwanz sich sofort einsatzbereit und drückte unangenehm gegen den Stoff meiner Hose.

Ich stöhnte durch zusammengebissene Zähne, dann nahm ich Cosimas Kinn in meine Hand und zwang sie, mich anzusehen. »Ich rufe dir ein Taxi«, beschloss ich. »Das wird dich sicher nach Hause bringen.«

Ich sollte verschwinden. Die Gefahr, dass uns jemand zusammen sah, war zu groß. Ich vermutete, dass einige der Partygäste zu den Demonstranten gehörten und wenn einer von ihnen betrunken auf die Straße stolperte und uns entdeckte, wäre das ein Desaster.

Aber Cosima schüttelte den Kopf und fuhr sich mit der Zunge leicht über die Unterlippe. Eine Geste, die meine Aufmerksamkeit sofort auf ihren Mund lenkte und sämtliches Blut in meinem Körper zwischen meine Beine.

»Ich will nicht nach Hause«, flüsterte sie und schaffte es, einen lüsternen Unterton in ihre Stimme zu legen. »Ich will, dass du mich ableckst wie ein sexy Jaguar.«

Bei ihren unerwarteten Worten musste ich laut lachen. »Ein was?«, fragte ich und sah sie mit zusammengezogenen Brauen an.

»Ein sexy Jaguar«, wiederholte sie grinsend, und ich konnte nicht anders, als es zu erwidern. Ehe ich mich's versah, hatte ich meine Hand in ihren Nacken gelegt und sie für einen leidenschaftlichen Kuss an mich gezogen. Protestlos erwiderte sie ihn und ließ zu, dass ich mit der Zunge in ihren Mund glitt. Sie schmeckte nach Tequila, aber auch nach etwas Köstlichem, das ich nur mit Cosima in Verbindung brachte. Seufzend kam sie mir entgegen, schmiegte ihren Körper an meinen und grub ihre Finger in meinen Rücken. Ihre Lippen waren weich und einladend und unsere Zungen verschmolzen miteinander. Ich genoss die sanften Geräusche, die ich ihr entlockte, wenn ich leicht an ihrer Unterlippe saugte.

Als ich mich kurz darauf von ihr löste, war sie atemlos und ihr Mund von meinem heftigen Kuss gerötet. Ich wusste, dass ich niemals die Disziplin aufbringen würde, sie jetzt wegzuschicken. Also versuchte ich es gar nicht weiter.

»Komm«, sagte ich, legte ihr die Hand auf den unteren Rücken und führte sie zu meinem Wagen. »Ich bring dich zu mir und dann zeige ich dir, woran ich gern lecken würde.«

Kapitel -26-

Reed

Wie es sich herausstellte, sollte ich gar nichts ablecken. Ich hatte Cosimas Zustand völlig unterschätzt, was mir erst klar wurde, als ich sie aus dem Wagen hob und in meinen Armen zum Aufzug tragen musste. Den Weg von der Tiefgarage bis zu meiner Wohnung zog ich ein grimmiges Gesicht. Es blickte mir im Spiegel des Aufzugs entgegen. Gemeinsam mit dem Anblick der schlafenden Cosima in meinen Armen.

Ich hätte sie in meinem Auto liegenlassen oder zurück nach Brooklyn fahren können. Aber beides erschien mir nicht richtig. Naheliegend war, sie in meine Wohnung zu bringen und auszunüchtern.

So kam es, dass ich dreiunddreißig Stockwerke aufwärts mit einer Frau im Arm zu meiner Wohnung fuhr und dort keinen Sex mit ihr haben würde. Eine Premiere.

Trotzdem musterte ich das Bild, das wir abgaben, mit einer gewissen Neugier im Spiegel. Ich hatte einen Arm um Cosimas Oberkörper gelegt, den anderen unter ihre Knie geschoben, damit ich sie fest im Griff hielt. Ihr Kopf ruhte an meiner Brust, eine Hand lag an meiner Schulter und sie atmete ruhig und gleichmäßig. So entspannt hatte ich sie in meiner Anwesenheit noch nie erlebt.

Ich schob es auf den Alkohol, der sie vollständig ausgeknockt hatte. Aber für zwei, drei Sekunden dachte ich darüber nach, dass es eventuell doch an mir lag. Lächerlich. Ich war nicht der Typ Mann, der einer Frau das Gefühl von

Geborgenheit gab. Würde ich nie sein.

Als sich die Aufzugstüren öffneten, trug ich Cosima in mein Penthouse. Mit dem Ellbogen schaltete ich das Licht an und erhellte den Flur vor uns. Ich brachte sie zu dem großen Ecksofa, auf dem wir uns erst vor zwei Tagen vergnügt hatten, und legte ihren schlafenden Körper vorsichtig ab. Sie regte sich, rollte sich in eine bequeme Position, die Beine dicht an den Oberkörper gezogen, und war dann wieder weg.

Minutenlang beugte ich mich über sie und betrachtete ihr schlafendes Gesicht. Ihre gelockerten Züge und den leichten Spalt, der zwischen ihren Lippen entstanden war und durch den sie beim Ausatmen die Luft ausstieß.

Schlussendlich riss ich mich jedoch von ihrem Anblick los und ging in meine Küche, die mit einer offenen Durchreiche direkt ans Wohnzimmer grenzte. Laut meiner Armbanduhr war es Mitternacht. Trotzdem ließ ich mir einen Espresso durch die Maschine laufen. Solange Cosima hier war, würde ich unter keinen Umständen einschlafen. Schlimm genug, dass ich neulich nach dem Sex eingenickt war. Aber da konnte ich es wenigstens auf meine Erschöpfung schieben.

Statt einer wilden Nacht bekam ich eine schlaflose, in der ich unruhig durch meine Wohnung tigerte. Irgendwann entschloss ich mich, den Fernseher einzuschalten und setzte mich mit etwas Abstand zu Cosima auf die Couch. Ich griff nach der Fernbedienung und zappte durch die Programme. Bei einem Actionstreifen blieb ich hängen. Ich sah kaum hin, aber die Hintergrundgeräusche genügten, um die Nervosität aus meinem Inneren teilweise zu vertreiben.

Trotzdem fuhr ich sofort aus meiner Position hoch, als Cosima sich langsam aufrichtete und sich benommen umsah. Kaum hatte sie das getan, ließ sie sich geräuschvoll zurück auf die Couch fallen und hielt die Hand vor die Augen.

»Oh Gott«, krächzte sie. »Alles dreht sich.«

»Das wundert mich nicht«, antwortete ich ernst. »Du riechst, als hättest du eine Brauerei leergesoffen.«

Kein Scherz.

»Jemand hat Bier über mein Kleid gekippt«, informierte sie mich, wobei die Worte ihren Mund nur langsam verließen. Die Augen hielt sie weiterhin geschlossen und ich inspizierte den halbwegs getrockneten Fleck auf ihrem Kleid. Das erklärte zumindest einen großen Teil des Geruchs.

Ich seufzte, dann zwang ich mich, den Tatsachen ins Auge zu sehen. Wenn ich nicht wollte, dass meine Wohnung drei Tage lang wie eine Kneipe roch, musste ich ihr etwas anderes anziehen.

»Warte hier«, verlangte ich überflüssigerweise von ihr. Wo sollte sie in dem Zustand schon hinlaufen? In meinem Schlafzimmer durchforstete ich meinen Kleiderschrank nach etwas, das ich Cosima überziehen konnte. Viel Auswahl hatte ich nicht, aber ich fand ein weites graues Shirt und ein paar kurze Sporthosen. Nicht ideal, aber sauber und besser als nichts. Zurück im Wohnzimmer warf ich beides neben Cosima auf das Sofa. »Hier, zieh das an«, wies ich sie an, aber sie reagierte nicht auf meine Worte. Als ich mich prüfend über sie beugte und ihre Hand von ihrem Gesicht nahm, blinzelte sie mich träge unter ihren vollen Wimpern an.

»Deine Augen sind wunderschön«, schwärmte sie und ein Lächeln umspielte ihre Lippen.

Meine Hand verkrampfte sich bei ihren Worten zur Faust und lag unruhig neben ihrem Kopf. »Du solltest dich umziehen«, versuchte ich es erneut. »Ich habe dir frische Kleidung mitgebracht.«

»Du bist so fürsorglich«, nuschelte sie und drehte den Kopf zur Seite, sodass ihre Wange auf meiner Faust ruhte. Ihre Haut war warm und weich und ihre Worte verlangten mir einiges ab.

»Cosima«, fuhr ich sie scharf an. »Dein Kleid.«

Sie kicherte. »Du musst mir helfen.« In ihre Augen war ein verspieltes Funkeln getreten. »Sag bloß, du bist plötzlich schüchtern«, stichelte sie angriffslustig und biss sich auf die Unterlippe.

Wie gern hätte ich ihr das Gegenteil bewiesen. Aber selbst ich überschritt einige Grenzen nicht. Und den betrunkenen Zustand einer Frau auszunutzen, gehörte definitiv dazu. Wenn Cosima sich erneut auf mich einließ, dann bei vollem Bewusstsein. Alles andere würde die Sache verkomplizieren.

Das versuchte ich mir zumindest einzureden, während ich sie umständlich aus ihrem klammen Kleid schälte, wobei Cosima selbst mir keine große Hilfe war. Statt mir zu helfen, nutzte sie die Gelegenheit, um mir dreist an den Hintern zu fassen und zu kichern.

»Ich mag, wie du riechst«, brummte sie, als ich ihr das Kleid abgestreift hatte und es neben die Couch auf den Boden fallen ließ.

»Für gewöhnlich mag ich auch, wie du riechst«, gestand ich. Sie lag in nichts als ihrer schwarzen Unterwäsche vor mir. Ihr Haar war durcheinander gekommen und hing unordentlich im Zopf. Aus halb geschlossenen Augen beobachtete sie, wie ich den Blick über ihren Körper gleiten ließ.

»Gefalle ich dir?«, wollte sie leise wissen, und ich brummte etwas Unverständliches. Gefallen war gar kein Ausdruck für das, was ich bei Cosimas Anblick empfand. Bevor mein Entschluss, ihren betrunkenen Zustand nicht auszunutzen, ins Wanken geraten konnte, griff ich nach dem sauberen Shirt.

Nur allzu gern hätte ich sie unter die Dusche getragen und abgewaschen, aber sie nackt und nass zu sehen, hätte jegliche Selbstkontrolle überschritten, die ich zu bieten hatte.

»Du musst dich aufsetzen«, sagte ich, aber Cosima zog mich ruckartig zu sich, sodass ich das Gleichgewicht verlor und auf ihrem weichen Körper landete. Mit den Armen konnte ich mich gerade so ein Stück abstützen, sodass mein Gesicht dicht über ihrem schwebte. Aber unsere Körper berührten sich an so vielen Stellen, dass es selbst einen Heiligen zu den unanständigsten Sünden verleitet hätte.

»Ich habe an dich gedacht«, gestand sie leise. Ihr Blick suchte meinen und in ihm lag eine Offenheit, wie es sie zwischen ihr und mir bisher nicht gegeben hatte.

»Ach ja?«, erwiderte ich mit rauer Stimme und räusperte mich, um das trockene Gefühl in meinem Hals loszuwerden, das mich bei ihren Worten überfallen hatte.

»Ja«, hauchte sie.

Ich sollte nicht fragen. Ich sollte es nicht wissen wollen. Es sollte mir egal sein, denn es spielte keine Rolle. Dennoch fragte ich: »Wann hast du an mich gedacht?«

Ich hoffte, dass sie etwas sagen würde wie: unter der Dusche. Vor dem Einschlafen. Irgendetwas Versautes, das zu unserer Vereinbarung passte.

»Vorhin«, flüsterte sie und schloss die Augen. »Ein Pärchen hat getanzt. Sie waren überhaupt nicht im Rhythmus, aber irgendwie doch. Sie haben sich im Takt zueinander bewegt, als wären ihre Körper miteinander verschmolzen. Ich musste daran denken, dass ich das noch nie hatte. Einen Menschen, der so offensichtlich zu mir gehört. Und dann war dein Bild da. Einfach so.«

Einfach so.

Einfach so legte sie unsere Vereinbarung mit ihren Worten in Schutt und Asche. *Nur Sex* war noch nie so weit entfernt gewesen. Ich spürte, wie das Gesagte zwischen uns im Raum schwebte, wie als Reaktion darauf etwas in meinem Körper erstarrte und aus dem Gleichgewicht geriet. Als wollte etwas von innen nach außen und gleichzeitig von außen nach innen dringen und ich hatte keine Ahnung, was überhaupt los war. Aber ich wusste, dass Cosimas Worte nicht das waren, was ich von ihr erwartet hatte. Nicht das, was ich jemals von einer Frau erwartet hatte zu hören.

»Du bist betrunken«, erwiderte ich schlicht und blieb ihr eine Antwort schuldig. Aber Cosima schien es nicht einmal richtig mitzubekommen. So viele zusammenhängende Worte an einem Stück zu sprechen, hatte ihre Kapazitäten ausgeschöpft. Sie reagierte nicht auf mich, wodurch mir klar wurde, dass sie eingeschlafen war.

Eine Weile starrte ich sie an, beobachtete, wie ihre Atemzüge ruhiger und flacher wurden, bis das Zucken ihrer Augenlider die einzig wahrnehmbare Bewegung ihres Körpers war. Erst dann stand ich auf, ging nach nebenan ins Schlafzimmer und holte eine Decke. Vorsichtig, um sie nicht aufzuwecken, breitete ich sie über ihrem Körper aus. Und ohne darüber nachzudenken, legte ich mich ans andere Ende der Couch. Ich hätte genauso gut in mein Schlafzimmer gehen können, aber ich redete mir ein, dass ich es hören wollte, falls sie in der Nacht wach wurde und etwas brauchte. Falls sie Wasser wollte oder sich von dem vielen Alkohol übergeben musste. Je mehr ich über ihre Worte nachdachte, desto sicherer war ich mir, dass sie sehr viel getrunken hatte. Und dass der Alkohol sie Dinge sagen ließ, an die sie sich bei Sonnenaufgang nicht erinnern würde.

Irgendwann fiel ich in einen unruhigen Schlaf. Doch als ich mitten in der Nacht wach wurde und nach dem Grund dafür suchte, fand ich ihn in meinen Armen. Cosima hatte die Decke von sich getreten, die Distanz zwischen uns überbrückt und war an meine Brust gerutscht, wo sie weiterschlummerte. Ihr Gesicht drückte so viel Geborgenheit aus, dass es mir einen Stich versetzte.

Statt heißem Sex erlebte ich eine Nacht voller Premieren. Aber ich sagte mir, dass es nicht zählte. Sobald die Sonne aufging, wäre alles vergessen. Wenn Cosima nüchtern war, würde sie sich an nichts hiervon erinnern und ich könnte so tun, als wäre es nie passiert.

Kapitel -27-

Cosima

Ich nahm alles zurück. Sich nach einem One-Night-Stand mit Reed aus seiner Wohnung zu schleichen, war merkwürdig gewesen, aber nichts im Vergleich zu dem Morgen nach *was auch immer.*

Als ich die Augen öffnete, dröhnte mein Schädel. Trotzdem spürte ich sofort, dass etwas anders war. Dann bemerkte ich, dass das weiche Kissen, auf dem ich lag, gar kein Kissen war, sondern Reeds Brust. Und die warme Decke seine Arme, die fest um meinen Körper geschlungen waren. Ich lag zwischen seinen Beinen auf seinem Bauch, während er den Kopf an der Sofalehne abgelegt hatte. Als ich sein schlafendes Gesicht musterte, drohte mir das Herz aus der Brust zu springen. Mein Verstand mühte sich ab zu begreifen, was passiert war und gleichzeitig die unterschiedlichen Emotionen zu erfassen, die über mich hinwegrollten.

Dann kehrten die Erinnerungen an den gestrigen Abend, die Nacht mit Reed und die Worte, die ich betrunken gesagt hatte, zurück. Stöhnend ließ ich den Kopf auf seine Brust sinken.

Wie gern würde ich behaupten können, dass ich alles vergessen hatte. Aber ich erinnerte mich an jedes kleine Detail.

Ich spürte, wie mir die Tränen in die Augen stiegen, weil ich mich blamiert hatte. Zeitgleich versuchte ein Teil meines Gehirns die Information zu verarbeiten, dass ich trotz allem in Reeds Armen eingeschlafen war. Das musste etwas bedeuten, oder?

Das alles fand ein jähes Ende, als Reed ein brummendes Geräusch von sich gab und die Augen öffnete. Ich hob den Kopf, begegnete seinem Blick, und wir beide starrten einander wortlos an. Ich spürte seinen beschleunigten Herzschlag unter meiner Hand, die auf seiner Brust ruhte.

»G…guten Morgen«, brachte ich schließlich mühsam raus. Statt einer Antwort spürte ich, wie Reeds Umarmung sich lockerte. Seine Hände glitten von meinem Rücken, und die Kälte, die seine Arme ferngehalten hatte, kehrte schlagartig zurück. Bevor es noch peinlicher werden konnte, setzte ich mich auf und strich mir die zerzausten Haare aus dem Gesicht. Dann suchte ich den Boden fieberhaft nach meinem Kleid ab und zog es mir hektisch über, während Reed weiterhin stumm blieb. Dass es nach Alkohol und Zigarettenrauch roch, interessierte mich nicht. Ich wollte bloß schnell weg von hier.

Als ich fertig war und aufblickte, sah ich, dass Reed mich beobachtete. Sein Gesicht war eine eisige Maske, die keinerlei Emotionen durchscheinen ließ. Ich wartete kurz ab, ob er etwas sagen würde.

Tat er nicht.

Unbehaglich trat ich von einem Fuß auf den anderen, bis ich es nicht mehr aushielt und die Stille mit Worten füllte. »Ich … das war merkwürdig, oder?« Ich versuchte locker zu klingen, zwang mich sogar zu einem künstlichen Lachen, das in meinen Ohren viel zu schrill klang.

»Das war nichts«, ließ Reed sich zu einer Antwort herab. Die Worte waren eiskalt. Kein Zögern, kein Bedauern schwang darin mit. Nichts als pure Entschlossenheit. *Das war nichts.*

»Ja, nein, es …«, stammelte ich und knetete nervös die Hände. Ich ignorierte die Stimmen in meinem Kopf, denn plötzlich wollte sich jedes verdammte Organ in mir zu Wort melden. Und schien eine sehr deutliche Meinung darüber zu haben, was das zwischen uns letzte Nacht gewesen war. Nämlich mehr als nichts. Es war kompliziert. Verwirrend. Beängstigend. Berauschend. Verführerisch. Sehnsuchtvoll. Es war alles, aber nicht nichts. Nicht für mich. Doch ich wäre eine Idiotin, wenn ich diese Worte jetzt aussprechen würde. Deswegen sagte ich das Einzige, das ich in dieser Situation sagen konnte.

»Du hast recht. Es war nichts.« Dabei sah ich ihm in die Augen, tief und lang, und obwohl in meinem Inneren etwas zerbrach, wusste ich, dass er davon nichts mitbekommen würde. Mein Schmerz, meine Hoffnungen, meine Dummheit, das alles gehörte mir. Mir allein, und ich würde nichts davon mit Reed teilen, denn das zwischen uns war nichts. Nur Sex. Und wenn ich schlau war, nicht einmal mehr das.

Ich räusperte mich, und ohne ihn anzusehen, ohne ein letztes Wort an ihn, verließ ich das Penthouse. Alles, was ich mitnahm, war der eiserne Entschluss, nie wieder hierher zurückzukehren. Dies war kein Ort für Mädchen wie mich. Dumme Mädchen, die vom Unmöglichen träumten. Es war ein Ort der Kälte. Des Mangels. Ein Ort, der mich und meine

Gefühle verschlingen würde.

Daher ging ich.

Das war alles, was ich tun konnte.

Und wenn ich Reed in ein paar Stunden vor dem Gebäude von *RDC* begegnete, würde er für mich bloß noch Reed Davis sein. CEO und Gegner.

***

Reed

Ich war ein Mann, der vieles konnte. Ich hatte mein Studium der Architektur als Jahrgangsbester bestanden. Sprach fünf Sprachen fließend und leitete ein Unternehmen, das ich allein und innerhalb weniger Jahre aufgebaut hatte. Mit einflussreichen Menschen zu verhandeln, gehörte zu meinen täglichen Aufgaben, und schwere Entscheidungen zu treffen, von denen das Schicksal Hunderter abhing, brachte mich nicht ins Schwitzen.

Was ich nicht konnte, war, mit den Emotionen umzugehen, die Cosima in mir wachrief. Niemals zuvor hatte ich ein Date gehabt. Bis heute nicht. Ich führte keine Beziehungen, ich lernte nicht die Freunde meiner Bettgefährtinnen kennen, manchmal merkte ich mir nicht einmal ihre Namen. Wozu?

Belanglose Details. Zeitverschwendungen. Ablenkungen auf meinem Weg an die Spitze. Seit Jahren hatte es für mich nur ein Ziel gegeben. *Reed Davis Constructions* groß zu machen. Alles, was nicht dazugehörte, blendete ich aus, als wäre es kein Teil des Lebens.

Deswegen wusste ich nicht, wie ich mit Situationen dieser Art umzugehen hatte. Wie ich mit einem Menschen wie Cosima umzugehen hatte. Sie stellte Dinge mit mir an, die dafür sorgten, dass ich mir selbst fremd wurde.

Plötzlich stellte ich mir die Frage, warum sie nach New York gekommen war. Wollte wissen, was sie vorher getan hatte. Welche Gedanken sie nachts wachhielten. Ich wollte Dinge von ihr erfahren, die mir an jedem anderen Menschen auf dieser Welt egal waren. Warum nicht bei ihr? Was war an ihr anders? Ich war außerstande, es zu begreifen.

Minuten, nachdem sie gegangen war, saß ich noch auf der Couch und starrte die Stelle an, von der aus sie aus meinem Sichtfeld verschwunden war. Nachdem die Tür hinter ihr zugefallen war, fühlte sich die Wohnung leerer denn je an.

Ich war selbst schuld, denn ich hatte meine eigenen Regeln gebrochen. Ich hätte sie nicht anrufen sollen. Sie nicht herbringen sollen. Sie nicht über Nacht bei mir behalten, neben ihr einschlafen und mit ihr im Arm aufwachen sollen. Ich hatte mich selbst hintergangen. Mir etwas vorgegaukelt, als ich gedacht hatte, dass am nächsten Morgen alles vergessen wäre. Dass es nicht zählen würde. Als wäre es nie passiert. Aber es zählte. Und es wog schwerer auf meinen Schultern, als ich es für möglich gehalten hätte.

Erschöpft stand ich auf und tat etwas, das ich seit zehn Jahren nicht mehr getan hatte. Ich ging in mein Schlafzimmer, zog die Türen meines Kleiderschranks auf, bückte mich zur untersten Schublade, in der ich meine Socken aufbewahrte und holte aus der hintersten Ecke, gut verborgen, eine schwarze Schachtel hervor, etwa so groß wie meine Handfläche und zehn Zentimeter hoch.

Ich setzte mich auf mein Bett, die Schachtel in beiden Händen, und zog sacht den Deckel ab. Darin verstaut waren fünf alte Fotografien. Sie zeigten mich, meine Eltern und meine Schwester. Glücklich, lachend, zusammen und erfüllt.

Zeigten, wie ich gewesen war und wie ich nicht mehr sein konnte.

Ich war ein kalter Mann. Emotionslos, unerbittlich und gleichgültig allem gegenüber, was für mein Geschäft nicht relevant war. Ich wusste, wie meine Mitarbeiter hinter meinem Rücken über mich redeten. Wie sie mich leise Mr. Icecold nannten, wenn sie glaubten, dass ich nicht hinhörte.

Ich war nicht so geboren worden. Das Leben hatte mich gezwungen, so zu werden. Erst hatte es mir alles geschenkt. Glück, Liebe, eine Familie. Ich hatte alles gehabt und dann war mir alles genommen worden. Seitdem wollte ich nichts mehr haben. Nichts, woran ich mein Herz band. Nichts, was sich mir wegzunehmen lohnte. Nichts, das mich zerstören würde, wenn ich lernen musste, ohne es zu leben. Diese Zeit lag hinter mir und es gab keinen Weg zurück.

Kapitel -28-

Cosima

Wenige Stunden später machte ich mich auf den Weg zu *RDC,* um bei der Demonstration nach dem Rechten zu sehen. Als ich die überfüllten Straßen des Financial Districts durchquerte, fühlte ich mich, als käme ich aus einem Paralleluniversum. Die Tatsache, dass ich vor nicht allzu langer Zeit in Reeds Armen geschlafen hatte und jetzt auf dem Weg war, um an einem Schlachtplan gegen ihn zu feilen, war surreal.

Schon von weiter weg erkannte ich Samra, die am Rande des kreisrunden Platzes vor der Firma stand. Als sie mich sah, ging ein Ruck durch ihren Körper und sie kam auf mich zugelaufen. Ein Blick in ihr Gesicht und ich wusste, dass sie keine guten Neuigkeiten hatte.

»Phil ist hier«, rief sie, als sie nur noch zwei Meter von mir entfernt war. »Er ist gerade gekommen und stellt überall Fragen. Lynn und Chuck haben ihm nichts verraten.«

Ich seufzte erschöpft und bereute es, mir auf dem Weg keinen Kaffee geholt zu haben. Nicht nur, dass ich die Sache mit Reed verarbeiten musste, jetzt hatte ich auch Phil an der Backe, der für sein Auftauchen keinen unpassenderen Zeitpunkt hätte finden können.

Samra und ich gingen das letzte Stück zu den Demonstranten gemeinsam. Als wir die Menge erreichten, entdeckte ich Phil am anderen Ende des Platzes. Etwa im selben Moment drehte er sich zu uns um und winkte uns zu sich.

»Wie willst du vorgehen?«, raunte Samra mir ins Ohr und erwiderte Phils falsches Lächeln, während wir uns langsam durch die Menge schoben.

»Auf dem Schwarzmarkt jemanden engagieren, der ihn verschwinden lässt, wäre mein Favorit, aber ich glaube, das dauert zu lange«, antwortete ich und Samra schmunzelte. »Ich werde schon mit ihm fertig«, ergänzte ich, um mir selbst Mut zu machen.

»Hey Mädels, wie geht´s?«, grüßte Phil uns und wollte mich umarmen, doch ich schob ihn mit der flachen Hand auf seiner Brust zurück, woraufhin er verwundert die Arme hob. »Was hast du?«

»Was ich habe?«, fragte ich so laut, dass einige der Umstehenden die Köpfe nach uns umdrehten und zuhörten. »Wenn du scharf nachdenkst, kommst du bestimmt von allein drauf.«

Phil zuckte die Achseln, wobei sein übergroßes Shirt auf seinen schmalen Schultern wackelte. »Keine Ahnung«, antwortete er unschuldig.

»Du hast Reed Davis ihre Nummer gegeben«, sprang Samra für mich ein, weil ich vor Wut schäumte. »Wie konntest du dich nur von ihm bestechen lassen?«

Jetzt hatten wir definitiv das Interesse der anderen. Um uns herum hörten immer mehr Leute zu. Die Musik wurde ausgeschaltet und eine unheimliche Stille senkte sich über die Anwesenden.

Phil wirkte jedoch überhaupt nicht, als wäre ihm die Sache

unangenehm. »Das nennst du Bestechung?«, fragte er irritiert und sah von Samra zu mir, als müsste er sich größte Mühe geben, unsere wirren Gedankengänge zu verstehen.

»Ich weiß nicht, wie würdest du es denn nennen, wenn du ihm meine Nummer im Gegenzug für eine Bezahlung gibst?«, fuhr ich Phil scharf an und hörte einige *Ohs* aus dem Publikum. »Hat es sich für dich wenigstens gelohnt, dass du mich ans Messer geliefert hast?«

Er lachte. Phil lachte tatsächlich. Laut und ausgelassen, als hätte ich gerade einen Witz erzählt. »Ach, Cosima«, sagte er schließlich. »Das ist doch keine Bestechung. Dieser Davis wollte deine Nummer und irgendwie hätte er sie bekommen. Ob von mir oder jemand anderem, was macht das für einen Unterschied? Und wenn er mir Geld dafür anbietet, sage ich nicht nein. Alles, was ich diesem Sack nehmen kann, ist ein Gewinn. Nicht für mich, sondern für uns alle. Du solltest dich mit mir freuen, dass ich sein Portemonnaie ein bisschen erleichtert habe, wo du weißt, wie er seine Kohle verdient.«

Ich starrte Phil an und war mir zum ersten Mal nicht sicher, ob ich mit einem geistig völlig gesunden Menschen redete. Wie schaffte er es, alles so zu verdrehen, dass es zu seinen Moralvorstellungen passte und dennoch möglichst nützlich für ihn war?

Aber ich war selbst daran schuld. Hatte ich etwas anderes erwartet? Nachdem er mir die Sache mit dem Ei in die Schuhe geschoben hatte und ich so blöd gewesen war, Mitleid mit ihm zu haben? Phil hatte schon da gezeigt, dass er sich selbst am nächsten war.

»Weißt du was, Phil«, antwortete ich genervt. »Nimm deinen Scheck und deine verdrehten Vorstellungen und dann verschwinde. Jemanden mit deiner Doppelmoral brauchen wir hier nicht.«

Um uns herum ertönte zustimmendes Gemurmel. Phil warf wütend die Arme in die Luft. »Das kann nicht dein Ernst sein«, rief er aufgebracht. »Ich habe das alles gestartet. Du kannst mich nicht von meiner eigenen Demo schmeißen.«

»Ach nein?«, fragte ich lauernd und ging einen Schritt näher auf ihn zu. »Kann ich nicht? Dabei war ich doch diejenige, die das alles hier erst so groß gemacht hat. Erinnerst du dich, Phil? All die mediale Aufmerksamkeit, nur weil ich den Mut hatte, das Ei nach Reed Davis zu werfen.«

Das giftige Lächeln, das ich ihm zuwarf, hätte selbst der größten Filmdiva Konkurrenz gemacht. Zorn sprühte aus Phils Augen. »Du überschätzt dich«, presste er zwischen schmalen Lippen hervor.

Ich schnaubte amüsiert. Vor ein paar Tagen hätte ich ihm sicherlich recht gegeben. Aber mittlerweile hatte sich einiges geändert. Ich hatte mich geändert.

»Wer dafür ist, dass Phil verschwindet, hebt die Hand«, rief ich in die Runde und sah die Leute nacheinander an.

Ringsherum schossen zahlreiche Arme in die Luft. Jeder, der Zeuge unseres Gesprächs geworden war, stand auf meiner Seite.

»Das wirst du bereuen«, fauchte Phil mich an, bevor er mich schubste, sodass ich gegen Samra prallte. Geschockt beobachtete ich, wie er durch die Menge verschwand.

»Ich hoffe, dieser Davis lässt den Scheck platzen«, sagte Samra trocken. Ich nickte bloß. In Phils Augen hatte ein Ausdruck gelegen, der mir überhaupt nicht gefiel. Mir regelrecht Sorgen bereitete.

»Na ja, Hauptsache, Phil ist verschwunden«, gab Lynn sich erleichtert, die zusammen mit Chuck zwischen den anderen Zuhörern gestanden hatte und jetzt zu uns kam. Langsam verteilte sich die Menge wieder gleichmäßig auf dem Platz und das Interesse an uns verflog. Musik wurde eingeschaltet, Gespräche wieder aufgenommen, die Demonstranten bereiteten sich auf einen weiteren langen Tag vor den Türen von *RDC* vor. Aber ich stand da und sah auf die Straße, auf der Phil verschwunden war. Mein Bauchgefühl sagte mir, dass ich ihm heute nicht zum letzten Mal begegnet war.

»Cos?«, riss Samra mich aus meinen Gedanken, und ich wandte ihr den Kopf zu.

»Hm?«, machte ich verwirrt, weil sie mich abwartend ansah, ich aber ihre ursprüngliche Frage nicht gehört hatte.

»Wie geht es jetzt weiter?«, wiederholte sie und lächelte.

»Jetzt machen wir das Queens-Projekt platt.«

Kapitel -29-

Cosima

Die restliche Woche verlief träge. Weder von *RDC* noch von uns wurden große Schläge ausgeteilt. Das Interesse an unserer Demonstration war da, aber das Wachstum verschwunden. Die Zahl unserer Anhänger stagnierte, weil nichts Neues passierte. Hier und da kam ein Journalist vorbei, wir gaben Interviews, Fotos wurden gemacht, aber die wenigsten der Artikel schafften es bis zur Veröffentlichung. Reeds langer Arm reichte weit, und solange wir keine Schlagzeile für die Blätter hatten, legten sie sich nicht mit ihm an. Nicht für eine kleine Story.

Ich spürte, wie uns die Zeit davonlief. In zwei Wochen sollten die Abrissbirnen auf dem Gelände in Queens einrollen und die ersten Wohngebäude dem Erdboden gleichmachen. Weswegen wir dringend einen Zahn zulegen mussten. Daher hatte ich beschlossen, heute selbst nach Queens zu fahren, um meinen Plan in die Tat umzusetzen. Gleich nach dem Frühstück würde ich mich auf den Weg machen.

Es war Donnerstagmorgen und das erste Mal seit langem, dass ich wieder mit Jane und Charly an einem Tisch saß. Seit wir hergezogen waren, sahen wir uns kaum. Die beiden waren von ihrem Job völlig eingenommen und wenn sie heimkamen, waren sie geistig abwesend. Und Charly, die schlug sich die Nächte um die Ohren und schlich sich in die Wohnung, wenn sie glaubte, dass ich es nicht mitbekam.

Als ich meinen Blick zu ihr gleiten ließ, runzelte ich die

Stirn. Charly schmierte Butter auf ihren Toast, aber so aggressiv, dass kaum mehr als Brei übrigblieb.

»Charly, was genau tust du da?«, sagte Jane im selben Moment, in dem ich mir die Frage im Kopf gestellt hatte.

»Ich schmiere Butter auf meinen Toast«, antwortete sie zähneknirschend. »Ist das nicht offensichtlich?«

»Für mich sieht es eher aus, als würdest du deinen Ärger an einem armen Stück Brot auslassen«, kommentierte ich und biss von meinem Schokocroissant ab.

»Möglich«, erwiderte sie knapp.

Ich seufzte und spülte das Croissant mit einem großen Schluck Kaffee hinunter. Seit Tagen waren wir alle furchtbar angespannt. Keiner von uns redete darüber, was los war und doch war es offensichtlich, dass wir alle mit Problemen zu kämpfen hatten. Ich musterte meine Freundinnen und plötzlich breitete sich in mir die Angst aus, dass ich mich in den letzten drei Jahren zu weit von ihnen entfernt hatte. Dass die Distanz mehrerer Länder dazu geführt hatte, dass die einstige Nähe verschwand und das Vertrauen zwischen uns Risse bekam.

»Okay, wisst ihr was, wir haben alle eindeutig schlechte Laune«, rief Jane und klatschte motiviert in die Hände. »Das müssen wir ändern. Vorschläge?«

»Was haltet ihr von einem Mädelsabend?«, fragte ich begeistert, weil wir das früher gern gemacht hatten. »Den könnte ich gut gebrauchen. Wir sehen uns ein paar Filme an und machen uns dazu was Leckeres zu essen.«

So wie in alten Zeiten, ergänzte ich innerlich. Obwohl ich selbst einiges vor meinen Freundinnen verheimlichte, wollte ich nicht akzeptieren, dass sich die Dinge zwischen uns so geändert hatten. Auch wenn ich ihnen nicht alles sagen konnte, waren sie die wichtigsten Menschen in meinem Leben. Zeit mit ihnen zu verbringen, würde mir helfen, mich wie ich selbst zu fühlen. Denn nach den letzten zweieinhalb Wochen war ich mir ein Stück weit fremd geworden. So war das wohl, wenn viele Veränderungen auf einen Schlag eintraten.

»Klingt gut«, nuschelte Charly und stopfte sich etwas von ihrem malträtierten Toast in den Mund. Jane nickte begeistert.

»Dann ist es beschlossene Sache«, sagte ich. »Heute nach der Arbeit. Treffpunkt: unsere Wohnung.«

Während ich das sagte, spürte ich, dass es genau das war, was ich brauchte. Kein Reed, kein Queens-Projekt, keine Gespräche über die Demonstration. Nur meine Mädels, ein paar gute Filme und so viel Essen, bis mir der Bauch wehtat.

Als ich den Wohnkomplex in Queens mit Reed besichtigt hatte, hätte ich nicht damit gerechnet, mich so schnell wieder hier zu befinden. Um ehrlich zu sein, hatte ich gar nicht mehr zurückkommen wollen. Der Anblick der heruntergekommenen Siedlung hatte etwas Bedrückendes. Auch bei meinem zweiten Besuch merkte ich, wie meine Stimmung sich schlagartig änderte, sobald ich einen Fuß auf das verwahrloste Gelände setzte.

Zweifelnd ließ ich den Blick über die Anlage gleiten. Ich war in der Absicht hergekommen, einige der Bewohner zu interviewen, aber jetzt sah ich, dass viele der Wohnungen noch verlassener aussahen als vor ein paar Wochen. Heruntergelassene Rollläden waren nun hochgezogen und gaben den Blick auf nackte Fensterscheiben frei. Namensschilder an Briefkästen waren entfernt worden und aus den Gebäuden drangen keine Geräusche zu mir durch. Der Komplex wirkte unglaublich verlassen, und ich spürte, wie sich trotz des warmen Sommerwetters eine Gänsehaut auf meinen Armen ausbreitete.

Eine Weile lief ich ziellos herum und knipste mit der Handykamera einige Fotos, die ich später verwenden konnte. Schimmelflecken unter Fensterbänken, bröckelnde Fassaden und zerschlagene Haustüren. Ich dokumentierte den gesamten Notstand, der hier herrschte und versuchte gleichzeitig mein Herz davor zu verschließen.

Ein lautes Geräusch ließ mich in meinem Schaffen innehalten, und ich sah mich nach der Lärmquelle um. Aus dem gegenüberliegenden Gebäude war ein älterer Herr getreten. Auf beiden Schultern trug er Permanenttragetaschen, die bis obenhin gefüllt waren. Hinter sich her zog er einen alten, abgewetzten Koffer.

»Entschuldigen Sie bitte«, rief ich und eilte ihm hinterher, weil er mich nicht bemerkt hatte. Der Mann blieb stehen und drehte sich mit finsterer Miene zu mir um. Seine Haut war faltig und wettergegerbt. Er sah aus, als hätte er viele Jahre harte körperliche Arbeit geleistet. Mittlerweile waren seine breiten Schultern eingefallen.

»Sie können es wohl kaum erwarten, alles abzureißen. Lungern hier herum, bevor unsere Frist abgelaufen ist. Sagen Sie Ihrem Boss, er soll gefälligst warten, bis wir weg sind, ehe er unser Zuhause in Schutt und Asche legt.«

Sein Tonfall war scharf und verurteilend, mit der freien Hand vollführte er eine wegwerfende Geste, bevor er weitergehen wollte.

»Ich bin nicht von *RDC*«, beeilte ich mich aufzuklären und überholte ihn, damit ich mich ihm in den Weg stellen konnte. »Cosima Meyer, ich gehöre zu den Demonstranten, die sich gegen den Abriss der Wohnsiedlung einsetzen.«

Ich streckte dem Mann meine Hand entgegen, doch er ergriff sie nur zögerlich.

»Hab davon gehört«, antwortete er skeptisch. »Die Jungen sagen, dass sie was im Internet gesehen haben. Schön und gut, aber wir merken hier nichts davon.«

Wieder wollte er weitergehen und mich stehenlassen, aber der Weg vor uns war eng und von Unkraut überwuchert, und ich stellte mich absichtlich so hin, dass er nicht an mir vorbeikam.

»Wir bereiten gerade eine große Kampagne vor, mit der wir mehr Aufmerksamkeit bekommen werden«, erklärte ich dem Mann, der mich mit erhobenen Augenbrauen ansah. Ich wusste nicht, ob er mir nicht traute oder ob ich ihm bloß auf die Nerven ging. Dennoch ließ ich mich nicht beirren und plapperte schnell weiter. »Dazu möchten wir einige der Bewohner interviewen. Denn so viel wir auch über die Zustände und die Ungerechtigkeit hier berichten, ist es doch authentischer, wenn einer von ihnen ein Statement abgibt. Wir sind überzeugt, dass wir so die Öffentlichkeit auf unsere Seite ziehen können.«

Der Mann gab ein grunzendes Geräusch von sich. »Na dann viel Glück. Hier werden Sie Probleme haben, jemanden zu finden. Die meisten sind schon ausgezogen. Meine Nachbarin Sally lebt jetzt bei ihrer Cousine in Long Island. Viele haben aus Angst, dass sie keine Wohnung finden, das Erstbeste genommen, was auf dem Markt war. Überteuert und kaum in einem besseren Zustand als hier. Vom Regen in die Traufe, das sag ich Ihnen. Aber den reichen Leuten ist das egal. Die sehen schon ihre Luxusapartments vor sich und wir stören nur die gute Aussicht.«

»Das tut mir wirklich leid«, sagte ich aufrichtig. Es musste schrecklich sein, sich in einer Situation zu befinden, in der man keine andere Wahl hatte. Wie hilflos man sich vorkommen musste. »Ich würde gern mehr für Sie tun, aber dafür brauche ich Ihre Hilfe. Wären Sie bereit, ein kurzes Video mit mir zu drehen?«

Er winkte ab und ich befürchtete schon, dass er ablehnen würde. Schließlich rang er sich dazu durch, seine Taschen abzustellen.

»Was soll's«, brummte er wenig begeistert. »Dann helfe ich Ihnen eben. Glaub zwar nicht, dass es was bringt. Aber schaden wird es wohl kaum.«

Ich klatschte begeistert in die Hände. »Danke«, rief ich aufgeregt und beruhigte mich schnell, als der Mann mich mit gerunzelter Stirn musterte.

Seufzend ließ er sich auf einer Steinmauer nieder und sah mich an. »Und wie läuft das jetzt ab?«

»Vielleicht könnten wir da vorn hingehen«, schlug ich vor und deutete mit dem Finger auf das, was mal eine gepflegte Grünanlage gewesen sein musste. Im Hintergrund sah man zwei der verfallenen Gebäude sowie den verrosteten und mit Unkraut überwucherten Spielplatz. Grummelnd folgte der Mann mir.

»Wie heißen Sie überhaupt?«, fragte ich, nachdem er sich in Position gebracht hatte. Die Lichtverhältnisse waren perfekt und das Video würde eine gute Qualität haben.

»Earl«, antwortete er brummig. »Ich heiße Earl und ich wohne seit über dreißig Jahren hier. Na ja, wohnte.«

»Okay, Earl«, sagte ich entschlossen. »Dann wollen wir den Leuten bei *RDC* mal den Arsch aufreißen.«

Kapitel -30-

Cosima

Als ich am Abend heimkam, fühlte ich mich erschöpft und beflügelt zugleich. Das Video mit Earl war unglaublich berührend geworden. Zwei Nachbarn, die uns durch die Fenster beobachtet hatten, hatten sich ebenfalls zu uns gesellt und ein paar Worte in die Kamera gesagt.

Jetzt mussten wir die einzelnen Videos nur noch zu einem zusammenschneiden und ein paar meiner Fotos dazwischenschieben.

Nach getaner Arbeit freute ich mich umso mehr auf den Mädelsabend mit meinen Freundinnen. Da Jane aber hundertprozentig etwas Gesundes kochen würde, lief ich zum Mini-Markt an der Ecke und deckte uns mit Pepsi und Snacks ein, damit ich wenigstens ein bisschen was Ungesundes zu essen bekam. Im Gegensatz zu Charly und mir stand Jane gern in der Küche, probierte neue Rezepte aus und legte viel Wert auf frische Zutaten und eine ausgewogene Ernährung. Mir war es egal, was ich aß, solange viel Käse drauf war.

Kurz darauf saßen wir auf der Couch und hatten vor uns einen Berg an Essen aufgetürmt. Chips, Süßkram, vegetarische Lasagne und allerlei Gemüse, das Jane zubereitet hatte. Wir trugen gemütliche Jogginghosen und hatten uns entschieden, ein paar Kerzen anzuzünden, um eine gemütliche Atmosphäre zu schaffen.

»Also, wir haben *Wedding Planner, 27 Dresses, Manche*

mögen´s heiß, *Shaft* oder *Die unendliche Geschichte*«, präsentierte ich meine überschaubare DVD-Sammlung. Das waren die wenigen Filme, die ich auf Reisen mitgenommen hatte. Ich trug sie in einer DVD-Mappe bei mir. Jeder davon weckte in mir besondere Erinnerungen an schöne Stunden, weswegen ich sie mir über die Jahre hinweg mehrmals angesehen hatte und sie zum Schluss sogar mit auf Reisen hatte nehmen müssen.

Einige waren nicht einmal Originalausgaben, sondern zu meiner Schande Kopien. Der Titel war mit einem schwarzen Stift auf die DVD geschrieben worden.

Am Ende entschieden wir uns für *Wedding Planner* mit J.Lo und Matthew McConaughey. Aber wie es für uns üblich war, quatschten wir mehr über die Schauspieler, als dass wir uns den Film ansahen. Meine Meinung zu J.Los bombastischem Körper war eindeutig.

»Die Männer im wahren Leben sehen auch nicht aus wie Matthew McConaughey. Und benehmen sich auch nicht so«, kommentierte ich. Da musste ich auch nicht wie eine Jennifer Lopez aussehen und auf meine Chips verzichten.

Den Gedanken, dass McConaughey neben Reed wie der Glöckner von Notre Dame aussah, schob ich beiseite.

»Schön wär´s«, stieß Charly schnaubend aus, und ich kannte sie lange genug, um zu wissen, dass dies der perfekte Zeitpunkt war, um mehr zu erfahren. Irgendwas verheimlichte sie, und meine neugierige Schnüffelnase sagte mir, dass es mit einem Mann zu tun hatte.

»Raus mit der Sprache«, forderte ich sie auf.

»Ich meinte nur, dass er im Film zu seinen Gefühlen steht. Er beichtet, dass er sich an dem Abend beim Tanzen zu ihr hingezogen gefühlt hat. Auch wenn es unter den Umständen nicht so hätte sein sollen. Das finde ich … mutig«, wich Charly aus. Aber ihre Antwort verriet mir genug.

»Mh. Um wen geht´s?«, wollte ich wissen und ignorierte, dass Charlys Worte etwas in mir in Bewegung gesetzt hatten. Männer, die nicht zu ihren Gefühlen standen, waren ein empfindliches Thema für mich. Meine Gedanken kehrten zu dem Morgen mit Reed zurück. Zu den vielen ungesagten Worten.

»Um niemanden«, log Charlotte wenig glaubwürdig. »Ich habe über Männer im Allgemeinen gesprochen.«

»Pff«, machte Jane abfällig, bevor ich einen Kommentar abgeben konnte. »Hältst du uns für so dumm? Wir merken seit Tagen, dass etwas mit dir nicht stimmt.«

Also hatte ich es mir nicht eingebildet. Jane merkte es auch.

»Mit euch auch nicht«, schimpfte Charly plötzlich. »Ihr beiden benehmt euch mindestens genauso merkwürdig wie ich.«

Bevor wir dieses Thema vertiefen konnten, lenkte ich die Unterhaltung schnell zurück auf sie.

»Es geht nicht um uns, sondern um dich. Also, von welchem Mann reden wir?«

Es war typisch Charly, dass sie eine Weile lang versuchte sich mit Ausflüchten aus der Sache rauszureden. Am Ende brach sie jedoch unter meinem Kreuzverhör zusammen und gestand uns, dass es sehr wohl um einen Mann ging. Ihren

Boss - vermutlich der Grund für ihre vielen Überstunden. Sie berichtete uns, was zwischen ihnen vorgefallen war und redete sich einige ihrer Sorgen von der Seele. Außerdem hörte ich aus ihren Worten heraus, dass Charly mit ihrem Praktikum weniger zufrieden war, als es den Anschein erweckte. Besonders ihre intrigante Kollegin schien ihr zuzusetzen.

»Er will sich nicht unangemessen verhalten«, äffte sie ihren Chef nach und verschränkte wütend die Arme vor der Brust. »Aber ich spüre, dass er mich auch mag. Er ist nur so verdammt stur! Was soll ich denn jetzt machen?«

Ich kannte es sehr gut, von einem Mann in einem Moment begehrt und im nächsten weggestoßen zu werden. Es tat verdammt weh, vor allem, wenn man es mit jemandem wie Reed zu tun hatte. Aber ich ging einfach mal davon aus, dass es sich bei Charlys Kerl nicht um einen gefühlskalten, herzlosen Egoisten handelte und überlegte, wie ich mich in der Situation verhalten würde.

»Du verführst ihn«, schlug ich vor. »Er fährt eindeutig auf dich ab und jede Selbstbeherrschung hat ihre Grenzen.«

Charly wirkte skeptisch. »Ihr meint also, dass ich die Sache selbst in die Hand nehmen soll?«

Jane und ich nickten. »Klar, selbst ist die Frau«, gab ich mich überzeugt und dachte im selben Moment darüber nach, ob so etwas bei Reed auch funktionieren würde.

»Ich weiß nicht«, hatte Charly weitere Einwände. »Was ist, wenn er mir eine Abfuhr gibt?«

Sie war von der Couch aufgestanden und hatte sich ans

Fenster gestellt, um in die dunkle Nacht hinauszublicken.

Der Film lief weiter im Hintergrund, war aber längst vergessen. Jane und ich gingen zu ihr, stellten uns je an eine ihrer Seiten und legten den Arm um sie. Zu dritt, dicht aneinandergeschmiegt standen wir am Fenster und beobachteten die flackernden Schweinwerfer der vorbeifahrenden Autos.

»Dann weißt du wenigstens, woran du bist und kannst ihn dir aus dem Kopf schlagen. Außerdem hast du dann noch deinen anderen Boss, um dich über Adam hinwegzutrösten«, neckte ich sie spielerisch, um sie aufzumuntern. Offensichtlich hatte Charly Eindruck bei beiden ihrer Geschäftsführer gemacht. Was typisch für sie war. Da fing sie ein Praktikum an und verdrehte ihren Chefs den Kopf.

»Also gut«, sagte Charlotte nach einer Weile entschlossen. »Ich tue es. Ich verführe meinen Boss.«

Jane und ich klatschten aufgeregt in die Hände.

»Oh mein Gott, Charly wird als Erste von uns in New York Sex haben«, jubelte Jane. Ich war froh, dass Charly ihre Aufmerksamkeit auf sie richtete, denn in dem Moment verschluckte ich mich an meiner eigenen Spucke. Jap, es gab wirklich einiges, das ich meinen Freundinnen nicht erzählt hatte.

»Ist das ihr Ernst?«, wandte Charlotte sich kopfschüttelnd an mich. Dann runzelte sie die Stirn, weil ich nicht antwortete und ihrem Blick auswich. »Cooooos?«, fragte sie, bevor ich mein peinliches Schweigen überspielen konnte. Ich schlängelte mich zwischen Jane und Charly hindurch in die

Küche und tat so, als wäre ich ganz heiß darauf, mir ein Glas Wasser zu befüllen. *Super, Cosima. Eine Meisterleistung. Niemand würde je darauf kommen, dass du etwas zu verbergen hast.*

»Du verheimlichst uns was«, stellte Charly nüchtern fest.

»Ihr seid verrückt«, plapperte ich nervös drauflos. »Ich verheimliche euch nichts.«

Während ich das sagte, sah ich sie nicht an, aber als die beiden anfingen, aufgeregt zu kreischen und in die Hände zu klatschen, zuckte ich erschrocken zusammen und wirbelte mit aufgerissenen Augen herum.

»Du hattest Sex«, riefen sie im Chor. In diesem Moment hasste ich meine besten Freundinnen.

»Gut, dass das jetzt auch die Nachbarn wissen«, erwiderte ich genervt.

»Oh mein Gott, also stimmt es?«, schrie Jane und stürzte sich auf mich. »Wer? Wie heißt er? Wie sieht er aus? Wann habt ihr es getan? Ich muss alles wissen!«

Ein Halbgott. Reed Davis. Wie Götter nun mal aussehen. Vor kurzem, aber eigentlich ist es schon viel zu lange her.

Das waren die Antworten, die ich mir im Kopf ausmalte. Keine davon schaffte es über meine Lippen und drang bis zu meinen Freundinnen vor.

Den restlichen Abend versuchten sie, mir Informationen zu entlocken. Warum ich in Bezug auf Reed so schweigsam war, wusste ich selbst nicht. Normalerweise machte ich kein großes Ding aus meinen Männerbekanntschaften. Ich ging offen mit dem Thema um. Wenn jemand mich nach meinem Sexleben fragte, bekam er eine Antwort. Für mich war das einfach kein Tabuthema. Der Umstand, dass ich den Drang verspürte, alles für mich zu behalten, war das, was mir Sorgen bereiten sollte.

Entschlossen schob ich es auf die Tatsache, dass zu viele Dinge mit dranhingen. Es ging nicht nur um Reed und mich, sondern um die Demonstration, das Bauprojekt, die Medien. Es wäre viel zu kompliziert geworden, das alles zu erklären.

»War das der Grund, weswegen du in letzter Zeit ständig am Handy gehangen hast?«, wollte Charly wissen, als wir gerade dabei waren, die Küche aufzuräumen und uns bettfertig zu machen. Der Film war längst zu Ende, ohne dass wir großartig etwas davon mitbekommen hatten.

»Du hast gesagt, du steckst in Schwierigkeiten … Hat das was mit dem Typen zu tun?«, bohrte sie weiter nach.

»Mehr oder weniger«, rutschte es mir raus. Sofort schlug ich mir die Hand vor den Mund. »Okay, das war's. Thema beendet. Von mir erfahrt ihr nichts mehr.«

Die beiden jammerten und bettelten um mehr Infos. Ich hatte wirklich neugierige Freundinnen. Aber die Tatsache, dass es mir so schwerfiel, über Reed zu reden, hatte mir auf die Stimmung geschlagen. Am liebsten würde ich laut verkünden, dass ich mit dem CEO von *RDC* geschlafen hatte, es nur Sex gewesen war und nichts zu bedeuten hatte. Aber ich fürchtete mich davor, dass ich mit ihnen dann auch über all die anderen Dinge reden würde. Wie meine betrunkenen Worte an Reed. Dass ich in seinen Armen eingeschlafen war. Dass ich mir jemanden wünschte, mit dem ich in einem Rhythmus lebte. Dass ich eventuell in den letzten drei Jahren vor genau dieser Sehnsucht weggelaufen war, nur um hier zu enden. In New York, bei einem Mann, der in niemandes Gleichtakt laufen wollte, schon gar nicht in meinem, und dass dieser Umstand das tiefe Bedürfnis in mir weckte, meine Koffer zu packen und zu gehen.

Das alles behielt ich für mich, auch wenn es in meinem Inneren wütete wie ein Orkan.

»Ich gehe duschen, danach lege ich mich schlafen«, teilte ich Jane und Charly stattdessen mit. Entschlossen ging ich ins Badezimmer, schaltete die Dusche ein, zog mich jedoch nicht aus, um unter den warmen Strahl zu steigen. Stattdessen lehnte ich mich an die verschlossene Tür und beobachtete, wie sich die Tropfen vor mir ihren Weg auf den Boden bahnten. Erst als ich hörte, wie meine Freundinnen in ihre Zimmer schlurften, schaltete ich das Wasser ab und ging wieder rüber, um erschöpft unter meine Decke zu schlüpfen.

Und genau wie in meiner ersten Nacht schlug mein Herz so heftig, dass es sich anfühlte, als wollte es meinen Körper verlassen. Ich zog die Beine an die Brust, versuchte mich auf meine Atmung zu konzentrieren und meine Gedanken zu beruhigen. Doch es half nicht.

Kapitel -31-

Cosima

Wer seinen Freundinnen schlaue Tipps gab, sollte sich selbst daran halten, oder? Der gesamte Freitag und die Hälfte des Samstages zogen an mir vorbei, weil ich mich mit dieser Frage beschäftigte. Es war leicht gewesen, Charly zu raten, mutig zu sein. Wie hieß es so schön? Leichter gesagt als getan. Ich war ein typischer Fall dafür. Und ich fühlte mich wie eine Heuchlerin. Denn ich selbst sehnte mich permanent nach Reed - trotz meines Vorsatzes, genau das nicht zu tun, und unternahm rein gar nichts dagegen. Außer auf mein Handy zu sehen, in der Hoffnung, dass er vielleicht eine Nachricht geschrieben hatte. Wie es aussah, fiel es Reed nicht schwer, sich von mir fernzuhalten.

Trotz all der Dinge, die dagegensprachen, bekam ich ihn nicht aus meinem Kopf. Bekam diesen einen Moment zwischen uns nicht aus dem Kopf, in dem es sich nach mehr als nur Sex angefühlt hatte. Nicht nach Liebe. Aber nach mehr. Nach einer Chance. Nach einem Vielleicht.

Und genau deswegen stand ich am Samstagabend in Manhattan auf der gegenüberliegenden Straßenseite von Reeds Wohnhaus und überlegte händeringend, ob es nicht besser wäre, wieder zu verschwinden. Vermutlich wollte er mich nicht sehen. Sonst hätte er sich gemeldet. Hielt ich es wirklich für eine gute Idee, ihn mit einem Besuch zu überraschen? Was, wenn er wütend wurde? Wenn er mich wegschickte? Was, wenn er gerade mit einer anderen zusammen war?

Allein der Gedanke daran genügte und ich bekam kaum Luft.

Es gab nur eine Möglichkeit, all diese Fragen zu beantworten. Ich musste mutig sein. Reingehen und rausfinden, was passieren würde. Herausfinden, ob der Funken einer Chance noch in der Luft lag oder ob ich ihn mir eingebildet hatte. Ich atmete tief durch, straffte die Schultern und marschierte auf den Hauseingang zu, bevor ich es mir anders überlegen konnte.

»Guten Abend, Miss«, grüßte mich der Portier, und ich fragte mich, ob er mich wiedererkannte. Das letzte Mal war ich peinlich berührt an ihm vorbeigestürmt.

»Guten Abend«, erwiderte ich lächelnd und gab mich möglichst selbstbewusst. »Ich möchte zu Reed Davis.« Der Mann musterte mich mit gerunzelter Stirn und ließ den Blick über mein schwarzes Kleid gleiten. Ich hatte mein Haar gelockt und dezentes Make-up aufgelegt. Bis auf meine Haarspitzen sah ich elegant und unauffällig aus. Vermutlich passte ich in Reeds Beuteschema, denn der Portier legte seinen misstrauischen Gesichtsausdruck ab und rief den Aufzug für mich.

»Vielen Dank. Einen schönen Abend noch«, verabschiedete ich mich. Dreiunddreißig Stockwerke lang hatte ich Zeit, es mir anders zu überlegen. Ich war drauf und dran, den Knopf für eine andere Etage auszuwählen, auszusteigen und runterzugehen. Zu verschwinden, bevor Reed mitbekam, dass ich hier gewesen war.

War ich wirklich so dumm, zu einem Mann zu fahren, der klipp und klar gesagt hatte, dass das zwischen uns nur Sex war? Der mich ermahnt hatte, mich nicht in ihn zu verlieben?

Die Antwort lautete ja. Denn trotz all der Warnungen stieg ich auf Reeds Etage aus und näherte mich seiner Haustür.

In meiner Hand hielt ich mein Herz, und ich war bereit, es mir brechen zu lassen. Ich war bereit, mutig zu sein. Weil ich wissen musste, ob diese Chance, die ich gespürt hatte, bestand.

Ich hatte mit vielem gerechnet, was passieren könnte, wenn sich die Tür vor mir öffnete. Trotzdem war ich unvorbereitet, als Reed mich wortlos ansah. Zumindest ein *Cosima, was machst du denn hier?* wäre angebracht gewesen. Aber er stand bloß da, eine Hand an der Tür, die andere am Rahmen und starrte mich in Grund und Boden. Mit einem so undurchdringlichen Blick, dass es unmöglich war, herauszufinden, was er dachte.

Ich spielte mit dem Gedanken, wegzulaufen. Dreiunddreißig Stockwerke in die Tiefe zu springen. Irgendwas, damit dieser peinliche Auftritt von mir ein Ende fand und ich nicht länger schweigend von einem Fuß auf den anderen treten musste und nervös an der Haut meiner Fingernägel herumspielte.

Sei mutig.

Ich räusperte mich. »Hi«, grüßte ich ihn mit belegter Stimme. Was merkwürdig war angesichts der Tatsache, dass wir uns seit zwei Minuten schweigend gegenüberstanden. »Ich … ich dachte … Ich hatte nichts zu tun und dachte, du vielleicht auch nicht.« Oh Mann. Das war ja eine Glanzleistung. Damit bot ich Reed die perfekte Vorlage, um zu sagen: »Doch, ich habe etwas zu tun. Verschwinde.«

Aber er erwiderte weder das noch irgendetwas anderes. Mit langsamen Bewegungen entfernte er sich aus dem Türspalt und deutete mit dem ausgestreckten Arm hinter sich in seine Wohnung. Ein knappes Kopfnicken unterstrich diese Geste.

Ohne ihn richtig anzusehen, ging ich an ihm vorbei durch den Flur und kam in sein großes Wohnzimmer. Auf der Durchreiche zur Küche entdeckte ich eine Flasche Rotwein und daneben ein halb gefülltes Glas. Ein einzelnes Glas, also hatte er keinen Besuch. Ich atmete erleichtert aus und spürte, wie die Anspannung aus meinen Schultern wich. Genau so lange, bis ich Reeds Schritte hinter mir hörte und seinen Körper kurz darauf dicht hinter meinem spürte. Seine Finger fuhren über meine Unterarme, kitzelten meine Ellbogen und legten sich dann sanft auf meine Schultern. Genau auf die Träger meines hautengen Kleides.

»Warum bist du gekommen?«, wollte er wissen, und seine Stimme klang rau und verheißungsvoll. Es war eine rhetorische Frage. Reed wusste, weshalb ich hier war.

Sei mutig.

»Du hast mir gefehlt«, flüsterte ich und ließ mich mit geschlossenen Augen gegen seine starke Brust sinken. Nur deswegen spürte ich, wie er den Atem anhielt, um ihn kurz darauf geräuschvoll wieder auszustoßen. Einen Moment verharrte er reglos, die Hände auf meinen Schultern, dann strich er sanft das Haar auf meiner rechten Seite weg, sodass mein Hals freigelegt wurde. Sein Herzschlag pochte sanft gegen meinen Rücken.

»Du hast mir auch gefehlt«, raunte er an der empfindlichen Haut meiner Halsbeuge, und ich wusste nicht, ob es die Berührung seiner Lippen oder die Bedeutung seiner Worte war, aber augenblicklich schlug mir das Herz bis zum Hals.

»Wirklich?«, fragte ich heiser, sollte jedoch keine Antwort erhalten. Zumindest keine, die aus Worten bestand. Reed ließ seine Hände sprechen. Auf beiden Seiten schob er die Finger unter die Träger meines Kleides, streifte sie mir von den Schultern und zog den Stoff bis zu meiner Taille hinab. Darunter trug ich einen fast durchsichtigen schwarzen BH, der mehr offenbarte, als er verdeckte und den einzigen Zweck verfolgte, Reed um den Verstand zu bringen.

Er legte seine Hand auf meinen nackten Bauch, seine Finger verschwanden im Stoff des umgekrempelten Kleides und streiften den Saum meines Höschens, während er mich dichter zu sich zog.

Seine erwachende Männlichkeit presste sich gegen meinen Po und die Knöpfe seines Hemdes drückten kalt an meinen Rücken. Ich spürte das Feuer, das sich überall dort ausbreitete, wo Reeds Finger meine nackte Haut streiften. Langsam wanderte auch seine zweite Hand zu meiner Hüfte. Mit den Lippen bahnte er sich einen Weg meine Wirbelsäule hinab. Küsste und leckte, bis meine Knie zitterten. Hinter mir spürte ich, wie er langsam zu Boden ging. Dann griff er mit beiden Händen nach meinem Kleid und zog es mir von der Hüfte, bis es sich um meine Füße sammelte.

Reed stöhnte und ich fühlte seinen heißen Atem auf meinem Po. »Was für ein prachtvoller Hintern«, sagte er und mein Gesicht rötete sich angesichts seines ehrfürchtigen Tonfalls. Seufzend rieb er seine Wange an meinem Po und die Stoppel seines Bartes kitzelten mich so sehr, dass ich lachen musste und mich in seinem Griff wandte. Statt mich loszulassen, biss Reed mir in den Hintern, und ich gab einen überraschten Schrei von mir.

»Reed«, protestierte ich und wollte mich umdrehen, aber er hielt mich fest und bahnte sich mit seiner Zunge einen Weg zur Hinterseite meiner Oberschenkel. Seufzend schloss ich die Augen und gab mich dem Gefühl hin, genoss die Gänsehaut, die meine Beine überzog.

Welch verruchtes Bild wir abgeben mussten.

Als Reeds Finger sich unter den Stoff meines Slips schoben und sanft über die empfindliche Stelle zwischen meinen Beinen strichen, schmolz ich endgültig in seinen Händen.

Das hier war so anders. Es war nicht wild. Nicht hart. Nicht animalisch. Es war liebevoll. Leidenschaftlich. Ich fühlte mich besonders. So, als wären seine Worte wahr. Als hätte er mich vermisst.

»Dein Arsch wird mich noch um den Verstand bringen«, sagte Reed mehr zu sich selbst. Aber ich hörte ihn und saugte jedes Wort auf wie eine Süchtige.

Endlich stand er auf, nahm mich bei der Hand und führte mich zur Couch. Seine Finger verwoben sich sanft mit meinen, das Gold seiner Augen glänzte verheißungsvoll und ein zufriedenes Lächeln umspielte seine Lippen. Es gab so viele Dinge, über die ich noch mit ihm sprechen wollte. Fragen, die geklärt werden mussten. Aber dafür war später Zeit.

»Zieh dich aus«, forderte ich ihn mit bebender Stimme auf. Ein solches Verlangen hatte Besitz von mir ergriffen, dass ich glaubte, daran vergehen zu müssen. Reed schien es zu spüren und machte sich einen Spaß daraus, mich in den Wahnsinn zu treiben. Viel zu langsam knöpfte er sein Hemd auf. Bis ich es nicht mehr aushielt, es packte und den Stoff ungeduldig auseinanderriss. Erst als einige Knöpfe geräuschvoll absprangen und auf dem Boden landeten, wurde mir bewusst, was ich da gerade getan hatte.

Reed schüttelte belustigt den Kopf. »Wer wird denn da so ungeduldig?«

Er ließ mir keine Zeit, ihm die Frage zu beantworten. Mit einem Ruck zog er mich an sich und küsste mich leidenschaftlich. Unsere Münder trafen hart aufeinander, kämpften um die Vorherrschaft, während seine Zunge zwischen meine Lippen glitt. Seufzend nahm ich die Mischung aus Rotwein und Reeds Geschmack in mich auf. Gleichzeitig machte ich mir mit zitternden Händen an seinem Gürtel zu schaffen. Als ich seine Hose geöffnet hatte und sie ihm bis zu den Knien hinabstreifte, glitt ich mit der Hand in seine Shorts und umfasste seinen Schwanz.

Knurrend kam Reed mir mit seinem Unterkörper entgegen und vergrub seine Hand in meinen Haaren.

»Eigentlich wollte ich es langsam angehen lassen«, brummte er an meinen Lippen und drang mit der Zunge erneut in meinen Mund ein.

Aber ich hatte keine Geduld mehr, es langsam angehen zu lassen. Denn mit Reed war es so … Wenn ich ihn nicht berührte, vermisste ich ihn. Aber je mehr ich von ihm bekam, desto mehr sehnte es mich nach ihm. So als wäre keine Berührung, kein Kuss je genug. Ich war unersättlich und meine Gier verbrannte mich innerlich.

»Nimm mich. Jetzt«, wisperte ich an seinen Mund und entlockte ihm ein langes Stöhnen.

»Du bringst mich um, Frau«, knurrte er, dann fielen wir gemeinsam auf die Couch. Ich ließ Reed nicht einmal die Zeit sich auszuziehen. Mit den Beinen hielt ich ihn fest umklammert, riss seine Shorts gerade so weit hinab, dass sein Schwanz daraus befreit wurde und dirigierte ihn zwischen meine Beine.

»Cosima«, sagte Reed, und seine Stimme war so erregt, so heiser, dass sich mein Innerstes in freudiger Erwartung zusammenzog.

»Bitte«, flehte ich. »Ich will dich spüren.«

Gleichzeitig schob ich den hauchdünnen Stoff meines Slips beiseite und brachte Reed mit der Kraft meiner Beine dichter an mich. Als er fest gegen meinen Eingang drückte und mit einem tiefen Stoß in mich hineinglitt, warf ich den Kopf in den Nacken und schrie leise.

»Mehr«, rief ich, weil sich in mir ein solcher Druck aufgebaut hatte, dass er mich schier um den Verstand brachte.

»Schneller.«

Die Absätze meiner High Heels bohrten sich in Reeds Hintern, während ich ihm mit den Hüften entgegenkam. Ihm einen schnellen, unerbittlichen Rhythmus vorgab, dem er sich anpasste.

»Wie du willst«, raunte er, dann zog er sich aus mir zurück und stieß so hart in mich, dass es mir die Luft aus dem Körper trieb. Ich schloss die Augen und sah Sterne hinter meinen geschlossenen Lidern tanzen. Seine Hände fuhren unter den Stoff meines Kleides, umfassten meine Schenkel und spreizten sie weit für ihn. Am liebsten hätte ich es mir ganz ausgezogen, aber eine Unterbrechung unseres Liebespiels hätte ich nicht ertragen. Nicht einmal eine Sekunde. Stattdessen zerrte ich mir den durchsichtigen BH so weit vom Oberkörper, dass meine Brüste freilagen.

Als Reeds Lippen sich um meine Brustwarzen schlossen, er sie abwechselnd umkreiste und mit seiner Zunge liebkoste, gab ich ein erlöstes Stöhnen von mir. Mit den Fingernägeln fuhr ich über seinen Rücken, hinterließ Spuren auf seiner Haut und markierte ihn als mein.

Unsere Körper verschmolzen miteinander. Mit jedem Stoß brachte Reed mich dem Himmel ein Stückchen näher. Bis tausend Farben hinter meinen Augen explodierten und ich, den Mund zu einem stummen Schrei geöffnet, von einem heftigen Orgasmus überwältigt wurde.

Unter meiner Umklammerung bäumte Reed sich ein letztes Mal laut stöhnend auf, dann verschwand die Anspannung auch aus seinem Körper und er sank erschöpft auf mich. Seine verschwitzte Haut klebte an meiner und sein Gewicht drückte mich in die Couch, aber ich genoss es. Fürchtete den Moment, in dem ich seine Atemzüge nicht mehr an meinem Körper spüren würde.

Kapitel -32-

Reed

Ich verharrte reglos über Cosima. Einige Sekunden lang war unser Atem das einzige Geräusch, dass die Stille durchbrach. An meiner Brust spürte ich ihr Herz schlagen. Es rannte mit meinem um die Wette.

Als sie vor meiner Tür gestanden hatte, konnte ich nicht klar denken. Und konnte es vermutlich immer noch nicht.

Jedes Mal, wenn ich einen Schritt von Cosima wegmachte, machte sie zwei auf mich zu. Sie brach meinen Widerstand. Stück für Stück. Mit ihrem Lachen, ihrer unverblümten Art. Mit ihrer offensichtlichen Verachtung für mich und gleichzeitig mit ihrer absoluten Hingabe.

Ich wurde nicht schlau aus dieser Frau. Aus dem, was sie mich fühlen ließ. Vor allem, weil ich entschlossen war nichts zu fühlen. Nicht, nachdem ich schon einmal alles verloren hatte.

Irgendwann schaffte ich es, mich von ihr zu lösen. Von ihren graublauen Augen, die tief in meine Seele zu blicken schienen. Die zu ahnen schienen, wie nahe sie mir in diesem Augenblick war. Näher als irgendein anderer Mensch seit dem Unglück, bei dem ich meine Familie verloren hatte. All die Jahre hatte ich es geschafft, mich abzuschirmen. Wieso nicht bei ihr?

Ich erhob mich von der Couch, ging in mein Schlafzimmer, um eine Decke zu holen und nahm aus der Küche ein zweites Glas Rotwein mit. Dabei spürte ich Cosimas Blicke in meinem

Rücken. Fragte mich, ob ich sie wegschicken sollte. Warum ich sie nicht wegschickte. Als ich wiederkam, wirkte ihr Körper angespannt. Ihr Blick suchte fragend meinen. Das wäre der perfekte Moment, um sie zu bitten zu gehen. Ich müsste die Worte nur aussprechen. Cosimas Körpersprache verriet mir, dass sie nur darauf wartete.

Stattdessen erwischte ich mich dabei, wie ich das Glas Rotwein auf dem Tisch abstellte und es mir auf dem Sofa bequem machte. Ich rutschte mit dem Rücken an die Lehne und streckte meine Hand nach Cosimas aus. Zögerlich griff sie danach und ließ zu, dass ich sie an meine Seite zog, wo ihre nackte Haut auf meine traf. Ich spürte ein heißes Ziehen in meinen Lenden. Lust wallte in mir auf und mein Schwanz meldete sich Dienstbereit. Aber ich wollte etwas anderes. Ich wollte sie halten.

Wie sie mit ihrem zarten Körper in meinen Armen lag, wirkte sie so gebrechlich. Nichts deutete auf die Stärke hin, die in ihrem Inneren schlummerte. Cosima war eine Ansammlung von Gegensätzen. Zum ersten Mal wollte ich mehr von einer Frau, als Sex. Ich wollte sie kennenlernen. Ein Teil von ihr sein. Und das machte mir Angst. Mehr, als ich mir eingestehen wollte.

»Wieso bist du nach New York gekommen?«, durchbrach ich die Stille zwischen uns. Ich musste reden, mich ablenken, weil die Gedanken in meinem Kopf verrücktspielten.

»Um zu studieren«, antwortete sie. Hinter ihren Augen sah ich denselben Tumult, den ich fühlte. Wir hatten nie über Privates geredet. »Ich bin gemeinsam mit meinen

Freundinnen hergezogen. Es war für uns alle irgendwie eine Art Neuanfang. Davor bin ich drei Jahre lang gereist.«

Sie nahm einen Schluck von ihrem Rotwein und ich sah, wie ihre Hände dabei zitterten.

»Neuanfang«, wiederholte ich skeptisch. »Das klingt eher, als wärst du vor etwas davongelaufen.«

Das erkannte ich, weil ich wusste, wie es war vor etwas davonzulaufen. Weil ich seit Jahren nicht stehengeblieben war.

Cos zuckte mit den Schultern. »Vielleicht«, sagte sie, ohne mich dabei anzusehen. Ich legte einen Finger an ihr Kinn und hob ihren Kopf so, dass sie mich ansehen musste.

»Willst du es mir erzählen?«, erkundigte ich mich und hätte nicht überraschter von meinen eigenen Worten sein können.

»Vor meiner Familie«, sagte sie schlicht und wich meinem Blick aus. »Vor ihren Erwartungen, ihren Vorschriften, ihren Versuchen, aus mir jemanden zu machen, der ich nicht bin.«

»Wie könnte jemand dich verändern wollen?«, hauchte ich liebevoll. Zu liebevoll. Ich räusperte mich und hätte die Worte am liebsten zurückgenommen. Leider war es dafür zu spät. Cosima hatte sie gehört. Das gesagte schwebte zwischen uns im Raum. Ihre Hand ruhte auf meinem Brustkorb und ich wusste, dass sie spüren konnte, wie mein Herzschlag sich beschleunigte. Meine Nasenflügel bebten und ich war drauf und dran meinen Worten etwas Dummes hinterherzusetzen, um sie zu neutralisieren, da wandte Cosima den Blick ab und schmiegte ihre Wange an meinen Brustkorb.

»Wusstest du, dass ich adlig bin?«, fragte sie mich lachend.

»Du hältst eine Hochwohlgeborene in den Armen.«

Mit dem Scherz versuchte sie offensichtlich die angespannte Stimmung aufzulockern und ich war ihr dankbar dafür. Dankbar, dass sie so tat, als hätte ich das eben nicht gesagt.

»Wie bitte?«, fragte ich ungläubig und spielte das Spiel gerne mit. »Du bist was?«

Sie nickte bestätigend. »Es stimmt. Meine Mutter ist Schwedin und um etwa sechzig Ecken mit dem Königshaus verwandt. Mein Bruder ist der Einhundertachtundzwanzigste in der Thronfolge. Ein Massenattentat, und er ist der nächste König von Schweden.«

Jetzt war ich es, der laut und herzlich lachte. Mein Körper sank entspannt gegen die Sofalehne und ich zog Cosima ein Stück dichter an mich.

»Sieh mal einer an, die kleine Demonstrantin ist blaublütig. Ich nehme an, dass deine Eltern nicht begeistert wären, wenn sie wüssten, womit du in New York deine Zeit verbringst.«

»Meine Eltern sind nie zufrieden mit dem, was ich mache. Aber was sie nicht wissen, kann sie nicht stören«, konterte sie schlagfertig. Trotzdem verbarg das nicht die Traurigkeit in ihrer Stimme. Mit dem Zeigefinger fuhr ich sanfte Kreise über ihren Rücken und beobachtete gebannt, wie eine Gänsehaut die Stellen überzog. Und als sei diese Wohnung, dieser Platz auf meiner Couch, in meinen Armen der richtige Ort, um schlechte Erinnerungen loszulassen, sprach Cosima weiter.

»Ich glaube, dass ich meinen Eltern schon als kleines Mädchen ein Dorn im Auge war. In meiner Kindheit wollte ich Jungenkleidung tragen und den ganzen Tag draußen spielen. Ich hatte keine Lust auf Privatunterricht, trieb meine Lehrer mit meinem Benehmen in den Wahnsinn und weigerte mich, irgendetwas von dem, was meine Mutter verlangte, als meine Pflicht anzusehen.

Man müsste meinen, dass Eltern ihren Kindern gegenüber toleranter sind, aber meine Mutter wollte mich schon von klein auf trimmen und zurechtschleifen. Sie gönnte mir keine unbeschwerte Kindheit. Stattdessen versuchte sie, mein Wesen unter teuren Kleidern, Schmuck und Benimmtrainings zu verstecken. Sie dachte, dass sie mir alle Chancen der Welt böte. Dabei hat sie mich nur meiner Freiheit beraubt.«

Bei ihren letzten Worten hatte ihre Stimme einen verbitterten Klang angenommen.

»Was geschah dann?«, wollte ich wissen und wanderte mit den Daumen an ihrer Wirbelsäule hinab und wieder hinauf.

»Sie zwangen mich, Jura zu studieren. Nach einem Semester brach ich ab. Dann drängten sie mich, nach England zu gehen und in Oxford einen zweiten Versuch zu starten. Wirtschaft diesmal.«

Ich gab ein amüsiertes Glucksen von mir.

»Was?«, fragte Cosima mich vorwurfsvoll. »Warum lachst du?«

»Weil das die beiden Studiengänge sind, die am allerwenigsten zu dir passen«, antwortete ich amüsiert. Wenn ich mir diese flippige, lebensfrohe Frau in einem überfüllten Hörsaal vorstellte, wie sie sich eine Vorlesung über Mikroökonomie anhörte, zweifelte ich an der

Geistesverfassung ihrer Eltern. Wie konnte jemand Cosima sehen und nur ansatzweise denken, dass dies der richtige Weg für sie sei. Oder war es ihnen egal gewesen und sie hatten bloß mit aller Macht versucht ihre Tochter in eine Form zu pressen, in die sie nicht passte?

Obwohl unsere Körper fast miteinander verschmolzen waren, schmiegte Cosima sich noch dichter an mich.

»Das stimmt wohl. Deswegen hat es auch beim zweiten Anlauf nicht geklappt. Nur dass ich danach nicht zurück nach Hause gegangen bin. Vielleicht lag es daran, dass ich in England die nötige Distanz zu meiner Familie hatte. Dadurch ist es mir leichtgefallen, wegzugehen.

Ich hatte mich an der Uni ausgeschrieben, nachdem ich wochenlang verzweifelt für meine ersten Klausuren gelernt hatte. Die Thematik ergab für mich keinen Sinn. Sie hätte mich nicht weniger interessieren können, und je mehr ich gezwungen war, mich damit zu beschäftigen, desto einsamer fühlte ich mich. Ich drohte in dem uninteressanten Lehrstoff zu versinken. Irgendwann hielt ich es nicht mehr aus und schmiss hin. Am selben Tag kaufte ich mir ein Zugticket und fuhr von Oxford nach London. Ohne meine Eltern zu benachrichtigen.

Das nächste Mal, als wir miteinander sprachen, kreischte meine Mutter hysterisch ins Telefon, weil die Uni sie über meinen Ausstieg informiert hatte. Da war ich längst bis nach Schottland weitergereist. Tagelang terrorisierten meine Eltern mich. Mein Vater drohte mir, den Geldhahn zuzudrehen, wenn ich nicht sofort zur Vernunft kam. Meine Mutter warf mir vor, eine Schande für die Familie zu sein.«

Ich schloss die Augen und unterdrückte die Wut, die in mir aufkeimte. Meine Eltern hatten mich nie zu etwas gedrängt, was ich nicht wollte. Sie hatten nie jemand anderen aus mir machen wollen. Auch, wenn ich nun viele Jahre meines Lebens ohne sie verbracht hatte, erinnerte ich mich noch gut an das Gefühl, bedingungslos geliebt worden zu sein. Zu wissen, dass egal was ich tat, egal, wie ich mich entwickelte, diese zwei Menschen immer einen Platz in ihrem Herzen für mich haben würden. Zumindest so lange es schlug.

»Was hast du dann gemacht?«, wollte ich wissen.

Cosima seufzte. »Ich reagierte so, wie sie es hätten voraussehen müssen. Die Diamantohrringe, die meine Eltern mir zu meinem Uniantritt in Oxford geschenkt hatten, verkaufte ich beim nächsten Juwelier. Deutlich unter Wert, aber so konnte ich Mutter und Vater ein Bild meiner zerschnittenen Kreditkarte schicken. Von da an kümmerte ich mich darum, dass ich ein Work and Travel Visum für die Länder bekam, die ich besuchte. Was ist mit dir?«, lenkte sie das Thema abrupt auf mich. »Wie kam es zu deiner Firma? Und warum die Baubranche?«

Bei dem Thema verspürte ich eine leichte Nervosität. Ich wusste nicht, ob es in Ordnung war, dass wir darüber redeten. Ob es die Sprache auf einen der vielen Konflikte lenken würde, die zwischen uns standen.

»Mein Vater war in der Baubranche«, erklärte ich dennoch und Cosima zog überrascht die Augenbrauen hoch. »Nicht in dem Stil, in dem *RDC* baut«, redete ich weiter. »Er hatte eine kleine Baufirma und konzentrierte sich auf Einfamilienhäuser. Als ich alt genug war, nahm er mich mit und ich half auf den Baustellen aus.«

Etwas, das ich noch Jahre nach seinem Tod fortgeführt hatte. Die Arbeit erinnerte mich stets an ihn.

Sie richtete sich auf und sah mich grinsend an. »Du hast auf Baustellen gearbeitet?«, fragte sie ungläubig. Gleichzeitig liefen ihre Wangen dunkelrot an und verrieten, dass sie gerade unanständigen Gedanken nachhing. Sie biss sich auf die Unterlippe und ihre Augen nahmen einen Sexglanz an.

»Ich sehe genau, woran du gerade denkst, Kleines«, flüsterte ich dicht an ihrem Ohr und hauchte einen sanften Kuss auf die empfindliche Haut an ihrem Hals. Ein leises Seufzen entwich ihr.

»Nicht meine Schuld, dass Bauarbeiter sexy sind«, erwiderte sie keck und sah mich an. Ich brummte zufrieden und küsste sie flüchtig auf den Mund.

»So habe ich mein Architekturstudium finanziert. Indem ich nebenbei auf den Baustellen meines Vaters gearbeitet habe. Der Traum meines Vaters war es gewesen, sein Geschäft zu vergrößern. Es auf andere Städte auszuweiten«, fuhr ich fort und versuchte die Traurigkeit aus meiner Stimme zu verbannen. Es war meinem Vater nie vergönnt gewesen, diesen Traum zu verwirklichen. Vorher war er brutal aus dem Leben gerissen worden. »Er hat dieses Ziel nie erreicht. Ein tragischer Autounfall riss ihn, meine Mutter und meine Schwester aus dem Leben.«

Meine Stimme war hart. Die gewohnte Kälte kroch langsam

an meinen Fingerspitzen hinauf, bis hin zu meinem Herzen. Hüllte es in eine dicke Schicht aus Eis, die keine Gefühle durchließ. Ich hörte auf mit dem Daumen kleine Bilder auf Cosimas Haut zu zeichnen.

»Das tut mir sehr leid«, flüsterte sie und strich mit der Hand beruhigend über meine Brust. Ich hielt ihre Hand fest, damit sie aufhörte.

»Der Fahrer des Wagens beging Fahrerflucht. Die Polizei erwischte ihn erst zwei Wochen später. Vater starb direkt an der Unfallstelle. Meine Mutter und meine Schwester kämpften im Krankenhaus tagelang ums Überleben, bevor sie den Kampf verloren. Ich habe *RDC* mit dem Ziel gegründet, den Traum meines Vaters zu erfüllen. Nach seinem Tod hat für mich nichts anderes gezählt.«

Langsam wanderte Cosimas Blick zu mir. Ich spürte, wie ihr Körper in meinen Armen erstarrte. Die Stimmung hatte sich geändert und ihre Haut fühlte sich nicht länger warm an meiner an.

Es war, als hätte ich mich mit meinen eigenen Worten daran erinnert, wer sie war. Dank ihr war meine Firma in Gefahr. Ihretwegen musste ich um das fürchten, was ich mir jahrelang aufgebaut hatte. Sie war die Frau, die den Traum meines verstorbenen Vaters bedrohte. Wir waren Gegner. Und hier mit ihr zu liegen, mit ihr zu reden, als könnten wir irgendwas anderes sein, war falsch. Ein großer Teil von mir verspürte Erleichterung, als sich die gewohnte Kälte zurück in mein Herz schlich und dort ihren Platz einnahm. So zu sein, nichts zu empfinden, hatte mich in den letzten Jahren aufrecht gehalten. Es hatte mich dahin gebracht, wo ich heute war.

Wenn Cosima in meinen Armen lag, gab es dafür nur einen akzeptablen Grund. Und der war Sex. Zwischen uns konnte nie mehr sein.

Sie schluckte hart, als ich sie an den Oberarmen packte und auf meinen Schoß zog. Dann hob ich sie hoch und trug sie mit zielsicheren Schritten den Flur entlang.

»Wohin gehen wir«, fragte sie unsicher.

»In mein Schlafzimmer«, antwortete ich ruhig und erreichte kurze Zeit später mein King Size Bett. Ich setzte mich auf die Kante und positionierte Cosima über meinem Schoß.

Mein Schwanz pochte schmerzhaft und drückte gegen ihr weiches Fleisch, als ich sie die Beine über mir spreizte. Ich sah Verwirrung in ihren Augen. Auch Enttäuschung. Für einen kurzen Moment war sie zu mir durchgedrungen. Hatte meine Fassade zum Schmelzen gebracht.

Diesen Moment galt es zu vergessen. Ich wollte ihn ungeschehen machen. Mit einem einzigen Stoß glitt ich in sie. Wir stöhnten gleichzeitig laut auf. Ihre feuchte Wärme umfing mich und legte meine Hände an ihre Hüften, um ihr den Takt zu dirigieren. Hart und schnell ließ ich ihr Becken auf meines klatschen. Stieß tief in sie. Unser stoßweiser Atem erfüllte den Raum. Mit drängenden Bewegungen zwang ich sie, mich schneller zu reiten. Mich weiter in sich aufzunehmen. Ich wollte, dass sie vollständig von mir ausgefüllt war. Dass kein anderer Gedanke als der an Sex in ihr überlebte. Als könnte ich die Gefühle mit meinem Schwanz aus ihr herausvögeln.

Kapitel -33-

Cosima

Als ich Minuten später neben Reed lag und die Seidenbettwäsche an meiner verschwitzten Haut klebte, breitete sich eine unangenehme Stille zwischen uns aus. Ich fühlte mich wie eine Verräterin an meinem eigenen Herzen. Denn ich wusste, dass es nicht länger *nur Sex* war. Nicht für mich.

Reed hatte das Gesicht von mir abgewandt und starrte in die Dunkelheit des Raums. Ich stützte mich auf die Ellbogen, rutschte näher an ihn heran und schob ein Bein über seinen Unterkörper, um mich an ihn zu schmiegen. Obwohl ich schwitzte, fror ich. Eine merkwürdige Kälte hatte den Raum um uns eingenommen.

Als unsere Blicke sich dieses Mal fanden, wirkten seine goldenen Augen fast schwarz.

»Du erinnerst dich an unsere Abmachung?«, fragte er kalt. Seine Worte legten sich wie ein eiserner Griff um mein Herz und drückten so lange zu, bis es zerbrach. Ich spürte, wie mir die Tränen in die Augen stiegen, aber ich kämpfte sie zurück.

»Ja, ich erinnere mich«, antwortete ich und war stolz, dass ich keine meiner Emotionen preisgab.

»Gut«, erwiderte Reed trocken.

Ich hatte mutig sein wollen und das war meine Strafe dafür. Ich hatte mir eingebildet, dass zwischen Reed und mir mehr war. Dass es Hoffnung gab. Ich hatte mich lächerlich gemacht, indem ich hergekommen war, denn Reed hatte beschlossen, diese Tür nicht für uns zu öffnen. Aber ich würde mich nicht weiter blamieren, indem ich ihm zeigte, wie sehr er mich gerade verletzte.

»Kann ich kurz ins Badezimmer?«, fragte ich betont locker.

»Den Flur entlang, die dritte Tür links«, erklärte Reed und ich schlang eine der Bettdecken um meinen Körper, damit ich nicht nackt durch seine Wohnung rennen musste. Auf dem Weg kam ich im Wohnzimmer vorbei, wo ich mein Handy aus meiner Handtasche fischte. Ich wollte Jane vom Badezimmer aus in Ruhe eine Nachricht schreiben, dass ich feiern war und sie sich keine Sorgen machen sollten, wenn ich spät heimkam. Denn das Letzte, das ich jetzt brauchte, waren noch mehr Fragen.

Keine Ahnung, warum ich auf Zehenspitzen schlich, aber in Reeds Wohnung fühlte ich mich plötzlich wie ein Eindringling. Vor der dritten Tür links blieb ich stehen, die Hand auf die Klinke gelegt, und blickte weiter den Flur entlang. Vor mir war ein Raum, dessen Tür leicht geöffnet war und den Blick auf die Ecke eines Schreibtischs freigab. Sein Büro?

Kurz überlegte ich, doch ich konnte nicht widerstehen. Ich schlüpfte in den Raum, ohne das kleinste Geräusch zu verursachen. Jetzt war es offiziell. Ich war wirklich ein Eindringling.

Vor einem großen Fenster stand ein Schreibtisch, der vom hineinfallenden Mondlicht erhellt wurde. An den Wänden waren Regale, vollgestellt mit Ordnern und Büchern. Sonst befand sich nur ein schwarzes Ledersofa in dem Raum und ein Whiskyregal.

Einem Instinkt folgend, hielt ich direkt auf den Schreibtisch zu und ließ meinen Blick über die darauf ausgebreiteten Unterlagen gleiten. Zuerst wusste ich nicht, was ich da sah. Außerdem war das Licht so schwach, dass ich mich dicht über das Papier beugen musste, um es zu erkennen. Ich wollte nicht riskieren, die Handytaschenlampe einzuschalten. Aber als ich erkannte, worum es sich handelte, stockte mir der Atem.

Vor mir lagen die Baupläne des Queens-Projektes. Pläne, die zeigten, dass es in dem Komplex ausschließlich Singlewohnungen geben würde. Kein neuer Wohnraum für Familien.

So entsetzt ich auch war, realisierte mein Gehirn sofort, wie ich diese Information zu meinen Gunsten nutzen konnte. Wenn die Öffentlichkeit erfuhr, dass Reed Davis Familien aus ihrem Zuhause vertrieb, um kleine Apartments gewinnbringend an Gutverdiener zu verkaufen, wären die Leute außer sich. Denn dann ging es nicht mehr nur um ärmere Bürger, sondern um alle, die auf mehr familienfreundlichen Wohnraum in der Stadt hofften. Dann betraf es Mütter, die mit anderen Müttern litten, wenn diese ihren Kindern kein sicheres Zuhause mehr bieten konnten. Es wäre der perfekte Schlag gegen *RDC* und würde unsere Kampagne, die in zwei Tagen an den Start ging, befeuern.

Aber konnte ich das wirklich tun? Die Baupläne so hinterhältig für meinen Zweck verwenden, nachdem ich gerade mit Reed geschlafen hatte? Ihn quasi bestehlen, obwohl er nur ein paar Räume weiter lag?

Ich musste über meine eigene Dummheit lachen.

Reed an meiner Stelle hätte nicht eine Sekunde gezögert. Und war nicht er es gewesen, der mir unmissverständlich klargemacht hatte, dass die Sache zwischen uns nur Sex war? Dass wir das Berufliche davon trennten?

Ich war mir sicher, dass Reed, ohne zu zögern, zu jedem Mittel gegriffen hätte, um die Demonstranten loszuwerden und ungehindert sein Bauvorhaben durchzuziehen. Warum sollte ich das nicht auch können?

Weil ich eine Frau war? Weil wir das gefühlsbetonte Geschlecht waren? Weil wir uns nach Harmonie sehnten und Konflikte vermieden? Weil mein Herz bei dem Gedanken, Reed ein Messer in den Rücken zu rammen, blutete?

Ich hatte die Schnauze voll davon, als die Schwächere angesehen zu werden, nur weil ich eine Frau war. Dass mir deswegen weniger zugetraut wurde. Dass Reed dachte, mich ausdrücklich davor warnen zu müssen, mich nicht zu verlieben und dass ich so dumm gewesen war, es dennoch zu tun.

Nein, so wollte ich nicht sein. So wollte ich nicht gesehen werden. Ich konnte vögeln wie ein Mann - ohne Gefühle. Und ich konnte handeln wie ein Mann. Egoistisch, um meine eigenen Interessen voranzutreiben. Trotzdem wog das Handy in meiner Hand schwer.

Entschlossen schüttelte ich jeden Anflug von einem schlechten Gewissen ab, öffnete meine Kamera und fotografierte die Pläne ab. Stück für Stück.

Dann schrieb ich Samra eine SMS, dass sie mich morgen in aller Frühe treffen musste und Lynn und Chuck Bescheid geben sollte.

Erst dann schlich ich ins Bad und auf dem Rückweg packte ich mein Handy in meine Handtasche. Ich hoffte, dass Reed nichts von meinem kleinen Ausflug mitbekommen hatte.

»Wo warst du so lange?«, fragte er, als ich das Schlafzimmer betrat. Er lag nackt auf der Seite und hatte die Decke nur bis zum Bauch hochgezogen. Sein Haar war leicht durcheinandergebracht und er sah aus wie ein Sexgott.

»Ich wollte mich nur schnell frisch machen«, log ich schamlos. Dann ließ ich die Decke, die ich um meinen Körper gewickelt hatte, langsam zu Boden gleiten. Reed richtete sich im Bett auf und grinste zufrieden, während er den Anblick meines nackten Körpers aufsaugte.

»Was hältst du von einer Dusche?«, fragte er und zwinkerte mir vielversprechend zu. Ich schenkte ihm mein schönstes Lächeln, dann drehte ich mich um und ging ins Badezimmer. In der Sicherheit, dass er mir folgen würde.

Kapitel -34-

Cosima

Als ich Reeds Wohnung im Morgengrauen auf Zehenspitzen verließ, die Tür leise hinter mir zuzog und geräuschlos im Aufzug verschwand, wusste ich nicht, wie ich mich fühlen sollte. Also gab ich es auf, darüber nachzudenken. Stattdessen konzentrierte ich mich auf das bevorstehende Treffen mit Lynn, Chuck und Samra.

Vorher flitzte ich nach Hause, um zu duschen und mir Kleidung anzuziehen, die nicht nach einer wilden Samstagnacht schrie.

Gegen neun traf ich sie in einem Café in der Nähe von Samras Wohnung. Sie hatten sich bereits an einen der Tische gesetzt und unterhielten sich, als ich dazukam.

»Guten Morgen, Süße«, grüßte Samra mich, verpasste mir einen Kuss auf die Wange und schob mir eine Tasse Kaffee rüber. »Den habe ich sicherheitshalber für dich bestellt. Wegen deiner Nachricht dachte ich mir schon, dass du eine kurze Nacht hattest.«

Ich umarmte Lynn und Chuck zur Begrüßung, die auf der anderen Tischseite saßen und extra für mich aufstanden. Erst dann ließ ich mich auf den Holzstuhl plumpsen und trank einen großen Schluck von meinem Kaffee. Augenblicklich fühlte ich mich besser, während meine Freunde mich neugierig beobachteten.

»Also, was gibt es so Dringendes?«, platzte es schließlich aus Chuck heraus.

Ich warf bedeutungsvolle Blicke in die Runde, bevor ich mein Handy aus der Tasche zog und die Fotos der Baupläne öffnete. Dann drückte ich das Smartphone Chuck in die Hand. Es dauerte einen Moment, bis er die Pläne erkannte, aber dann machte er große Augen. Samra umrundete den Tisch und Lynn beugte sich vor, weil sie ebenfalls sehen wollten, was ich Chuck gezeigt hatte.

»Ist es das, wofür ich es halte?«, fragte Lynn und sah mich ehrfürchtig an. Ich nickte.

»Wie zum Teufel bist du da rangekommen?«, wollte Chuck begeistert wissen und ich verschluckte mich an meinem Kaffee.

»Ich habe meine Quellen«, blieb ich unverbindlich und räusperte mich, um den Hals frei zu bekommen. Dabei fiel mir der Blick auf, mit dem Samra mich musterte. In dem Moment war ich mir ziemlich sicher, dass sie sich alles zusammenreimte und durchschaute, was passiert war. Falls ja, behielt sie es für sich, worüber ich sehr dankbar war.

»Wir könnten das mit unseren Interviews verknüpfen«, schlug ich vor. In den letzten Tagen waren die drei gemeinsam nach Queens gefahren. Lynn, Chuck und Samra hatten sich ebenfalls ein Bild von den Zuständen machen wollen, um meine Handyfotos durch professionellere zu ersetzen, denn leider waren in der Eile einige davon verwackelt. Das Video mit Earl war mir aber sehr gut gelungen, und bei ihrem Besuch begegnete meinen Freunden eine Frau mit ihren zwei Kindern, die sich ebenfalls bereiterklärt hatte, ein paar Worte zu sagen. Mittlerweile konnten wir tolles Videomaterial vorweisen. Außerdem Bilder mit Gesprächsausschnitten und Infos zu den Bewohnern, damit die Menschen erfuhren, wie sehr ihr Schicksal durch den Bau beeinflusst wurde.

»Wenn wir das bringen, dann ist das Queens-Projekt Geschichte«, kommentierte Lynn und für einen kurzen Augenblick ließ ich es zu, dass die Zweifel mich lähmten. Taten wir das Richtige? Dann schüttelte ich die Unsicherheit ab.

»Wir teilen der Öffentlichkeit bloß die Wahrheit mit«, rechtfertigte ich mich. »Es ist nicht so, als würden wir etwas erfinden.«

Die drei nickten zögernd.

»Reed Davis schmeißt mittellose Familien aus ihrem Zuhause, um Wohnungen für gutverdienende Singles zu schaffen. Weil er so mehr Gewinn macht. Nicht wir sind diejenigen, die ein schlechtes Gewissen haben müssen.«

»Das ist wahr«, stimmte Samra mir zu. »Wir tun nichts Unmoralisches.«

Außer dass ich die Baupläne nach dem Sex aus Reeds Wohnung gestohlen und danach nochmal mit ihm geschlafen hatte. Wenn das nicht unmoralisch war …

So oder so, ich hatte die Pläne gestohlen und würde sie verwenden. Wir redeten noch eine Weile darüber, wie uns dieses Material am meisten nützen würde, ehe sich unsere Wege trennten. Chuck versprach, ein paar Onlinemagazinen zu schreiben und ihnen die Story anzubieten. Denn mit den neuen Informationen, die wir in der Hand hatten, bekamen wir vielleicht die Schlagzeile, die wir so dringend brauchten.

Den Rest des Sonntags verbrachte ich zu Hause, wo ich mir Filme ansah, die Wohnung aufräumte und Yoga machte, um meine erschöpften Muskeln zu lockern. Ich tat alles, um nicht an Reed denken zu müssen. Fast gelang es mir.

So lange, bis ich mich schlafen legte und alle unterdrückten Gedanken mit der Gewalt eines Tsunamis auf mich niederprasselten.

Das war auch der Moment, in dem ich nicht länger ignorieren konnte, dass ich mich im Morgengrauen wie eine Hure aus Reeds Wohnung geschlichen hatte. Mit Sexspuren an meinem Körper und meiner getragenen Unterwäsche vom Vortag. In einer Hinsicht hatte ich mich geirrt. Ich konnte nicht ficken wie ein Mann. Nicht, ohne den Respekt vor mir selbst zu verlieren. Denn wenn ich ehrlich war, hatte ich mich emotional in die Sache verrannt. Für mich war es mehr geworden, als nur Sex. Daher fasste ich einen Entschluss. Die Sache mit Reed und mir war vorbei. Wenn ich ihm morgen gegenübertrat, war er nur ein Rivale. Einer, der nichts davon ahnte, dass ich bereits meinen alles vernichtenden Schlag gegen ihn plante.

Es war nur eine Frage der Zeit, dann würde Reed in meinem Leben keine Rolle mehr spielen.

***

Reed

Es gibt Fehler, die erkennt man, während man sie begeht und braucht dennoch eine gewisse Zeit, um sie sich einzugestehen.

Dass ich Cosima falsch behandelt hatte, wusste ich sofort. Aber meine Angst und meinen Stolz hinunterzuschlucken, dauerte eine Weile. Ich hatte keine Ahnung, wie Beziehungen oder Dates funktionierten. Aber ich wusste, dass ich Cosima mochte und dass ich sie mit einem Verhalten wie dem von Samstagnacht verletzte.

Cosima war mir näher gekommen als irgendein anderer Mensch, seitdem ich meine Eltern verloren hatte und ich war vor dieser Tatsache weggelaufen. Nachdem sie fortgegangen war, hatte ich mich allerdings nach diesem Gefühl gesehnt. Nach der Wärme. Und die Sehnsucht war größer als meine Angst.

Am Montag war ich entschlossen, die Sache wieder geradezubiegen und ihr zu erklären, weshalb ich mich wie ein Arschloch verhalten hatte. Cos war der verständnisvollste Mensch, den ich kannte. Sie würde mir verzeihen, wenn ich nur offen und ehrlich mit ihr redete.

Aber bevor ich meinen Plan in die Tat umsetzen konnte, hatte Trevor mich belagert. Mittlerweile standen die Demonstranten seit drei Wochen vor unserer Tür. In sieben Tagen sollten die Abrissbirnen auf dem Grundstück in Queens einfahren. Aber wie es aussah, hatte ich die Geldgier der Anteilseigner unterschätzt. Einer meiner Aktionäre war abgesprungen und hatte seine Aktienanteile verkauft. Ihm war es zu riskant geworden und er hatte den derzeitig hohen Kurs ausgenutzt, bevor es zu spät war. Ein Desaster.

»Du musst die Sache in den Griff kriegen, Reed«, redete Trevor auf mich ein, und ich konnte nicht sagen, zum wievielten Mal wir diese Unterhaltung bereits führten. Er saß auf einem Stuhl an meinem Konferenztisch, hatte die Ellbogen auf der Platte abgestützt und beugte sich weit zu mir vor. »Wenn die anderen auch nervös werden und abspringen, sind wir am Arsch.«

Der Vorfall senkte zwar meine Aktienkurse, aber die Auswirkungen hielten sich in Grenzen. Schlimmer war die Verunsicherung, die sich dadurch unter den anderen Anteilhabern breitmachte. Sollten sie sich ebenfalls entscheiden, ihre Aktien abzustoßen, wäre der Markt überschwemmt, es gäbe keine Nachfrage und ich könnte Insolvenz anmelden. Dann wäre ich pleite. Und müsste einem Haufen Menschen kündigen.

»Gott, weiß diese Göre überhaupt, was sie anrichtet?«, fluchte Trevor weiter und schoss von seinem Stuhl hoch.

Ich beobachtete, wie er zum Fenster ging.

»Nein, sie hat keine Ahnung«, antwortete ich, was Trevor eine erneute Schimpftirade entlockte. Aber ich war zu sehr in Gedanken, um ihm Beachtung zu schenken. Im Kopf formte ich mir einen Plan zurecht. Dann rief ich bei der Security an und bat sie, Cosima zu mir zu bringen. Ich hätte ihr auch eine SMS schreiben können, aber das könnte andere misstrauisch machen.

Ich verabschiedete Trevor mit den Worten, dass ich einen Plan hatte. Seine Aufgabe war es, die restlichen Aktionäre ein paar Tage hinzuhalten. Die Entschlossenheit in meinem Blick musste ihn beruhigt haben, denn er ging ohne große Proteste.

Cosima wusste nicht, dass auch auf meiner Seite unschuldige Menschen betroffen wären, wenn das Queens-Projekt scheiterte. Dass Mütter und Väter ihre Jobs verlieren würden. Die ganze Zeit über hatte ich versucht, sie mit ökonomischen Argumenten zu überzeugen. Dabei hatte ich wie ihre Eltern auch ignoriert, worauf es Cosima ankam. Auf Menschen.

Wenn ich bei ihr etwas erreichen wollte, musste ich ihr auf menschlicher Ebene begegnen. Sie wollte Benachteiligten helfen und ich bombardierte sie mit Zahlen. Kein Wunder, dass wir bisher nicht auf einen Nenner gekommen waren.

Aber das würde ich ändern. Und bei der Gelegenheit konnte ich gleich auch die Sache von Samstagnacht richtigstellen.

Ich würde reinen Tisch machen.

Wie erwartet begegnete sie mir kühl, als sie mir gegenübertrat. Aber ich verdiente es nicht anders.

»Was willst du?«, fragte sie, kaum dass mein Mitarbeiter sie in mein Büro geführt hatte. Die Arme vor der Brust verschränkt, blieb sie dicht bei der Tür stehen.

»Ich will dir etwas zeigen«, antwortete ich geheimnistuerisch und ging ihr entgegen. Heute trug sie mehr Farbe. Eine rote, weitgeschnittene Jeans und ein schwarzes Shirt. Das gefiel mir besser als die in Schwarz gekleidete Variante, die sie mir am Wochenende präsentiert hatte. Es entsprach mehr ihrem Naturell.

Ohne mich von ihrer schnippischen Art irritieren zu lassen, bedeutete ich ihr, mit mir zum Aufzug zu kommen. Wie gesagt, ich hatte es verdient. Alles, was ich tun konnte, war zu hoffen, dass sie mir am Ende meiner kleinen Tour nicht mehr böse war.

»Komm«, bat ich sie und stieg in den Aufzug. Zögernd folgte sie mir.

»Wo fahren wir hin?«, fragte sie verwirrt und beobachtete, wie ich den Knopf für das Stockwerk unter uns drückte.

»Lass dich überraschen«, antwortete ich schlicht und fügte schnell hinzu: »Ich weiß, du magst keine Überraschungen.«

Ich hörte Cosima abfällig schnauben, aber als ich zu ihr sah, glaubte ich den Anflug eines Lächelns über ihr Gesicht huschen zu sehen.

Kapitel -35-

Reed

Ich begann meine Führung durch die Firma eine Etage unter meiner. Im neunundzwanzigsten Stockwerk des Gebäudes, wo das Controlling saß. Wir kamen an einzelnen Büroräumen vorbei, die meisten Türen waren geschlossen und nur wenige Mitarbeiter liefen auf dem Flur herum. In dieser Abteilung war es sehr ruhig und unsere Schritte auf dem Laminatboden zeitweise das einzige Geräusch, das die Stille durchbrach. Cosima folgte mir schweigend und lauschte meinen Erklärungen. Was sie dachte, konnte ich nicht einschätzen. Sie hatte das perfekte Pokerface aufgesetzt.

Im achtundzwanzigsten Stock befand sich die Personalabteilung. Hier begegneten wir ein paar Mitarbeitern, unter anderem meiner Abteilungsleiterin Larissa. Ich kannte viele meiner Angestellten beim Namen. Auch wenn ich nicht jeden auf dem Gang grüßte und wusste, dass einige mich hinter meinem Rücken Mr. Icecold nannten, war ich über die Vorgänge in meiner Firma im Bilde und sorgte mich um meine Mannschaft. Ob sie mich für einen guten Chef hielten, wusste ich nicht. Ich bezweifelte es. Aber darum ging es nicht, denn egal wie sie von mir dachten, ich hatte die Verantwortung für sie und das nahm ich ernst.

Ein Stockwerk weiter unten setzte ich meine Führung in der Marketingabteilung fort. Hier wurde es interessant, denn statt kleinen Einzelbüros gab es große Räume mit langen Tischen und bequemen Sesseln, damit die Mitarbeiter in einem kreativen Umfeld brainstormen konnten. Normalerweise sah jedes Stockwerk gleich aus - Holzfußboden, weiße Wände, Schwarzweißfotografien. Doch in der Marketingabteilung hatte sich unser damaliger Innenarchitekt ausgetobt und mehr Farbe ins Spiel gebracht. Alles, um meinen Leuten zu helfen, auf gute Ideen zu kommen.

In den nächsten Stockwerken befanden sich die Büroräume für die Mitarbeiter aus dem Kundendienst, aus dem Einkauf, der Immobilienverwaltung und die der Sachbearbeiter. Um eine riesige Firma wie *RDC* am Laufen zu halten, mussten viele Leute mit anpacken. Einen Kapitän, der so ein riesiges Schiff allein steuern konnte, gab es nicht.

Täglich fielen Hunderte Aufgaben an und ich war froh, dass meine Mitarbeiter alles im Griff hatten. Allein das Einholen von Angeboten anderer Firmen nahm sehr viel Zeit in Anspruch. Zwar entschied ich letztlich, wem wir welchen Auftrag erteilten, aber die Vorauswahl trafen meine Mitarbeiter für mich. Ich konnte mich auf jeden einzelnen verlassen, ob nun in einer Führungsposition oder in einer niedrigeren. Jeder war für mich wertvoll und die Fluktuationsrate gering. Die Menschen, die für mich arbeiteten, blieben in der Regel jahrelang. Ein Zeichen dafür, dass sie ihren Arbeitsplatz liebten.

All das erzählte ich Cosima.

»Ich lege viel Wert darauf, dass meine Angestellten mir erhalten bleiben«, erklärte ich ihr, während wir zum Aufzug gingen, um ein Stockwerk tiefer zu fahren. »Es erfordert viel Zeit und Geduld, bis eine Person eingearbeitet ist und ihr volles Potenzial an einer Stelle ausschöpft. Egal in welcher Position. Denjenigen zu ersetzen und jemanden zu finden, der die Arbeit genauso effektiv und zuverlässig macht, kostet Monate. Das ist eine lange Zeit, in der Aufgaben nicht zu hundert Prozent erledigt werden. Deswegen setze ich alles daran, meine Mitarbeiter zu halten.«

»Und wie genau darf ich mir deine Bemühungen vorstellen?«, fragte Cosima skeptisch. Es war das erste Mal, dass sie etwas sagte. Die ganze Zeit hatte sie geschwiegen, zugehört und die Umgebung gemustert. An ihrem Gesichtsausdruck war zu erkennen, dass sie sich fragte, was das alles sollte. Wozu ich sie durch meine Firma führte.

»Dazu kommen wir jetzt«, verkündete ich stolz. Im selben Moment öffneten sich die Aufzugstüren und entließen uns ins zwanzigste Stockwerk. Mein Favorit. Hier gab es alles, was das Mitarbeiterherz begehrte. Eine Chill-Lounge, einen Tischkicker, eine Küche mit Kaffee, Süßigkeiten, Kuchen und Schnittchen, einen Flachbildfernseher mit Konsole und sogar einen kleinen Fitnessraum mit Duschen, damit die Mitarbeiter sich während der Mittagspause oder nach ihrer Arbeitszeit sportlich betätigen konnten. Außerdem ließ ich meine Mitarbeiter krankenversichern, beteiligte sie am Ende des Jahres mit einer Bonuszahlung am Erfolg der Firma, übernahm fünfzig Prozent der Kosten für eine Kinderbetreuung, zahlte alle Überstunden aus und bot ihnen Gleitzeit an.

Die kleine Tour endete im neunzehnten Stock, wo sich unsere Kantine befand. In den unteren Etagen waren noch einige kleinere Firmen ansässig. Wir hatten unsere freien Räumlichkeiten vermietet, und sie nutzten die Kantine ebenfalls, weswegen es recht voll war. Trotzdem stellte ich mich an und holte für Cosima und mich einen Kaffee, während sie sich an einen Tisch direkt am Fenster setzte und wartete.

Als ich mit zwei dampfenden Tassen zurückkam, sah sie mich mit einem unergründlichen Blick an.

»Was sollte dieser Rundgang?«, wollte sie wissen. »Was bezweckst du damit?«

Ihren Worten und ihrem lauernden Tonfall entnahm ich, dass sie mir nicht traute. Zu Recht. Ich hatte mich ihr bisher nicht von meiner besten Seite gezeigt.

Verlegen räusperte ich mich. Es war nicht mein Ding, mich jemandem zu öffnen. Mit anderen Menschen über meine Sorgen zu reden. Ich zeigte nie, wenn ich verunsichert war. Aber wenn ich wollte, dass Cosima mich verstand, musste ich über meinen Schatten springen.

»Die Menschen, die du gerade gesehen hast, all die Leute in ihren Büros, arbeiten schon seit Jahren für mich. Viele seit der Firmengründung. Sie kommen mit Problemen zu mir, wenn sie Vorschüsse brauchen oder einen rechtlichen Rat. Wir sind ein eingespieltes Team. Auch wenn ich mich anderen Menschen gegenüber oft wie ein Arschloch verhalte, schütze ich diejenigen, die zu mir gehören.«

Cosima sah mich an und endlich veränderte sich etwas in ihrem Blick. Der Ausdruck darin wurde weicher und die Kälte wich. Trotzdem konnte ich nicht sagen, was sie dachte oder fühlte. Ich redete einfach weiter und hoffte, dass meine Worte etwas bei ihr bezweckten.

»Ich fühle mich verantwortlich für jeden Einzelnen von ihnen.«

Ich machte eine kurze Pause und atmete tief durch. Dabei sammelte ich all meinen Mut.

»Im letzten Jahr konnten wir keine hohen Gewinne einfahren. Wir hatten eine Fehlinvestition und danach Probleme, ein neues Projekt zu finden. Der Komplex in Queens kam genau zur rechten Zeit. Wenn ich nicht bald mit dem Abriss beginne und die ersten Wohnungen an Interessenten verkaufe, muss ich Entlassungen vornehmen.«

Cosima sah mich schockiert an. Sie hatte angesetzt, um einen Schluck von ihrem Kaffee zu trinken, doch bei meinen Worten ließ sie die Hände unverrichteter Dinge wieder sinken.

»Was?«, fragte sie entsetzt. »Was meinst du damit?«

Ich musste der Wahrheit ins Auge blicken und akzeptieren, wie schlimm die Lage tatsächlich war.

»Wenn das Queens-Projekt scheitert, kostet das die Hälfte dieser Menschen ihren Job.«

Kapitel -36-

Cosima

Das Entsetzen, das sich bei Reeds Geständnis einstellte, traf mich hart und unerwartet. Zuerst wollte ich ihm nicht glauben, einfach weil es zu schrecklich war. Bei seiner Führung waren wir an Hunderten Büros vorbeigekommen. Hunderten! Wenn die Hälfte der Angestellten darin arbeitslos wurde … Ich konnte den Gedanken nicht zu Ende führen, so schrecklich fand ich ihn.

Erschöpft und verzweifelt ließ ich das Gesicht in die Hände sinken.

»Oh Gott«, stöhnte ich und rieb mir über die Augen.

Was sollte ich jetzt tun? Chuck war gerade dabei, eine Titelstory für uns an Land zu ziehen. Schon morgen wollten wir mit unserer Internetkampagne beginnen, von der ich mir sicher war, dass sie viral gehen würde. Wenn ich handeln wollte, dann sofort. Mir rannte die Zeit davon. Aber was war jetzt richtig? Ich war nicht in der Lage, einen klaren Gedanken zu fassen. Mein Hirn fühlte sich wie ein alter Schwamm an, der zu viel Wasser aufgesaugt hatte.

»Wie kann es sein, dass es so schlimm um eure Finanzen steht?«, fragte ich behutsam und versuchte taktvoll zu sein.

Reed seufzte und fuhr sich mit der Hand durch die Haare. Bevor er mir antwortete, sah er sich um, damit er sicher sein konnte, dass wir keine ungebetenen Zuhörer hatten.

»Der Immobilienmarkt in New York ist hart umkämpft«, begann er mit leiser Stimme. »Es ist schwierig, freie Flächen zu finden oder Gebäude, die man sanieren und gewinnbringend weiterverkaufen kann. Eine Zeit lang lief es sehr gut, aber dann kam eine Durststrecke. Einige Monate konnte ich kaum neue Objekte finden. Dann bekam ich ein Angebot für einige Mehrfamilienhäuser. Der Preis war völlig überteuert. Aber das Viertel entwickelte sich nach und nach zu einer beliebten Gegend. Wir rechneten damit, dass wir die Wohnungen zu einem guten Preis verkaufen könnten und hätten unsere hohe Anfangsinvestition dann reingeholt. Aber die Sanierung kostete uns mehr, als wir eingeplant hatten. So etwas kommt bei Baustellen häufig vor. Es ist schwer, die Ausgaben auf den Dollar genau zu schätzen. Aber da wir mehr investiert hatten, als wir hätten tun sollen, brachte uns das in einen finanziellen Engpass.«

Daran, dass er meinem Blick auswich und lieber aus dem Fenster sah, merkte ich, wie unangenehm ihm das Thema war. So offen über einen Misserfolg zu reden, fiel ihm nicht leicht. Sein Hals war gerötet und seine Hand lag zur Faust geballt auf seinem Bein. Einem inneren Wunsch folgend, legte ich meine darauf, strich mit dem Daumen sanft über seine Haut und verschränkte unsere Finger unter dem Tisch miteinander, sobald sich seine Faust öffnete. Sein Blick fand meinen und ich lächelte ihn aufmunternd an.

»Mein Mitarbeiter checkte unsere Finanzen und teilte mir mit, dass wir in Zahlungsschwierigkeiten kommen würden, wenn es eine Weile so weiterginge. Das konnte ich mir nicht leisten, denn wenn ich meine Baufirmen nicht pünktlich bezahlt hätte, hätte ich mir für das nächste Projekt neue

Partner suchen müssen. Und in dieser Branche kann man froh sein, wenn man zuverlässige Leute hat. Also entschied ich, dass wir die Hälfte der Wohnungen unter dem geplanten Preis verkaufen würden. Damit sie schnell über den Tisch gingen. Dadurch verzichtete ich auf den Großteil des einkalkulierten Gewinns. Aber es erschien mir die bessere Option zu sein. Eine Lösung auf Zeit, um irgendwie an mehr Geld zu kommen.«

Er sah mich an und ich wusste, was er als Nächstes sagen wollte.

»Und dann kam das Queens-Projekt«, schlussfolgerte ich und er nickte zustimmend.

»In dem Komplex ist eine große Summe gebunden. Zeitlich und auch finanziell war alles sehr knapp kalkuliert, weswegen jegliche Verzögerung schwere Folgen haben kann. Mit den Verkäufen der ersten Wohnungen kann ich die Löhne für die nächsten Monate zahlen, bis der Bau abgeschlossen ist. Dann muss ich keine Entlassungen vornehmen und die Gewinne reichen aus, um mich in Ruhe nach einem weiteren Projekt umzusehen. Außerdem beschwichtigen die Einnahmen meine Aktionäre, die wegen der geringen Ausschüttung im letzten Jahr schon unruhig sind.«

Also im Klartext: Wenn das Queens-Projekt scheiterte, ging seine Firma den Bach runter. Ich hatte zwar nur ein Semester Wirtschaft studiert und die meiste Zeit über nicht zugehört, aber ich wusste, dass es für ein Unternehmen nichts Gutes bedeutete, wenn es Entlassungen vornehmen musste und die Aktionäre ihre Anteile verkauften. Das wäre quasi der

Todesstoß.

Und ich plante hinter seinem Rücken den vernichtenden Schlag. Mit den Bauplänen, die ich heimlich abfotografiert hatte, während er einige Räume weiter nackt in seinem Bett lag.

Himmel, ich war ein gewissenloses Miststück.

Nie zuvor hatte ich mich so elend gefühlt. Ich schaffte es kaum, Reed in die Augen zu sehen. Aber das Schicksal meinte es an diesem Tag nicht gut mit mir. Es sollte noch schlimmer kommen.

»Ich wollte dich noch etwas anderes fragen«, begann Reed zögerlich und strich mit dem Daumen so lange über meine Handfläche, bis ich ihn ansah. Für andere war es schwer zu sehen, was wir unter dem Tisch taten, trotzdem hatte ich Angst, erwischt zu werden. Nur nicht genug, um den Körperkontakt mit Reed zu unterbrechen. Meine Wangen waren gerötet, das spürte ich an der Hitze, die mein Gesicht bedeckte. Ich hoffte bloß, dass mir mein schlechtes Gewissen nicht allzu deutlich anzusehen war. Denn ich wusste nicht, wie ich ihm erklären sollte, was ich getan hatte.

»Was denn?«, fragte ich mit hoher Stimme, weil eine undefinierbare Panik Besitz von mir ergriff.

»Gehst du heute Abend mit mir aus?«

Ich blickte in Reeds Augen, versank in diesem goldenen Meer - und für eine Weile stand die Zeit still. Ich hörte nur meinen Herzschlag und seine Worte in Dauerschleife. Dann schien sich die Welt in doppelter Geschwindigkeit weiterzudrehen und mir wurde plötzlich speiübel.

»Ausgehen? Wie … ein Date?«, fragte ich atemlos, weil ich damit rechnete, dass ich mich jeden Moment übergeben musste. Reed deutete meine Reaktion offensichtlich falsch, denn er grinste von einem Ohr zum anderen.

»Ja, wie ein Date. Es tut mir leid, wie das am Wochenende gelaufen ist. Ich weiß nicht, wo das mit uns hinführt, Cosima. Aber egal, wie kompliziert es ist, ich will herausfinden, was das zwischen uns ist. Was es werden könnte. Weil ich gern mit dir zusammen bin.«

Ich war Abschaum. Ich war ein furchtbarer Mensch und ich verdiente diese Worte nicht. Verdiente Reeds Interesse nicht.

Warum tat das Leben mir so etwas an? Ausgerechnet jetzt? Wieso hatte er mich nicht vor zwei Tagen gefragt? Bevor ich etwas in Gang gesetzt hatte, das ich vielleicht nicht rückgängig machen konnte?

»Ich … ich muss gehen«, stammelte ich und stand so ruckartig auf, dass mein Stuhl umkippte und laut scheppernd auf dem Boden aufschlug. Für einen Moment sahen alle Anwesenden zu uns, aber es war mir egal. Ich stürmte aus der Kantine, hin zu den Aufzügen und realisierte erst, dass Reed mir gefolgt war, als er mich am Ellbogen packte und zu sich herumwirbelte.

»Cosima«, sagte er, und ich hörte den Schmerz in seiner Stimme. Ein Klang, der nicht zu ihm passte. Oh, was hätte ich jetzt gegeben, um noch einmal seine arroganten, vor Selbstsicherheit und Verachtung strotzenden Worte zu hören. Ich wollte den kalten CEO zurück. Denn dieser Mann voller Gefühle, Sorgen und Hoffnungen war zu viel für mich.

Aber so war das wohl, wenn man einen Menschen, der einem besonders stark vorkam, leiden sah. Es brachte einen um. Weil man instinktiv wusste, dass es eine Menge brauchte, um einen Mann wie Reed Davis verzweifeln zu lassen. Und diese Menge war ich.

Ich schaffte es nicht einmal, ihm in die Augen zu sehen, als ich mich von ihm losriss und in den Aufzug stürmte. Verzweifelt drückte ich den Knopf für das Erdgeschoss, aber Reed machte keine Anstalten, mir zu folgen. Wie erstarrt blieb er einige Meter vor mir stehen und sah mich an. Als die Türen sich schlossen und mir den Blick auf ihn verwehrten, ließ ich meinen Tränen endgültig freien Lauf.

Das Leben war nicht fair. Endlich sagte der Mann meiner Träume die Worte, die ich mehr als alles andere hören wollte, doch ich musste ihn abweisen. Denn wie könnte ich mich mit Reed für ein romantisches Abendessen treffen, wenn hinter seinem Rücken ein Plan lief, der ihn seine Firma und seine Mitarbeiter kosten konnte?

Aber ich würde das wieder in Ordnung bringen.

Das schwor ich mir.

Ich rannte förmlich über den Platz, vorbei an Demonstranten. Jeder hatte mitbekommen, wie der Security-Mitarbeiter mich hinaufgebracht hatte. Jetzt reimten sie sich ihre eigenen Antworten auf mein Verhalten zusammen.

Aber es war mir egal. Alles, was zählte, war, dass ich Chuck, Lynn und Samra fand. Zum Glück ging das relativ schnell, denn sie warteten bereits auf meine Rückkehr.

»Was ist passiert?«, wollte Samra sofort wissen, als sie

meine geröteten Augen sah und mich an sich zog. Ungeduldig wand ich mich aus ihrer Umarmung.

»Ich muss mit euch reden«, sagte ich hektisch. »Allein. Wo uns niemand zuhören kann.«

Natürlich bekamen einige der Umstehenden auch das mit, aber es interessierte mich nicht. Mir blieb keine Zeit, um diskreter vorzugehen. Zu viert eilten wir ein Stück die Straße entlang und blieben drei Blocks von *RDC* entfernt stehen.

»Chuck, bitte sag mir, dass du die Story an keine Zeitung verkauft hast«, wollte ich wissen und spürte, wie meine Stimme zu brechen drohte.

»Ähm … doch«, antwortete er irritiert, und ich bemerkte, wie mir einige Tränen über die Wange liefen.

»Oh nein«, schluchzte ich und rieb mir mit dem Handballen über die Stirn. »Das ist eine Katastrophe.«

»Ich dachte, ich sollte mich darum kümmern und dass du dich freuen würdest«, sagte Chuck und Lynn nickte zustimmend.

»Willst du uns nicht sagen, was passiert ist?«, versuchte Samra es erneut. »Irgendwas muss vorgefallen sein.«

Ich versuchte meine hektische Atmung zu beruhigen und einen klaren Gedanken zu fassen.

»Hör zu, Chuck. Du musst sofort da anrufen und ihnen sagen, dass sie die Story nicht drucken dürfen, okay?«

Chuck schüttelte irritiert den Kopf und Lynn riss die Augen auf.

»Was?«, rief sie, aber ich fuhr unbeirrt fort.

»Und die Social Media Kampagne ist vorerst auf Eis gelegt.

Wir können das unmöglich so durchziehen.«

»Cos«, rief Samra laut und brachte mich zum Schweigen. »Was zum Teufel ist los mit dir? Darauf haben wir tagelang hingearbeitet! Wieso sollen wir in letzter Minute alles abblasen?«

Statt einer Erklärung verließ ein lautes Schluchzen meine Lippen.

Meine Freunde wirkten bestürzt und überfordert. Alle versuchten mich zu trösten und strichen mir aufmunternd über die Arme. Sicher fragten sie sich, was in der kurzen Zeit passiert war. Ich zog geräuschvoll die Nase hoch und wischte mir die Tränen von den Wangen.

»Ich werde es euch erklären, versprochen. Aber ihr müsst mir helfen und die Aktion stoppen, bevor es zu spät ist.«

Sie wirkten unentschlossen und sahen einander hilfesuchend an. Keiner von ihnen wusste, was er sagen sollte.

»Bitte«, flehte ich. »Ihr müsst mir glauben, wenn ich euch sage, dass es ein Notfall ist. Sonst würde ich nicht all unsere harte Arbeit zerstören.«

Am Ende war es Samra, die sich auf meine Seite stellte.

»Alles klar, wir blasen die Aktion ab. Vorerst. Ich glaube dir, wenn du sagst, dass es ein Notfall ist. Aber du musst es uns erklären, sobald du dich beruhigt hast.«

Ich hielt die Luft an und wartete nervös auf Lynns und Chucks Antwort. Nach einer Weile gaben auch sie nach.

»In Ordnung. Ich rufe die Zeitung gleich an«, sagte Chuck, woraufhin ich erleichtert ausatmete.

Alles würde gut werden. Ich war mir nicht sicher, ob es der

richtige Schritt war. Immerhin hing für die Menschen in der Wohnsiedlung viel davon ab. Aber durch diesen Schritt hatte ich mir zumindest ein paar Tage Zeit erkauft. Zeit, die ich nutzen konnte, um eine Lösung zu finden, die für alle Beteiligten annehmbar war. Morgen früh würde ich mich mit meinen Freunden treffen und ihnen alles erklären. Ich brauchte nur ein bisschen Zeit für mich, um die Geschehnisse des Tages zu verarbeiten. Dann würde ich Reed dazuholen. Wir könnten uns alle an einen Tisch setzen und gemeinsam überlegen, wie weiter vorzugehen war.

So wie Reed sich mir heute gezeigt hatte, war er kompromissbereit.

Wir würden eine Lösung finden. Gemeinsam.

Und dann wären alle Hindernisse zwischen uns beseitigt und wir konnten anfangen, herauszufinden, wo das zwischen uns hinführte.

Kapitel -37-

Cosima

Als ich am nächsten Morgen das Gebäude von *RDC* vor mir aufragen sah, bemerkte ich bereits aus der Ferne, dass etwas anders war. Die Stimmung hatte sich spürbar verändert. Vor dem Platz standen mehr Demonstranten denn je. Und Pressemitarbeiter. Ein Haufen Journalisten mit Kameras und Mikrofonen. Lautes Stimmengewirr schlug mir entgegen. Jeder versuchte, den anderen zu übertönen. Keine Reggaemusik mehr. Niemand saß gemütlich auf dem Mauervorsprung oder auf dem Boden. Alle waren auf den Beinen, hielten Plakate in die Luft und schrien etwas.

Ich entdeckte Gesichter, die ich nie zuvor auf der Demonstration gesehen hatte. Wo kamen all diese Menschen plötzlich her? Und wieso?

Das ungute Gefühl in meinem Magen wuchs, je näher ich der Menge kam. Dann erfassten meine Augen die Aufschrift auf den Plakaten, realisierten den aggressiven Unterton, den die Sprüche hatten, und aus dem unguten Gefühl wurde ein Stein, der mich tief hinabzog und mir das Atmen erschwerte.

Mein Körper zitterte, als ich mir hektisch einen Weg durch die Protestierenden bahnte. Als ich Chuck und Lynn fand, waren meine Finger eiskalt und steif. Samra stand neben ihnen. Sie hatte mich nicht bemerkt, aber ich konnte erkennen, dass sie bedrückt aussah, während Lynn und Chuck auf sie einredeten. Ich wusste, was geschehen war, bevor ich ihre Worte hörte. Ihre Gesichter verrieten alles.

»Du hast es Cosima versprochen, Chuck«, hörte ich Samra sagen. Sie gestikulierte wild mit den Händen. Ihr Ausdruck war eine einzige Maske des Vorwurfs.

»Das war, bevor wir wussten, was los ist«, hielt Lynn dagegen. Sie hatte sich auf Chucks Seite gestellt. Eine Hand ruhte auf seinem Unterarm, die andere hatte sie in die Hüfte gestemmt. Sie funkelte Samra herausfordernd an. »Sie hat uns alle verarscht.«

»Ihr hättet ihr wenigstens die Zeit geben sollen, sich zu erklären«, meinte Samra. »So habt ihr es womöglich nur schlimmer gemacht.«

»Schlimmer?« Chuck lachte triumphierend und vollführte eine Geste mit der Hand in Richtung der Demonstranten. »Sieh dich um. Wir stehen auf der Titelseite. Reed Davis kann einpacken. Besser hätte es nicht laufen können.«

Seine Worte waren der Schlag ins Gesicht, den ich gebraucht hatte, um die Benommenheit abzuschütteln.

»Was hast du getan?«, fragte ich entsetzt, und alle drei wirbelten zu mir herum. »Du hast gesagt, dass du mit der Zeitung redest und den Artikel zurückhältst.«

Samra kam sofort zu mir und schloss mich in die Arme. »Tut mir leid«, flüsterte sie. »Ich wusste nicht, was er vorhatte.«

Chuck und Lynn musterten mich kurz überrascht, fingen sich jedoch schnell wieder. »Das habe ich gesagt, ja«, erwiderte Chuck bissig. »Aber das war, bevor ich erfahren habe, dass du uns belogen hast.«

»Ich weiß nicht, wovon du da redest«, antwortete ich. »Ich

habe euch nicht belogen.«

»Ach ja«, machte Lynn abfällig und sah mich von oben bis unten an. »Dann stimmt es also nicht, dass du mit Reed Davis vögelst?«

Ihre Worte trafen mich wie ein Eimer kaltes Wasser und sorgten gleichzeitig dafür, dass mein Gesicht vor Hitze rot anlief. »Ich …«, setzte ich zu einer Antwort an, verstummte jedoch wieder. Ich spürte, wie ich unter ihren vorwurfsvollen Blicken kleiner wurde. »Es ist kompliziert«, war schließlich das, was es über meine Lippen schaffte.

»Also stimmt es?«, fragte Samra. Ich hörte ihre Enttäuschung.

»Ich wollte es euch erklären«, beteuerte ich. »Wirklich, aber … ich wusste nicht wie und …«

Ich stockte mitten im Satz und riss überrascht die Augen auf, denn hinter Chuck und Lynn tauchte plötzlich Phil auf. Er gab mir keine Gelegenheit weiterzureden, sondern beendete meinen Satz für mich. »Und dann hast du dir überlegt, dass es doch viel besser wäre, wenn du deinem neuen Freund hilfst und die Demonstration sabotierst«, warf er mir mit einem boshaften Grinsen an den Kopf.

»Du«, zischte ich wütend und wäre ihm in diesem Augenblick gern an die Gurgel gegangen. »Das alles hier ist auf deinem Mist gewachsen, oder?«

Phil lachte und war sich keiner Schuld bewusst. Gelassen ging er um mich herum und stellte sich zu Lynn und Chuck. Die Arme vor der Brust verschränkt, sah er mich von oben herab an.

»Alles, was ich getan habe, war es, dir nicht zu trauen. Zu Recht. Als dieser Davis deine Nummer wollte, bin ich misstrauisch geworden. Dann hast du mich von meiner eigenen Demo geschmissen und ich war mir sicher, dass etwas nicht stimmt. Also bin ich dir in den letzten Tagen gefolgt. Und siehe da, ich hatte recht. Du bist zu ihm gefahren und hast seine Wohnung erst im Morgengrauen wieder verlassen.«

Trotz der Schamgefühle versuchte ich, den Kopf oben zu halten. Phil beleuchtete die Ereignisse aus einem falschen Blickwinkel und drehte sie so, dass sie zu seiner Theorie passten. Aber ich kannte die Wahrheit.

»So wie du es hinstellst, war es nicht«, verteidigte ich mich. »Ich habe unsere Sache nie aus den Augen verloren. Was mit Reed lief, war unabhängig davon.«

»Natürlich«, erwiderte Phil und nickte großspurig. Chuck und Lynn schüttelten angewidert den Kopf. »Es hatte nichts mit der Demo zu tun. Deswegen sollte Chuck den Artikel absagen, nicht wahr?«

Ich wusste nicht, was ich daraufhin erwidern sollte. Mir fehlten die Worte, daher schwieg ich. Aus ihrer Perspektive konnte ich nur schuldig aussehen.

»Hat er dir wenigstens eine ordentliche Summe dafür gezahlt? Oder hat es gereicht, dass er dir schöne Augen gemacht hat?«, fuhr Phil fort. Seine Stimme hatte einen boshaften Ton angenommen. Einen, durch den ich mich schmutzig fühlte.

»Ich habe kein Geld von ihm angenommen«, stellte ich klar.

»Und mich auch sonst nicht bestechen lassen. Anders als du! Schließlich warst du es, der ihm meine Nummer gegeben hat und sich von ihm bezahlen ließ.« Meine Stimme bebte, während ich das sagte.

Samra stand neben mir und schien zu spüren, wie sehr mir die Situation zusetzte, denn sie schob ihre Hand in meine und drückte sie sanft. Als ich sie ansah, lächelte sie mir aufmunternd zu. Es war ein Lächeln, das mir zeigte, dass sie trotz allem auf meiner Seite stand.

»Dann bist du noch dümmer, als ich dachte«, verspottete Phil mich. »Ich habe dem Kerl wenigstens sein Geld abgeknüpft. Aber du … Sag bloß, du hast dich in Mr. Icecold verliebt?«

Die Wahrheit traf einen manchmal härter, als jeder Faustschlag es tun könnte. Meine Gesichtszüge entglitten mir. Meine Beine fühlten sich wie Pudding an und mein Herz schlug bei den Worten irgendwo außerhalb meines Körpers weiter. Das Blut rauschte so laut in meinen Ohren, dass ich das Gelächter der anderen kaum hörte.

»Ich fasse es nicht«, rief Phil. »Wie kann man nur so naiv sein? Zum Glück hat die Öffentlichkeit nichts davon erfahren. Das hätte die Glaubwürdigkeit der gesamten Demonstration untergraben.«

Ich schüttelte das brennende Gefühl der Demütigung ab. Phil hatte keine Ahnung, was zwischen Reed und mir war. Niemand außer uns beiden konnte das verstehen.

»Reed ist nicht das Monster, für das ihr ihn haltet«, setzte ich zu einer Verteidigung an. »Er verdient es nicht, dass seine

Firma solchen Schaden nimmt. Denkt an all die Mitarbeiter, die ihre Jobs verlieren könnten. Habt ihr denn gar kein Mitleid?«

Aber zu den dreien gab es kein Durchdringen. Ihre Überzeugungen hatten sich so fest in ihnen verankert, dass man sie keines Besseren belehren konnte.

»Reed Davis verdient viel mehr als das. Sieh doch, was für einer Gehirnwäsche er dich unterzogen hat. Für einen schnellen Fick hast du eine gute Sache verraten«, spie Phil mir verächtlich entgegen.

Hätte er mich geohrfeigt, hätte er mich nicht tiefer erniedrigen können als mit seinen Worten.

»Mir hätte von Anfang an klar sein sollen, dass man dir nicht trauen kann. Aber wenigstens hast du eine hervorragende Kampagne auf die Beine gestellt. Deine Videos und Beiträge sind seit heute überall im Internet zu finden. Du glaubst gar nicht, wie gut dein Film über den Queens-Komplex ankommt. Die Interviews mit den Bewohnern, in denen sie ihr Leid klagen und *RDC* verteufeln. Im Hintergrund die Schimmelflecken und Wände, an denen der Putz abbröckelt. Ich muss gestehen, dass ich beeindruckt war. Umso enttäuschter bin ich, dass du vom Weg abgekommen bist.«

Ich dachte an all die Stunden, die ich an diesem Film gearbeitet hatte. Und das nur, damit ich am Ende die eine Sache zerstörte, die mir am wertvollsten von allen geworden war.

»Ich hoffe, du kannst in den Spiegel sehen, wenn

deinetwegen Hunderte Menschen ihre Jobs verlieren«, schleuderte ich Phil zornig an den Kopf. »Und ihr«, fauchte ich Chuck und Lynn zu, »seid nichts weiter als dumme Lemminge. Ich hatte euch gebeten, mir Zeit zu geben. Zeit, damit wir eine gute Lösung für alle finden können. Reed hätte sich bereiterklärt zu verhandeln, da bin ich mir sicher. Es hätte nicht so enden müssen. Stattdessen fallt ihr mir in den Rücken.«

Ich glaubte einen Funken von Schuldgefühl oder Bedauern in ihren Gesichtern aufblitzen zu sehen, aber ich drehte mich so schnell um und stürmte davon, dass ich es mir auch eingebildet haben könnte.

Ehe einer von ihnen etwas erwidern konnte, war ich in der Menge verschwunden. Zielstrebig arbeitete ich mich bis zum Haupteingang des Gebäudes vor, vor dem nun mehrere Sicherheitsmitarbeiter positioniert worden waren. Vermutlich um übermütige Journalisten oder Demonstranten in Schach zu halten.

Schnell fand ich das Gesicht des Mannes, der mich die letzten Male zu Reed gebracht hatte. Ich hielt gerade auf ihn zu, und als er mich bemerkte, winkte ich ihm.

»Können Sie mich bitte zu ihm bringen?«, fragte ich verzweifelt und betete, dass er ja sagen würde. Er nickte, was mich mit Erleichterung durchflutete, doch mir entging nicht, wie er mich ansah. Als wüsste er, welches Schicksal der Firma blühte und dass ich die Schuld daran trug.

Sobald wir das Gebäude betraten, stellte ich fest, dass die anderen Mitarbeiter es ihm gleichtaten. Egal wem ich über den Weg lief, sie alle beäugten mich, als wäre ich der Staatsfeind Nummer eins. Aber alles, was für mich zählte, war, dass Reed mich nicht so ansah. Dass wenigstens er mir die Chance geben würde, es ihm zu erklären.

Kapitel -38-

Cosima

Ich fand Reed in seinem Büro vor, den Kopf tief über den Tisch gebeugt. Vor ihm lag eine ausgebreitete Zeitung. Ich musste nicht hinsehen, um zu wissen, was er las. Unsere Schlagzeile. Auf dem Fernseher an der Wand lief eine Nachrichtensendung. Dort wurde ebenfalls über die Demonstration berichtet. So weit hatte es sich schon verbreitet. Hinter der Nachrichtensprecherin tauchte in einem kleinen Feld ein Ausschnitt der Baupläne auf.

»Ich gratuliere«, begrüßte Reed mich eisig, ohne den Kopf zu heben. Sein Mitarbeiter war verschwunden und hatte uns alleingelassen.

Vorsichtig ging ich einige Schritte in den Raum hinein. Am liebsten wäre ich Reed entgegengerannt, hätte mich ihm um den Hals geworfen und lautstark beteuert, wie leid es mir tat und dass es nie meine Absicht gewesen war, dass diese Geschichte so endete. Aber etwas an seiner Körperhaltung hielt mich davon ab. Er war starr und hatte sich beinahe drohend über den Artikel gebeugt. Ich sah seine Augen nicht, aber ich hörte die Gefahr in jedem seiner Worte.

»Du hast mich hinterhältig getäuscht, manipuliert, mich mit Sex abgelenkt und im Hintergrund einen vernichtenden Schlag gegen mich geplant.« Seine Stimme war so ruhig, dass ich ihn nicht wiedererkannte. Er entzog sich mir mit jedem Wort mehr. »Ich muss gestehen, ich bin beeindruckt. Du machst selbst mir Konkurrenz.«

Ich wünschte mir, dass seine Worte vor Verachtung getrieft hätten. Dass er mich angeschrien hätte. Mich beleidigt. Aber die kalte, emotionslose Art, auf die er mit mir sprach, brachte mich um.

»So war das nicht«, flüsterte ich kraftlos, ging zu ihm und wollte nach seiner Hand greifen. Reed entzog sie mir.

»Du hast gewonnen«, sagte er und sah mich an. Sofort wünschte ich mir, er hätte es nicht getan. Wenn ich an Reed dachte, wollte ich mich an das warme Gold seiner Augen erinnern. Nicht an die Dunkelheit, mit der ich mich jetzt konfrontiert sah und die mich bis ins Mark erschütterte. Es war der Blick aus Augen, in denen ich bereits gestorben war. Mein Mund war staubtrocken und mein Körper drohte in sich zusammenzufallen.

»Es tut mir leid«, krächzte ich. »Ich wollte nicht …«

»Verschwinde«, unterbrach er mich mit schneidender Stimme. So scharf, dass es Wunden in meinem Herzen hinterließ.

»Nein«, stammelte ich. »Nein, hör mir zu, bitte. Reed, ich …«

Ich hatte nach seinem Arm gefasst, wollte mich an ihm festhalten, aber Reed sprang auf und stieß meine Hand unsanft von sich.

»Geh. Ich ertrage deinen Anblick nicht«, befahl er und wandte das Gesicht von mir ab, als bereitete es ihm Schmerzen, mich anzusehen. Tränen, die ich nicht länger zurückhalten konnte, liefen mir in Strömen über das Gesicht.

»Bitte nicht. Schick mich nicht weg. Lass mich erklären«,

flehte ich mit brüchiger Stimme. Ich konnte ihn nicht verlieren. Ich *durfte* ihn nicht verlieren. »Ich wollte es verhindern. Aber sie haben den Artikel hinter meinem Rücken veröffentlicht. Nach unserem Gespräch in der Firma bin ich sofort zu ihnen und habe ihnen gesagt, dass wir nicht zur Presse gehen dürfen.«

Aber Reed hörte mir gar nicht zu. Es war belanglos, was ich sagte. Ob ich es ihm erklärte. Es war zu sehr gefangen in seiner Wut, als dass ich etwas dagegen hätte tun können. Ich spürte, dass ich zu spät kam. Dass er bereits fort war, mir entglitt. Unerreichbar wurde. Dennoch war ich nicht bereit, ihn gehen zu lassen.

»Verzeih mir«, schluchzte ich und klammerte mich an ihn, als er an mir vorbei wollte. Die Hände in sein Sakko gekrallt, hielt ich ihn fest und drückte mich an ihn. »Ich werde das wieder geradebiegen«, versprach ich. »Aber bitte, geh nicht.«

Reed lachte spöttisch. »Du willst, dass ich bleibe?«

Ich nickte und vergrub das Gesicht in seinem Hemd. Unsanft griff er mir ins Haar und zwang mich, ihn anzusehen. Sein Blick war dunkel. Beinahe hasserfüllt. Und ich wusste nicht, wie ich damit umgehen sollte, dass der Mann, der sich mir noch vor Kurzem anvertraut hatte, mich nun so ansah.

»Was willst du von mir, Cosima?«, fragte Reed lauernd. Mein Kopf schmerzte von seinem harten Griff, aber ich ignorierte es. Hielt ihn weiterhin fest, denn ich wusste, wenn ich losließ, wäre er fort. »Einen schnellen Fick? Ist es das?«

»Dich«, hauchte ich und spürte den dicken Kloß in meinem Hals, der es mir fast unmöglich machte zu sprechen. »Ich will nur dich.«

Er verzog das Gesicht zu einer angewiderten Grimasse. Ich spürte, dass er mich wegstoßen wollte, deswegen reagierte ich blitzschnell, stellte mich auf meine Zehenspitzen und drückte meinen Mund auf seinen. Gleichzeitig schlang ich die Arme um seinen Hals. Reed fasste mit den Händen an meine Taille, wollte mich von sich schieben, aber ich weigerte mich, loszulassen.

»Schick mich nicht weg«, flehte ich an seinem Mund und wimmerte erleichtert, als er meinen Kuss erwiderte. Nicht liebevoll, sondern hart und schmerzhaft. Als er mir in die Unterlippe biss, schmeckte ich Blut. Er presste mich so heftig gegen die Bürowand, dass mir alle Luft aus dem Körper entwich. Eine Hand verharrte weiterhin in meinen Haaren, während seine Lippen abwechselnd meinen Mund suchten und zu meinem Hals wanderten. Er biss, leckte und küsste mich so aggressiv, dass die Grenze zwischen Schmerz und Lust verschwamm.

Reed legte all seine Wut in diesen Kuss, und ich nahm jedes Fünkchen davon an. Irgendwann, redete ich mir ein, würde sein Zorn erlöschen und ich hätte den alten Reed wieder.

Tatsächlich wurde sein Kuss bald ruhiger. Behutsamer. So zart, dass mein Herz sich schmerzhaft zusammenzog. Wir lösten uns voneinander, und ich blickte in seine Augen, die Arme um seinen Hals geschlungen, die Finger in seinem vollen Haar vergraben. Ich lächelte, doch als ich seinen Blick sah, wurden meine Lippen taub.

»Nicht einmal jetzt kann ich dich hassen«, sagte er mit

monotoner Stimme. Voller Gleichgültigkeit. Nichts weiter als eine nüchterne Feststellung.

Als er dieses Mal nach meinen Händen griff, meine Umarmung löste und mich von sich wegschob, ließ ich es geschehen. Der Schock hatte meinen Körper fest unter Kontrolle. Ich hatte Reed verloren. Die Erkenntnis lähmte mich.

»Geh, Cosima. Ich will dich nie wiedersehen.« Seine Stirn lehnte fast an meiner, als er das sagte. Er hatte die Augen geschlossen, und ich wartete darauf, dass er sie öffnen würde, aber Reed wandte sich von mir ab, sodass mir nur noch der Blick auf seinen Rücken blieb. Als könnte er es nicht mitansehen, wenn ich ging.

Ich verließ sein Büro. Verließ sein Leben.

Weil der Mann, dem mein Herz gehörte, mich nicht mehr sehen wollte.

Ich schaffte es nicht, sofort rauszugehen, denn ich wusste, dass dort unten ein Haufen Menschen auf mich wartete, dem ich Rede und Antwort stehen musste. Wem hatte Phil von Reed und mir erzählt? Ich war nicht bereit, es allzu bald herauszufinden. Zu sehr brannten Reeds Worte und seine Zurückweisung in meiner Brust. Ich hatte das Gefühl, keine Luft mehr zu bekommen.

Von meinem Rundgang durch die Firma erinnerte ich mich daran, dass sich im Stockwerk mit der Kantine eine Toilette befand. Dorthin fuhr ich. Der Aufzug war leer, aber als ich an der Kantine vorbeiging, verfolgten mich die Blicke einiger Mitarbeiter, und ich schaffte es nicht, ihnen standzuhalten. Alle wussten, dass sie mir dieses Chaos zu verdanken hatten. Deswegen heftete ich meine Augen auf den Boden und eilte in die Damentoilette, wo ich erleichtert feststellte, dass niemand außer mir anwesend war. Dankbar verbarrikadierte ich mich in einer der Kabinen und ließ mich kraftlos auf dem Toilettensitz nieder. Das Gesicht in meinen Händen vergraben, schluchzte ich und gab mich meiner Verzweiflung hin.

Wie hatte ich nur alles so ruinieren können? Wie sollte ich das jemals wiedergutmachen? Dass das Queens-Projekt erfolgreich sabotiert worden war, war nur ein schwacher Trost für mich. Ich wusste, dass den Bewohnern geholfen war, denn mit so viel Druck von Seiten der Öffentlichkeit konnte Reed das Projekt nicht wie geplant fortführen. Er würde Kompromisse eingehen müssen - und das war ein Sieg, aber meine Sorge galt den Mitarbeitern von *RDC*.

Am meisten bedauerte ich, dass ich nicht anders gehandelt hatte. Ich hätte offen sein sollen, zu Reed und zu meinen Freunden. Hätte ich ihnen die Lage erklärt und keine Geheimnisse gehabt, dann wäre es vielleicht nie so weit gekommen. Wir hätten uns, wie ich es geplant hatte, an einen Tisch gesetzt und nach der besten Lösung für alle gesucht. Aber diese Chance war nun verstrichen.

Und ich hatte Reed verloren.

Es dauerte eine halbe Stunde, bis ich die Kraft fand, die Toilette zu verlassen und mich dem zu stellen, was draußen auf mich wartete. Kaum trat ich aus dem Eingang des Firmengebäudes, verstummten die Gespräche auf dem Platz. Immer mehr Köpfe wandten sich in meine Richtung. Eine unheimliche Stille schlug mir entgegen und alle Augen waren auf mich gerichtet. Geflüster wurde ausgetauscht.

Zögernd ging ich die Treppenstufen hinab. Die Leute ließen mich vorbei, maßen mich jedoch mit abfälligen Blicken. Beleidigungen wurden gemurmelt.

»Schlampe«, zischte eine Rothaarige neben mir. Irritiert drehte ich mich von einer Seite zur anderen. Musterte die Gesichter und fragte mich, was passiert war.

Dann teilte sich die Menge und vor mir tauchten Chuck, Lynn, Phil und Samra auf. Alle sahen mich feindselig an - bis auf Samra. Ihre Augen waren vor Schreck geweitet. Sie wirkte fassungslos.

Als ich langsam näherkam, zückte Phil wortlos sein Handy und hielt es mir entgegen. Ein Video wurde darauf abgespielt. Ich sah mich selbst, wie ich mich in Reeds Büro an ihn klammerte. Tränenüberströmt. Ihn küsste und beteuerte, dass ich alles wiedergutmachen würde. Das Video konnte nur wenige Minuten alt sein.

Darüber stand die Schlagzeile ***Alles nur ein persönlicher Rachefeldzug?***

»Das wurde einem Onlinemagazin zugespielt. Herzlichen Glückwunsch«, spie Phil. »Dadurch zerstörst du die Glaubwürdigkeit unserer Demonstration.«

»Jetzt weiß ganz New York, dass du es mit Reed Davis treibst«, sagte Lynn trocken und applaudierte. Einige der

Umstehenden stimmten mit ein, und ich wollte im Erdboden versinken. Ich spürte, wie die Tränen erneut kamen. Tränen der Trauer, der Wut und der Scham.

Mein Herz war gebrochen. Ich hatte den Mann, der mir etwas bedeutete, verloren und alle starrten mich an. Jeder Einzelne, und niemand schien mir wohlgesinnt. Das Gewicht der Ereignisse drückte so schwer auf mich, dass ich darunter zu zerbrechen drohte. Meine Beine wollten unter mir nachgeben, da spürte ich, wie jemand den Arm um mich legte und mich aufrecht hielt. Durch den Tränenschleier hindurch erkannte ich Samra.

»Ich bringe dich hier weg«, sagte sie dicht an meinem Ohr. Ihre Stimme war zärtlich. Verständnisvoll. Während sie mich durch die Menge führte, weg von all den Menschen, die mich verachteten, hielt ich mich an diesem Gefühl fest. An dem Wissen, dass sie mich noch nicht endgültig verurteilt hatte.

Irgendwann waren wir weit genug weg, erreichten eine Parkbank, und Samra sagte mir, dass ich eine Pause machen sollte. In ihren Armen brach ich zusammen.

»Was habe ich nur getan?«, schluchzte ich unverständlich und Samra strich mir tröstend über den Rücken.

»Du hast dich verliebt. Das ist alles«, meinte sie einfühlsam. Ich blickte zu ihr auf. Meine Augen fühlten sich geschwollen an, geräuschvoll zog ich die Nase hoch.

»Du verachtest mich nicht?«, fragte ich hoffnungsvoll und brach erneut in Tränen aus, als sie den Kopf schüttelte.

»Wie könnte ich das, Cos? Liebe ist etwas Schönes. Ich wünschte nur, dass du mit mir geredet hättest.«

An diesem Tag streifte Samra stundenlang mit mir durch die Straßen, weil ich so rastlos war, dass ich nicht nach Hause gehen konnte. Ich konnte nicht stillstehen, weil ich wusste, dass mein Kopf dann alles erneut durchleben und mein Herz ein zweites Mal brechen würde. Und dass ich mich dann mit der Frage beschäftigen musste, wie das Video an die Öffentlichkeit gelangt war. Und das konnte ich nicht, denn mein Verstand schrie, dass es dafür nur einen Verantwortlichen geben konnte: Reed. Das war mehr, als mein angeschlagenes Herz verkraftete.

Also blieb ich in Bewegung und tat das Einzige, das mir das Gefühl gab, leichter atmen zu können. Ich erzählte Samra alles. Angefangen bei meinem ersten Treffen mit Reed, dem Ausflug zum Wohnkomplex und unserer Abmachung, als wir das erste Mal miteinander geschlafen hatten. Ich vertraute ihr meine Gefühle an, wie ich es so weit hatte kommen lassen können und wann ich gemerkt hatte, dass ich dumm genug gewesen war, mich zu verlieben. Als ich geendet hatte, fühlte ich mich nicht besser. Aber wenigstens um eine Last leichter.

»Ich denke, dass er dich auch liebt«, tat Samra nach einem kurzen Schweigen ihre Meinung kund. »Sonst hätte er sich dir nie anvertraut. Oder dich um ein Date gebeten.«

Ich schüttelte traurig den Kopf. So sehr ich auch wollte, dass ihre Worte Wahrheit enthielten, so wenig spielte es eine Rolle. »Egal was er für mich empfunden haben mag, es ist vorbei. Jetzt ist dort nur noch Hass, Samra. Ich konnte es in seinen Augen sehen, als er mich weggeschickt hat.«

»Hass und Liebe liegen sehr nah beieinander«, antwortete

sie. Danach verfielen wir in Schweigen und beobachteten, wie die Sonne langsam hinter den Häusern unterging.

»Wie soll es jetzt weitergehen?«, durchbrach Samra die Stille nach einer Weile.

Dieses Mal kannte ich die Antwort.

»Ich werde New York verlassen«, sagte ich und wunderte mich über das Bedauern in meiner Stimme. Irgendwann musste ich angefangen haben, mich hier wohlzufühlen.

»Du willst weglaufen?«, fragte Samra traurig. »Und mich zurücklassen?«

Ich legte einen Arm um ihre Schultern, und ein Stück des Weges gingen wir so zurück.

»Ich kann nicht hierbleiben. Nicht nachdem die Sache mit dem Video und der Demonstration so hohe Wellen geschlagen hat. Jeder kennt mein Gesicht. Bald kriegen meine Freundinnen Wind davon und wenn ich nächste Woche mit der Uni anfange, werden alle wissen, wer ich bin und was ich getan habe. Ich kann das nicht. Am besten ist es, wenn ich meine Sachen packe und irgendwohin gehe, wo mich niemand kennt.«

Kapitel -39-

Reed

Meine Mutter pflegte zu sagen, dass die Menschen, die sich für unverwüstlich halten, am verletzlichsten sind. Dass jene, die vor Kraft strotzen, wie ein Fels in der Brandung wirken, solide und stark sind, gleichzeitig jene darstellen, die still und leise in sich zusammenbrechen, sobald ein Windstoß ihr Herz streift.

Weil sie es immer versteckt halten. Sicher und unter Verschluss, wo niemand ihm schaden kann. Aber irgendwer oder irgendwas findet seinen Weg durch die Mauern und erreicht selbst das verschlossenste Herz. Wie ein Windhauch, der sich einen kleinen Spalt sucht, durch den er dringen kann.

Cosima war mein Windhauch. Nein, sie war ein Orkan und sie hatte meine Festungen nicht nach einem Riss abgetastet, durch den sie hindurchpasste, sie hatte sie eingerissen.

Sie fortzuschicken, kam der schwersten Entscheidung gleich, die ich jemals hatte treffen müssen. Aber ich war wütend, verletzt und verwirrt. Lange hatte ich niemanden mehr so nahe an mich herangelassen, dass er mir solchen Schaden zufügen konnte. Ich wusste nicht mit den Gefühlen umzugehen, die in mir tobten. Nicht nur, dass sie mich hintergangen hatte, dass ich mich von ihr verraten fühlte. Ich verlor vielleicht meine Firma.

Die Nachrichten waren gefüllt mit meinem Gesicht, den Bauplänen, Hasstiraden. Der Platz vor meinem Unternehmen überschwemmt von Menschen, die mir den Untergang wünschten. Und mein Computer lief über vor Mails von Aktionären, die Panik bekamen und auf eine Erklärung bestanden.

Ich musste handeln. Schnell. Aber ich war wie gelähmt. Alles, was ich mir aufgebaut hatte, die Arbeit von Jahren, zerfiel vor meinen Augen zu Staub. Ein Klopfen an meiner Bürotür riss mich aus meinen Gedanken. Trevor betrat unaufgefordert den Raum.

»Komm doch herein«, bat ich ihn sarkastisch. »Was willst du?«

Ich hatte keinen Nerv, mir anzuhören, wie ich nur so unvorsichtig hatte sein und zulassen können, dass Cosima die Baupläne fand. Aber anders, als ich es erwartet hatte, grinste Trevor breit und schlenderte gemütlich zu mir, die Hände in den Hosentaschen vergraben.

»Warum hast du so gute Laune?«, fragte ich misstrauisch. War das irgendein dummer Scherz? Mir war gerade wirklich nicht nach Witzen zumute.

»Du willst wissen, warum? Ich sag es dir«, antwortete er amüsiert. »Ich habe unser Problem ein für alle Mal gelöst.«

Ich schoss aus meinem Stuhl hoch und ging Trevor entgegen, bis ich dicht vor ihm stand. »Was meinst du?«, wollte ich wissen.

Trevors Grinsen wurde, wenn möglich, noch breiter, als er sein Handy aus der Hosentasche zog und es mir unter die Nase hielt. Ein Blick darauf genügte und ich hatte die Szene wieder vor Augen. An Cosimas Worte, ihren Gesichtsausdruck und die Tränen würde ich mich lange Zeit erinnern.

»Was hat das zu bedeuten?« Mein Verstand schaffte es nicht, die einzelnen Puzzleteile zusammenzusetzen. Ich fühlte mich erschöpft und wollte allein sein.

»Während du von einem hübschen Paar Titten abgelenkt warst, habe ich uns mal schnell den Arsch gerettet«, prahlte Trevor und wirkte zufrieden mit sich.

»Was hat das Video damit zu tun?«

»Alles«, antwortete er, und ich fühlte mich, als würde mir etwas Wichtiges entgehen. »Ich habe das Video der Presse zugespielt und die Glaubwürdigkeit der Kleinen ein für alle Mal untergraben. Auf dem Video sieht man, wie sie dich anbettelt. So konnte ich es aussehen lassen, als würde sie mit der Demo einen persönlichen Rachefeldzug gegen dich ausüben. Jetzt ist sie für alle nur die verschmähte Ex, die unbedingt Beachtung will.«

Und da machte es Klick.

»Du hast was?«, fragte ich drohend leise. Trevor schien meine Wut nicht zu bemerken.

»Kein Thema, habe ich gern gemacht«, beteuerte er und klopfte mir auf die Schulter. »Wusstest du, dass unsere kleine Hippie-Braut adlig ist? Mann, Journalisten finden sowas wirklich schnell heraus. Sie sind bereits dabei, sich wie die Geier auf ihre Familiengeschichte zu stürzen. Was sie auch an dreckiger Wäsche hat, morgen früh ist es in den Nachrichten. Und keiner wird mehr über das Queens-Projekt reden.«

Ich starrte Trevor ungläubig an, der auf ein Lob oder sonst eine Reaktion von mir wartete. Er hatte den ältesten Trick aller Zeiten angewandt. *Lenke von einem Skandal ab, indem du den Leuten einen neuen gibst.*

Damit hatte er *RDC* vermutlich gerettet. Hunderte Mitarbeiter waren ihm zu Dank verpflichtet.

Doch alles, worauf ich mich konzentrieren konnte, war die Tatsache, dass er uns in einem intimen Moment gefilmt und ihn ins Netz gestellt hatte. Dass er meinen Schmerz und ihre Verzweiflung genommen hatte, um sie sich selbst zu Nutze zu machen. Und plötzlich war es mir egal, ob meine Firma davon profitierte.

Und dann kam die Angst, dass Cosimas Ruf ruiniert war und sie glauben könnte, ich wäre dafür verantwortlich. Ich hätte den Auftrag gegeben, uns zu filmen und das Material online zu stellen.

»Wie konntest du das tun, du Vollidiot?«, schrie ich Trevor unerwartet an. Dieser zuckte erschrocken zusammen und wich einen Schritt zurück.

»Bist du jetzt vollkommen übergeschnappt?«, rief er aufgebracht. »Ich rette dir den Arsch und du schreist mich an? Wie wäre es mit einem verfickten Danke, Reed?«

»Danke? Ich soll mich bedanken, dass du Cosima vor allen gedemütigt hast?«

Trevor lachte freudlos und schüttelte ungläubig den Kopf. »Du hast Mitleid? Wirklich? Dabei solltest du am besten von allen wissen, dass einer verlieren muss, damit ein anderer gewinnen kann. So funktioniert die Welt. Und die Kleine hat eben verloren. Besser für uns.«

So funktioniert die Welt. Einer muss verlieren, damit der andere gewinnen kann. Es waren meine eigenen Worte. Fast dieselben, die ich Cosima bei unserem ersten Treffen entgegengeschleudert hatte. Aber sie fühlten sich falsch an. Ich wollte nicht gewinnen, wenn Cosima dafür litt.

»Such dir einfach eine neue Bettgefährtin und komm über die Hippiebraut hinweg«, fuhr Trevor dummerweise fort. Er hätte den Mund halten sollen.

Bevor ich mich selbst bremsen konnte, holte ich aus und ließ meine Faust in sein Gesicht krachen. Trevor stieß gegen die Wand und rutschte daran hinab. Die Hand an der Wange, an der ich ihn getroffen hatte, suchte er meinen Blick. Ein Rinnsal von Blut rann ihm aus der Nase.

»Spinnst du?«, schrie er, wobei ihm Spucke aus dem Mund flog. »Du Hurensohn, dafür zeige ich dich an!«

Es interessierte mich nicht. Ich schnappte mir mein Handy, zog mein Sakko zurecht und wollte aus dem Büro stürmen. Neben Trevor blieb ich kurz stehen. »Fasse das als deine Kündigung auf.«

Dann rannte ich. Denn ich hatte plötzlich das Gefühl, als würde mir etwas unendlich Wertvolles durch die Finger gleiten. Es lähmte mich vor Angst und ich brauchte drei Anläufe, bis meine steifen Finger das Handy entsperrt hatten. Ich wählte Cosimas Nummer und rief sie an. Immer wieder. Und ein ums andere Mal drückte sie mich weg. Bis sie das Handy ausschaltete.

Kapitel -40-

Cosima

Mit gesenktem Kopf bahnte ich mir einen Weg durch die Wartenden, bis ich an meinem Gleis angekommen war. Die Sporttasche über meine linke Schulter geworfen und meinen Koffer in der rechten Hand, wartete ich in gebückter Haltung auf die Ankunft meines Busses. Den Kopf hielt ich absichtlich gesenkt, damit niemand mein Gesicht sehen konnte. Keine Ahnung, wie viele Leute die Nachrichten geschaut hatten, aber da ich mehrere unbeantwortete Anrufe meiner Mutter auf dem Handy hatte, waren die Neuigkeiten weit herumgekommen.

Ich sah meine Familie vor mir, wie sie am langen Eichenholztisch saß, die Hände sittsam auf dem Schoß gefaltet, der Rücken gerade, und darüber diskutierte, wie oft ich der Familie noch Schande machen wollte. Erstaunlich, wie schnell die Journalisten eine Verbindung zwischen mir und meiner adligen Mutter hergestellt hatten, obwohl ich den Nachnamen meines Vaters trug. Aber offensichtlich musste man nur motiviert genug sein, dann fand man alles heraus.

Schlimmer waren jedoch Reeds Anrufe. Es gab nichts mehr, das gesagt werden musste. Er hatte mich auf Video aufnehmen lassen und dafür gesorgt, dass mein Name in den Dreck gezogen wurde.

Hatte ich es verdient? Vermutlich.

Konnte ich seine Entscheidung nachvollziehen? In Anbetracht der Tatsache, was für ihn auf dem Spiel stand und was ich getan hatte? Ja.

Verletzte es mich trotzdem? Sowas von!

Ich fühlte mich, als würde mein Herz bei jedem zweiten Schlag vor Schmerzen schreien. Ich wollte mich zusammenkrümmen und weinen, so lange, bis ich ausgetrocknet und taub war. Gleichzeitig wollte ich weg. Weit, weit weg. Dieser Wunsch überwog alles andere, und nur so hatte ich es geschafft, mich aufrecht zu halten, meine Koffer zu packen und zum Busbahnhof zu fahren.

In meinem Rucksack befand sich ein One-Way-Ticket nach Los Angeles. Lange Fahrt. Mit mehrmaligem Umsteigen, Wartezeiten und allem wäre ich drei Tage unterwegs. Drei verdammte Tage. Aber die Aussicht, dass ich mich stundenlang nicht bewegen musste, einfach im Bus sitzen und meinen Gedanken nachhängen konnte, tröstete mich. Ich brauchte diese Zeit. Dringend. Deswegen hatte ich mich für den Bus und nicht für ein Flugzeug entschieden.

In L.A. würde ich bei einer Freundin unterkommen. Eher eine Bekannte, die ich auf Reisen kennengelernt und die eine Couch hatte, die sie mir anbot. Zumindest für eine Weile. Von dort aus würde ich sehen, wie es weiterging. Aber ich war eine Überlebenskünstlerin. Ich würde mich erholen und dann einen Weg finden. Einen, auf dem mir nicht nochmal das Herz gebrochen wurde.

Eine Durchsage forderte meine Aufmerksamkeit. Die metallisch klingende Stimme einer Frau drang durch die Busbahnhofshalle und war durch die Lautstärke, die herrschte, kaum zu verstehen. Ich konnte gerade genug heraushören, um zu erfahren, dass mein Bus fünfzehn Minuten Verspätung haben würde.

Seufzend suchte ich mir eine Bank. Meinen schweren Rucksack stellte ich neben mir ab, um meinen schmerzenden Schultern eine Verschnaufpause zu gönnen.

Dann dachte ich an Jane und Charly. Die Sonne war längst untergegangen und vermutlich hatten die beiden schon Feierabend. Wann würden sie merken, dass alle meine Sachen weg waren? Waren die Nachrichten auch bis zu ihnen durchgedrungen?

Als ich nach New York gekommen war, hatte ich mir geschworen, meine Freundinnen nie wieder so im Stich zu lassen. Nicht noch einmal lautlos aus ihrem Leben zu verschwinden, als wäre ich nie dagewesen. Und doch saß ich hier und machte genau das. Abhauen.

Dabei traf die zwei keine Schuld. Wie sie wohl die Miete für die Wohnung aufbringen würden, wenn mein Anteil wegfiel? Ich stellte mir vor, wie sie sich eine neue Mitbewohnerin suchten und sich mit ihr anfreundeten. Wie sie mich nach und nach ersetzten. Wie die Lücke, die ich bei meinem Fortgehen hinterlassen hatte, sich langsam füllte, bis es wäre, als hätte es mich nie gegeben.

Der Gedanke war schrecklich. Ich hasste die Vorstellung, dass jemand mich bei den Menschen, die ich liebte, ersetzen könnte. Dass Jane und Charly irgendwann beiläufig von ihrer ehemaligen Freundin Cos erzählen würden und ich nur einer vieler Namen war, der mit der Zeit aus ihrem Leben verschwand, bis er keine Rolle mehr spielte.

Und was war mit meinem Studium? Sollte ich die Uni erneut abbrechen und dieses Mal, bevor sie begonnen hatte? Ich hatte mich für Agrarwissenschaften entschieden, weil ich mit dem erlangten Wissen Menschen helfen konnte. Es gab viele wohltätige Organisationen, die besonders Völker in afrikanischen Ländern in der Landwirtschaft unterrichteten. Ihnen zeigten, wie sie sich selbst und ihre Familien mit Nahrung versorgen und ihren Boden gut bebauen konnten. Dieses Wissen gab den Menschen Unabhängigkeit, denn in vielen dieser Gebiete wurden die Ackerflächen genutzt, um Getreide für die Viehzucht in reicheren Ländern anzubauen. Damit wir Fleisch essen konnten, mussten andere Menschen hungern, weil es die Lebensmittelkosten in die Höhe trieb. Das war der ausschlaggebende Punkt für mich gewesen, diese Richtung einzuschlagen. Zum ersten Mal aus eigenem Willen heraus.

Nein, diese Person wollte ich nicht sein. Ich wollte mehr sein als ein verblassender Abdruck im Leben meiner Freundinnen. Ich wollte für sie das sein, was sie für mich waren. Familie. Die wichtigsten Menschen in meinem Leben. Und ich wollte etwas erreichen. Anderen helfen, so wie ich es bei der Wohnsiedlung in Queens getan hatte. Auch wenn es mir mit einem lauten Knall um die Ohren geflogen war, hatte ich mich nie zuvor so leidenschaftlich für eine Sache eingesetzt.

Aber dann durfte ich nicht davonlaufen.

Als der Bus fünfzehn Minuten später hupend einfuhr, bereiteten sich die anderen Fahrgäste auf den Einstieg vor.

Tickets wurden aus Taschen gezogen, eine Schlange bildete sich. Jeder versuchte, sich möglichst weit nach vorn zu drängen. Auch ich griff nach meiner Sporttasche, schulterte sie und zog meinen Koffer hinter mir her. Aber nicht in Richtung Bus.

Sondern nach Park Slope. In die viel zu kleine Wohnung mit der Möblierung vom Vormieter. Wo ich auf einer durchgelegenen Couch schlief, neben einer Wand, durch die ich die Nachbarn hören konnte. Wo Jane und Charly nur wenige Meter von mir entfernt lagen. Wo mein Zuhause war. Wo ich zusammen mit meinen Freundinnen alles durchstehen konnte. Auch ein gebrochenes Herz. Auch einen Medienskandal.

Sie würden mir helfen. Und irgendwann, in ein paar Monaten, wäre die Sache überstanden. Aus und vorbei. Vergessen. Und dann würde ich voller Stolz sagen, dass ich nicht weggelaufen war.

Ich verließ das Bahnhofsgebäude und schaltete mein Handy ein, um mir ein Taxi zu rufen. Kaum war es an, klingelte es und eine neue Nachricht ging ein. Als ich das Smartphone aus der Tasche zog, sah ich, dass sie von Reed kam. Zunächst wollte ich sie nicht öffnen, aber der selbstzerstörerische Teil in mir gewann und ich las sie.

Es tut mir leid, was passiert ist. Aber ich hatte mit dem Video nichts zu tun.

Ich wünschte, dass ich ihm glauben könnte. Und dass

unsere Probleme sich damit gelöst hätten. Aber zwischen Reed und mir stand mehr als ein Video. Zwischen uns lag eine ganze Welt, und ich war bereits bei dem Versuch gescheitert, diese Distanz zu überbrücken.

Kapitel -41-

Reed

Manche Situationen im Leben verlangten nach einer großen Geste. Sie gaben sich nicht mit Worten zufrieden. Mit Entschuldigungen oder Beteuerungen. Sie verlangten einen Beweis. Einen, der über jeden Zweifel erhaben war.

Dass ich mich in einer solchen Situation befand, wusste ich in dem Moment, in dem ich nur noch Cosimas Mailbox erreichte.

Das Video von uns zu löschen, hatte mich eine Menge Geld, Zeit und Nerven gekostet. Ich musste jeden Gefallen einfordern, den ich bei Geschäftspartnern gutgehabt hatte und meine Kontakte bis zum Maximum ausreizen. Aber es war mir gelungen, die Ausbreitung des Videos einzudämmen. Zumindest, was die Medien anging. Gegen die Verbreitung auf privaten Profilen konnte ich nicht viel ausrichten. Es war ein verlorener Tropfen auf einem heißen Stein. Einer, der verpuffte, sobald man ihn berührte. Wenn ich Cosima für mich gewinnen wollte, musste ich eine verdammte Flut entfesseln. Eine Welle, die jeden Zweifel mit sich reißen würde.

Und das wollte ich. Gott, ich wollte es so sehr, dass es schmerzte. Mit jedem weggedrückten Anruf, jeder unbeantworteten Nachricht, mit jedem Tag ohne ein Wortgefecht mit Cosima, ohne ihre bunten Haare und ihre leuchtenden Augen wollte ich es mehr. Bis ich eine Entscheidung traf. Ich war bereit für meine Geste. Die größte, die ich jemals in meinem Leben vollbringen würde und ich hoffte, dass es ausreichte.

Dutzende Kameras waren auf mich gerichtet, als ich den Presseraum von *RDC* betrat und meine Position auf der Bühne einnahm. Vor mir war ein Holzpult aufgebaut, daran hing ein Mikrofon, durch das die anwesenden Journalisten mich gut verstehen konnten. Einige von ihnen hatten Diktiergeräte dabei und hielten sie in meine Richtung. Trotz der vielen Menschen war es erstaunlich ruhig im Raum. Alle warteten darauf, dass ich mich zu den Geschehnissen der letzten Tage äußern würde.

Ich räusperte mich, straffte meine Körperhaltung und ließ meinen Blick s-förmig durch das Publikum gleiten, damit jeder das Gefühl hatte, ich hätte ihn einmal direkt angesehen. Dann begann ich mit der Rede, die ich vorbereitet hatte. Ich brauchte keinen Zettel, von dem ich ablas, denn ich hätte die Worte auswendig im Schlaf vortragen können.

»Wie Sie sicher mitbekommen haben, war meine Firma in den letzten Wochen Gegenstand einiger Schlagzeilen. Eine Gruppe von Demonstranten hat sich vor unseren Türen versammelt und gegen den Abriss einer Wohnsiedlung in Queens protestiert. Besagte Wohnsiedlung befindet sich in einem miserablen Zustand, wie die meisten von Ihnen gesehen haben dürften. Unser Ziel war es, den Komplex abzureißen und neue, luxuriöse Apartments zu bauen. Das große Grundstück sollte effizienter genutzt werden, um mehr Wohnraum in einer Stadt zu bieten, in der der Platz zum Leben knapper wird.«

Hände schossen in die Höhe.

»Ich bin mir sicher, dass Sie viele Fragen haben«, sagte ich verständnisvoll. »Und ich werde jede einzelne davon beantworten, aber bitte hören Sie sich erst an, was ich Ihnen mitzuteilen habe.«

Ich machte eine Pause, in der ich beobachtete, wie alle nacheinander ihre Hände senkten und darauf warteten, dass ich weitersprach. Zufrieden nickte ich und fuhr mit meiner Rede fort.

»Um dieses Ziel von besser genutztem Wohnraum zu erreichen, müssen die derzeitigen Bewohner ihre Wohnungen verlassen«, lenkte ich das Thema in die kritische Richtung. »Das ist ein unausweichlicher Schritt, da sich die Anlage in keinem bewohnbaren Zustand befindet. Früher oder später wären sie gezwungen gewesen, diesen Ort zu verlassen.«

Mein Blick schweifte über die Zuhörer. An ihren Gesichtern konnte ich ihre Missbilligung ablesen. Genau das hatten sie von mir erwartet. Dass ich mich rechtfertigen würde.

»Doch in den letzten Wochen ist mir klargeworden, dass ich als derzeitiger Eigentümer des Gebäudes auch Verantwortung für diese Menschen trage. Die Frist, die ich ihnen gesetzt habe, um eine neue Wohnung zu finden, war entsprechend der Umstände zu kurz.«

Verwirrte Blicke wurden ausgetauscht. Gemurmel wurde laut, sodass ich meine Stimme erheben musste, um mir Gehör zu verschaffen.

»Aus diesem Grund wird der Bau so lange verzögert, bis alle Familien eine neue Unterkunft gefunden haben.«

Einige der Journalisten redeten durcheinander. Hände wurden wieder gehoben, Leute rutschten in ihrem Sitz vor, damit sie einen besseren Blick auf mich hatten.

»Außerdem«, fuhr ich fort, »wird ein Service eingerichtet, der den Menschen bei der Wohnungssuche hilft. Meine Mitarbeiter sitzen bereits an den entsprechenden Vorbereitungen. Zusätzlich wird *RDC* jeder Familie eine Entschädigung in Höhe von 3000 Dollar zahlen, die ihnen helfen soll, die Umzugskosten zu stemmen.«

Die Hände flach auf das Pult vor mir gelegt, beobachtete ich lächelnd die Menge. Wie ich es erwartet hatte, konnte ich sie mit meinen Worten überraschen. Amüsiert stellte ich mir das Gesicht meiner Aktionäre vor, die sich diese Meldung gerade ansahen und vermutlich von ihren Stühlen fielen.

»Sie dürfen jetzt Ihre Fragen stellen«, bot ich den Journalisten an. Sofort schossen Hände in die Höhe. Einige Reporter riefen durch den Raum. Ich zeigte auf eine in Beige gekleidete Dame und bat sie, mit ihrer Frage anzufangen.

»Mr. Davis, was hat Sie zu diesem Schritt bewogen und wie wollen Sie die hohen Kosten tragen?«

»Die finanziellen Mittel für diese Investition schöpfe ich aus meinen privaten Reserven«, antwortete ich und erntete dafür Staunen. Ich hatte beachtliche Rücklagen und Immobilien, die jetzt zum Verkauf standen. Dass ich damit ein hohes privates Risiko einging und neben dem Verlust meiner Firma auch einen persönlichen Bankrott riskierte, war mir bewusst. Aber zum ersten Mal seit langem tat ich das, was ich für richtig hielt. Vor dieser Pressekonferenz hatte ich niemanden nach seiner Meinung gefragt. Weder Trevor noch einen meiner Aktionäre. Es drohte Gefahr, dass einige meiner Anteilseigner absprangen. Dieser Tatsache hatte ich ins Auge geblickt und sie akzeptiert. Wenn es soweit wäre, würde ich auch dafür eine Lösung finden. Doch ich hatte mich zu sehr von diesen Männern unter Druck setzen lassen. Ein Schritt wie dieser war längst überfällig. Nach Jahren musste ich mich nicht mehr nach den Wünschen und Vorstellungen anderer Menschen richten, sondern konnte auf meinen Instinkt hören. Und der sagte mir, dass ich mich auf einem steinigen, aber richtigen Weg befand.

»Und woher der Sinneswandel?«, rief ein Mann vom anderen Ende des Raums. Ich schmunzelte. Typisch Journalisten, sie konnten nicht warten, bis sie an der Reihe waren. Aber ich störte mich nicht daran. Nicht heute, denn ich hoffte darauf, dass eine bestimmte Person diese Pressekonferenz sehen würde.

»Diesen Sinneswandel verdanke ich Cosima Meyer. Sie hat die Kampagne gegen *RDC* geführt und durch sie habe ich gelernt, dass es wichtig ist, sich für andere einzusetzen. Und dass der richtige Weg nicht zwangsläufig der profitabelste ist. Ich bin überzeugt, dass wenn wir alle ein wenig mehr wie diese junge Frau denken und unsere eigenen Interessen hin und wieder zurückstellen, um anderen zu helfen, wir die Welt zu einem besseren Ort machen können.«

Die Worte hatten meinen Mund verlassen und ich konnte sie nicht mehr zurücknehmen. Dutzende Kameras trugen sie raus in die Welt, wo jeder sehen konnte, dass aus Reed Davis, dem eiskalten CEO, ein Weltverbesserer geworden war.

Noch vor wenigen Tagen hätte ich jeden ausgelacht, der mir gesagt hätte, dass Profit nicht alles war. Hätte ihn als naiv und idealistisch abgestempelt. Heute hoffte ich bloß, dass ich nicht zu spät kam und dass diese Geste groß genug war, um zu zeigen, wie sehr ich mir eine zweite Chance für Cosima und mich wünschte.

***

Cosima

Ich saß im Schneidersitz auf der Couch und sah mir die Nachrichten an. Das Fenster war geöffnet und ein lauwarmer Wind wehte mir in den Rücken. Für einen Spätsommerabend war es ungewöhnlich schwül, obwohl die Sonne bereits untergegangen war.

Reeds Stimme zu hören und ihn im Fernsehen zu sehen, weckte die Sehnsucht nach ihm in mir. Eine Sehnsucht, die ich nur schwer aushielt und die ich körperlich spürte. Die Pressekonferenz hatte am Vormittag stattgefunden und wurde seitdem im Fernsehen ausgestrahlt. Die *Food Sharing New York* Gruppe war überfüllt mit Beiträgen und Kommentaren dazu. Es war das Letzte, was ich mitbekam, denn danach fällte ich die Entscheidung, aus der Gruppe auszutreten. Was geschehen war, war nicht die Schuld der Teilnehmer, aber ich wollte vergessen und das ging am einfachsten, wenn ich dieses Band durchschnitt.

Durch diese Gruppe, durch einen dummen Zufall war Reed Davis in mein Leben getreten. Oder eher wie ein Tornado über mich hinweggefegt. Für einige kostbare Stunden hatten wir es geschafft, uns in der windstillen Mitte zu treffen. Eine Vorstellung davon, was hätte sein können.

Aber es war nicht von Dauer gewesen.

Und obwohl ich Reed nur wenige Wochen kannte, wusste ich, dass er für immer zu den Menschen gehören würde, die mit ihrer Präsenz den stärksten Abdruck in meinem Leben hinterließen. Und mit ihrem Fortgehen.

Seine Worte im Fernsehen zu hören, war Balsam für meine geschundene Seele, und sie legten sich wohltuend auf die Stellen meines Herzens, die in den letzten Tagen auseinandergebrochen waren.

Einige der Wunden, die wir uns gegenseitig zugefügt hatten, heilten. Aber andere waren so tief, dass nicht einmal diese große Geste ausreichte.

Trotzdem liefen mir Tränen der Freude über die Wangen, als ich sah, welche Entwicklung er durchgemacht hatte. Welche Entwicklung wir beide durchgemacht hatten. Wir waren jetzt andere Menschen.

»Geht es dir gut?«, riss mich Charly aus meinen Gedanken. Sie setzte sich neben mich auf die Couch, legte einen Arm um mich und ihren Kopf auf meine Schulter.

»Nein«, gestand ich mit belegter Stimme und schniefte. Es würde mir lange Zeit nicht gut gehen, das wusste ich. Aber ich hatte verstanden, dass das okay war. Was jetzt zählte, war, dass ich mein aus den Fugen geratenes Leben wieder auf die

Reihe bekam. Meine Eltern waren außer sich. Unser Kontaktabbruch war offiziell Schnee von gestern, denn sie bombardierten mich mit Anrufen und Nachrichten. Auch wenn das Video aus den Medien verschwunden war, konnte seine Verbreitung nicht vollständig gestoppt werden. Täglich wurde ich auf Facebook verlinkt, bekam Nachrichten und Anfragen. Bisher war noch kein Ende in Sicht, aber ich wusste, dass es irgendwann vorbei sein würde. Dass die Menschen irgendwann das Interesse daran verlieren würden, und dann konnte ich wieder ich sein. Keine Demonstrantin, nicht diejenige, die sich mit Reed Davis angelegt hatte und auch nicht die Frau, der das Herz gebrochen worden war. Einfach nur Cosima.

In ein paar Tagen begannen meine Vorlesungen, und ich wusste nicht, was mich dort erwarten würde. Nachts lag ich oft wach und fürchtete mich vor der Zukunft, weil ich immer noch nicht wusste, ob ich den richtigen Weg gewählt hatte.

Wegzulaufen und New York zu verlassen wirkte noch immer verlockend auf mich. Aber jedes Mal, wenn ich solche Gedanken bekam, erinnerte ich mich an den Grund, aus dem ich mich an jenem Tag am Busbahnhof dazu entschieden hatte, zu bleiben.

Danach hatte ich Jane und Charly alles erzählt und die beiden hatten mir ihre Unterstützung zugesichert. Anders, als ich es befürchtet hatte, waren sie nicht enttäuscht von mir, sondern stolz auf mich. Stolz, dass ich einem Mann wie Reed die Stirn geboten hatte. Auch wenn der Preis zwei gebrochene Herzen bedeutete.

Denn obwohl ein Teil von mir Reed für vieles verantwortlich machte, konnte ich ihm nicht die Schuld daran geben, wie letztlich alles ausgegangen war.

Die äußeren Umstände unserer Begegnung hatten von Anfang an nicht gepasst und die Sache hatte nur in einem Desaster enden können. Eine andere Option hatte es nie gegeben. Erst jetzt war ich bereit, das einzusehen.

»Wirst du zu ihm fahren?«, fragte Charly und drückte mich dabei ein wenig fester an sich. Ich schüttelte den Kopf. »Cos, was er da gesagt hat … Er empfindet etwas für dich.«

»Ich weiß«, krächzte ich und versuchte den dicken Kloß in meinem Hals hinunterzuschlucken. Ich schloss die Augen, damit ich Reeds Bild nicht mehr im Fernsehen sehen musste und spürte, wie frische Tränen hinter meine Lider traten. Dabei hatte ich in den letzten Tagen so viel geweint, dass mein Körper ausgetrocknet sein müsste.

»Ich weiß. Und ich empfinde auch etwas für ihn. Aber manchmal reicht das nicht. Zwischen Reed und mir ist so viel passiert, ich weiß nicht, wie es da ein Happy End für uns geben soll.«

Ich hörte, wie Charly den Fernseher ausschaltete und ließ zu, dass sie mich in eine Umarmung zog.

»Es wird aufhören, wehzutun. Mit der Zeit wird es aufhören.«

Ich schluchzte und vergrub mein Gesicht an ihrem Shirt. Wie sehr ich hoffte, dass sie recht behielt.

-Epilog-

Cosima

4 Monate später

»Damit beenden wir das Thema der Futtermittelkunde vorerst. Bitte gehen Sie den Stoff über die Feiertage nochmal durch. Nach den Ferien widmen wir uns dann der Pflanzenzüchtung, dem Pflanzenschutz und der Pflanzenernährung«, sagte Professor Krauß mit fester Stimme und leicht deutschem Akzent. Er war als Gastdozent nach New York gekommen und die Vorlesungen bei ihm gehörten zu meinen absoluten Favoriten. Was ich nicht gedacht hätte, denn mal im Ernst … Futtermittelkunde? Aber der Mann konnte selbst das langweiligste Thema spannend gestalten. Abgesehen davon hatte ich mich als überraschend fleißige Studentin herausgestellt. Ich war beinahe eine Streberin. Lange war mir meine Wahl, Agrarwissenschaften zu studieren, willkürlich vorgekommen. Mehr aus dem Bauch heraus entschieden, als dass ich wirklich darüber nachgedacht hätte. Aber anscheinend behielt mein Bauchgefühl recht. Ich sollte lernen, öfter darauf zu hören.

Insgesamt waren wir nur eine kleine Gruppe Studierender, was die Vorlesungen sehr intim machte. Bei Jura und Wirtschaftswissenschaften hatte ich teilweise keinen Platz in den vollgestopften Hörsälen gefunden und vor der Tür stehen müssen.

Aber hier traf ich jeden Tag dieselbe Gruppe von Menschen. Sie war in den letzten vier Monaten zu meiner zweiten

Familie geworden, denn wir verbrachten fast den ganzen Tag miteinander. Vor oder nach den Vorlesungen lernten wir und an den Wochenenden gingen wir feiern oder kochten gemeinsam. Samra hatte sich im Übrigen perfekt in diese Gruppe integriert. Meinen Kommilitonen Dan hatte bei ihrem Anblick der Pfeil der Liebe getroffen. Kein Scherz, ihm waren fast die Augen aus dem Kopf gefallen. Der Arme war ein wenig schüchtern und hatte keinen Ton rausbekommen. Letztlich war es Samra gewesen, die ihn um ein Date gebeten hatte. Er war vom Hals bis zu den blonden Locken rot angelaufen, hatte aber genickt. Heute waren die beiden das Traumpaar für mich. Und Dan mein erster männlicher bester Freund. Und Lernpartner.

»Schreibst du dir das wirklich auf?«, fragte er in dem Moment grinsend und stach mir mit seinem Kugelschreiber leicht in die Seite.

Ich musste mir ein Lachen verkneifen, denn ich hatte mir tatsächlich notiert, womit wir nach Thanksgiving weitermachen würden.

»Wow«, sagte Dan kopfschüttelnd. »Du bist wirklich eine Streberin.«

Ich schnaubte abfällig. Das sagte der Richtige. Dan hatte fast in jedem Fach bessere Noten als ich. Seine Familie führte eine Farm in Vermont und er sollte sie eines Tages übernehmen, deswegen war er mit einer Menge Vorwissen nach New York gekommen.

»Wie verbringt ihr die Feiertage? Nimmst du Samra mit zu deinen Eltern?«, wollte ich wissen und packte meinen

Collegeblock und meine Unterlagen zusammen, um sie in meinem Jutebeutel zu verstauen.

Dan nickte und tat es mir gleich. »Meine Mom ist schon ganz aus dem Häuschen, weil sie sie endlich kennenlernt.«

Ich schenkte meinem Freund ein Lächeln und verließ neben ihm den Hörsaal.

»Ich freue mich für euch. Bestimmt werdet ihr tolle Feiertage haben.«

Dan lachte. »Du kennst meine Familie nicht. Irgendwer benimmt sich immer daneben. Letztes Jahr hat Onkel Stew beinahe die Scheune in Brand gesteckt.«

Er lachte und ich mit ihm, aber bei seinen Worten hatte sich mein Magen schmerzhaft zusammengezogen.

»Fliegst du zu deiner Familie?«, fragte Dan und streute damit Salz in die offene Wunde.

Ich schüttelte den Kopf und zwang mich, meine Mundwinkel oben zu halten. »Nein, sie reden immer noch nicht mit mir, worüber ich eigentlich ganz froh bin.«

Dan wusste von der Geschichte mit *RDC* und dem Skandal. Nachdem wir uns angefreundet hatten, hatte ich mich ihm anvertraut und erfahren, dass er das Video bereits kannte, mich nur nicht darauf ansprechen wollte, um nicht taktlos zu sein. Das mochte ich an Dan, er machte sich immer Gedanken, wie sein Verhalten auf andere wirken könnte. Jetzt legte er tröstend einen Arm um mich und schlenderte mit mir durch die Flure der Uni.

»Was ist mit Charly und Jane? Bleibt ihr gemeinsam in New York?«

Wieder schüttelte ich den Kopf. Bei meinen beiden besten Freundinnen hatte sich in den letzten Monaten einiges verändert. Beide hatten ihre Traummänner getroffen und würden die Feiertage mit ihnen verbringen. Ich war die Einzige, die seit vier Monaten mit einem gebrochenen Herzen herumlief.

Was ich auch tat, der Schmerz und die Gedanken an Reed wollten nicht gehen. Sobald ich allein war, überrannten sie mich. Schlimmer war die Sehnsucht, die mich nachts wachhielt. Manchmal schreckte ich schweißgebadet aus dem Schlaf hoch, als hätte ich einen Albtraum gehabt. Dabei hatte ich Reed und mich gesehen, glücklich und Händchen haltend. Wie wir gemeinsam kochten oder ins Kino gingen. Etwas, was ich niemals haben würde.

Dan sah mich schockiert und traurig an. »Du kannst über Thanksgiving nicht allein in New York bleiben! Cos, das geht nicht, das klingt …« Er ließ seinen Satz unbeendet.

»Einsam?«, riet ich. Dan nickte zögernd, doch ich zuckte mit den Schultern. So sah die Wahrheit eben aus. Ich war einsam. Nicht, weil alle meine Freunde glücklich waren und ich nicht, sondern weil ich mich mit Reed für einige Stunden an einen ganz besonderen Ort begeben hatte, an dem wir zwei etwas bedeuteten und an den ich nie mehr zurückkehren würde.

»Flieg mit uns nach Vermont«, schlug Dan euphorisch vor. »Samra wäre bestimmt begeistert und meine Mom würde dich lieben. Sie ist als junges Mädchen auch so viel gereist, ihr hättet viel, worüber ihr euch unterhalten könnt.«

Ich wusste sein Angebot zu schätzen und es trieb mir fast die Tränen in die Augen. Dennoch lehnte ich ab. »An diesem Wochenende soll es nur um Samra und dich gehen. Immerhin lernt sie deine Familie kennen.« Ich wollte mich nicht dazwischendrängen. Letztlich gab Dan nach.

Er hatte immer noch seinen Arm um meine Schulter gelegt, als wir die großen Stufen des Ausgangs hinabstiegen und die Uni verließen. Wer hätte gedacht, dass ich mal traurig über Ferien sein würde?

»Cosima?« Eine Stimme, die ich überall wiedererkannt hätte, ließ mich mitten in der Bewegung erstarren. Die Haare in meinem Nacken stellten sich auf und ich wirbelte herum, in die Richtung, aus der die Stimme gekommen war.

Als ich ihn sah, war es wie bei unserem ersten Treffen. Er war wie ein Windstoß in meine Lunge, der mir alle Luft zum Atmen nahm.

»Reed«, keuchte ich überrascht. Dan hatte seinen Arm von meiner Schulter genommen, blieb jedoch weiterhin an meiner Seite und funkelte Reed wütend an, als dieser sich von der Mauer abstieß, an der er gelehnt hatte und auf uns zukam.

Er trug eine schwarze Hose und ein weißes Hemd mit einem Sakko darüber, wodurch er sich optisch stark von den Studenten um uns herum abhob, aber er sah fantastisch aus. Sein Haar war etwas länger als vor vier Monaten, aber immer noch kurz. Seine Augen hatten denselben einnehmenden Goldton, den ich so oft in meinen Träumen gesehen hatte. Lediglich seine Wangen waren eingefallen und zerstörten den Eindruck seiner Unverwüstlichkeit.

»Was … was machst du hier?«, stammelte ich atemlos und sah ihn mit großen Augen an, als er vor uns stehenblieb.

Sein Blick glitt zwischen Dan und mir hin und her. »Können wir reden?«, fragte er und räusperte sich. Auf Außenstehende musste er so selbstbewusst wie immer wirken, aber ich erkannte, dass er nervös war. Reed Davis wurde nie nervös, aber die Tatsache, dass er es war, brachte mein Herz dazu, schneller zu schlagen.

»Klar«, antwortete ich atemlos und sah Dan vielsagend an.

»Sicher, dass ich dich mit ihm alleinlassen soll?«, flüsterte er, aber dennoch laut genug, dass Reed es hören konnte. Er klang nicht begeistert, und ich wusste, dass er sofort Samra anrufen würde. Reed war den beiden ein Dorn im Auge.

»Ja«, sagte ich und lächelte ihm aufmunternd zu. »Schon okay, ich komme zurecht.«

Dan sah nicht überzeugt aus, ließ uns jedoch allein. Ich sah ihm hinterher, um Reeds Blick ausweichen zu können.

»Du siehst toll aus«, sagte er, und als ich den Kopf in seine Richtung drehte, sah ich, dass er lächelte.

»Warum bist du hergekommen?«, wollte ich wissen, und seine Mundwinkel senkten sich langsam. Seine Augen nahmen einen traurigen Ausdruck an. Mein Herz schlug mir mittlerweile bis zum Hals und meine Gedanken rasten. Warum war er gekommen? Ich spürte, wie ein Teil von mir sich falsche Hoffnungen machte, und ich versuchte, ihn zu unterdrücken.

»Ich kann nicht aufhören, an dich zu denken«, hauchte Reed schließlich, und für einen Moment hörte die Welt auf sich zu drehen.

Ich starrte ihn an und brachte keinen Ton heraus. Seine Worte setzten etwas in mir frei, das ich in den letzten vier Monaten festzuhalten versucht hatte.

Wieder räusperte er sich und blickte kurz zu Boden, bevor er mich ansah. In seinem Gesicht las ich Verunsicherung. »Willst du nichts dazu sagen?«, fragte er, nachdem ich weiterhin geschwiegen hatte.

Reed Davis war aus vielen Gründen nicht gut für mich. Es standen mehr Punkte auf der Kontra-Seite. Dennoch ... Kein anderer konnte meine Welt mit so wenigen Worten aus den Angeln heben. Und das überwog alle anderen Punkte.

»Du hast mir gefehlt«, flüsterte ich und keuchte leise, als er einen Schritt näher trat und nach meiner Hand griff. Er zog sie zu sich und hauchte einen sanften Kuss darauf. Dann verschränkte er unsere Finger miteinander.

»Ich hatte gehofft, dass du das sagst.« Mit der freien Hand fuhr er mir über die Wange und strich eine Strähne aus meinem Gesicht. Dann griff er nach meinen Haarspitzen, die mittlerweile lila leuchteten. Fragend sah er mich an.

»Im Winter bevorzuge ich dunklere Farben«, antwortete ich und entlockte ihm damit ein Schmunzeln.

»Du steckst voller Überraschungen.«

Ich hätte ewig so dastehen und mich in seinem Blick verlieren können, aber mir brannten zu viele Fragen auf der Seele.

»Wie geht es jetzt weiter?«, wollte ich wissen.

»Das kommt darauf an. Wie verbringst du die Feiertage?«, antwortete er mit einer Gegenfrage.

»Vermutlich allein mit einer Pizza und DVDs«, sagte ich schulterzuckend.

»Falsch, du verbringst Thanksgiving mit mir. Ich habe für Essen gesorgt und mich deinetwegen bei Netflix angemeldet. Und …«, er zögerte, bevor er weitersprach, »ich habe Kerzen gekauft, die ich anzünden werde.«

Dabei machte er ein so gequältes Gesicht, dass ich laut lachen musste.

»Reed Davis, laden Sie mich etwa zu einem romantischen Date ein?«, stichelte ich, weil ich wusste, wie wenig das sein Ding war.

»Nein, ich lade dich zu einem gemeinsamen Wochenende ein. Wenn du die Einladung annimmst.«

»Wie könnte ich nein sagen, wenn du wie ein Gentleman fragst«, antwortete ich lachend und legte meine Arme um seine Taille, um mich an ihn zu schmiegen. Mein Kinn ruhte auf seiner Brust, als ich ihn ansah und er mein Gesicht in seine Hände nahm. Er brachte seine Lippen dicht an meine und ein sehnsuchtsvolles Ziehen breitete sich in meinem Körper aus.

»Nicht ganz gentlemanlike«, wisperte er. »Denn ich habe vor, das ganze Wochenende nackt zu sein.«

»Dagegen habe ich nichts einzuwenden«, sagte ich seufzend und ließ zu, dass er meinen Mund mit seinem bedeckte. Als er mit der Zungenspitze über meine Unterlippe fuhr, stöhnte ich leise und erschauderte. Es war viel zu lange her, dass ich seine Berührungen auf meiner nackten Haut gefühlt hatte.

Gott, er hatte mir gefehlt.

»Aber Cosima …«, sagte Reed ernster und löste sich von mir. »Es wird Regeln geben.«

»Oh verdammt, ich wusste, dass die Sache einen Haken hat«, fluchte ich spielerisch und entlockte Reed damit ein Grinsen. »Welche Regeln?«

»Erstens: Keine anderen Männer, solange wir uns treffen«, forderte er.

»Gilt diese Regel auch für dich? Keine anderen Frauen?«, fragte ich.

»Selbstverständlich.«

»Dann bin ich einverstanden«, antwortete ich überflüssigerweise, denn neben Reed Davis konnte ohnehin kein anderer Mann bestehen. Aber zu wissen, dass er es ernst meinte und keine andere treffen würde, während wir uns sahen, gefiel mir. Sehr.

»Regel Nummer zwei«, fuhr er fort. »Nach einem Monat beurteilen wir die Lage neu und entscheiden, wie es für uns weitergeht. In dieser Zeit will ich dich so oft es geht sehen.«

»Wow, du bist… unverbesserlich. Und unglaublich romantisch«, kommentierte ich sein strukturiertes Herangehen an die Sache.

Aber seine Worte setzten eine Horde Schmetterlinge in meinem Bauch frei. Wir würden uns offiziell daten und danach entscheiden, ob wir als Freund und Freundin aus der Sache rausgingen.

»Und was ist deine letzte Regel?«, wollte ich wissen und hauchte ihm einen Kuss auf die Lippen.

Reed löste sich von mir. »Sieh mich an, Cosima. Denn diese Regel ist unverzichtbar.«

Ich blickte ihm in die Augen und verlor mich in dem flüssigen Gold darin. Dieser Mann war so schön, dass es mich verrückt machte.

»Bitte«, flüsterte er, »verliebe dich in mich. Ich will nicht, dass du noch einmal aus meinem Leben verschwindest.«

Ich stieß ein zittriges Lachen aus und spürte, wie mir Tränen in den Augen brannten.

»Bist du mit meinen Regeln einverstanden? Wenn du zustimmst, gibt es kein Zurück mehr«, sagte er mit belegter Stimme.

»Ich stimme zu«, antwortete ich tränenerstickt und ließ zu, dass Reed mich hochhob und küsste. Denn ich wollte kein Zurück mehr. Ich wollte eine Zukunft mit Reed und insgeheim wusste ich, dass dieser eine Monat uns näher zueinander bringen würde.

Reed und ich mochten unterschiedlich sein, aber nie hatte ein Mensch mich so sehr herausgefordert, über mich selbst hinauszuwachsen wie er. Und ich wusste, dass ich dasselbe für ihn tat. Wir halfen einander, uns weiterzuentwickeln und an unsere Grenzen zu gehen. Obwohl er nicht der liebevollste Mann war und Romantik ihm schwerfiel, fühlte ich mich bei ihm stark. In der Zeit ohne ihn hatte ich erkannt, dass ich niemanden wollte, der zuvorkommend war und mir half, wenn es schwierig wurde. Ich wollte jemanden, der mich zwang, mich mit ihm zu messen. Mit dem ich Höhen und Tiefen durchleben konnte.

Eine Beziehung mit einem Mann wie Reed würde sicher nicht immer einfach werden, sondern einem Abenteuer gleichen.

Aber genau das war es, was ich wollte.

Ich hatte schon immer einen Hang zu waghalsigen Aktionen gehabt.

-ENDE-

-Danksagung-

Als ich mit dem Schreiben der New York Gentleman Reihe angefangen habe, hätte ich nicht erwartet, dass Charly, Cosima und Jane so viel Zuspruch bei meinen Leserinnen finden. Ich habe Mr.Perfect – Verliebt in Manhattan in kürzester Zeit geschrieben, weil ich wie in einem Rausch war und mich danach voll und ganz auf die Veröffentlichung konzentriert. Beim Schreiben hatte ich so ein intensives Gefühl. Ich war tief drin in der Geschichte und habe gehofft, dass ich all das, was ich währenddessen gefühlt habe, auch zu Papier bringen konnte, damit meine Leserinnen daran teilhaben können.

Offensichtlich ist mir das gelungen und ich könnte nicht glücklicher darüber sein. Der große Erfolg und das unglaubliche Feedback, mit dem ich belohnt wurde, haben allerdings alle meine Erwartungen übertroffen. Danke, für einen monatelangen Aufenthalt in den Top 100. Danke, dass ihr mein Buch auf die Bild-Bestseller Liste gebracht habt. Der Zeitungsauschnitt steht gerahmt auf meinem Schreibtisch und wird wohl etwas sein, woran ich mein Leben lang glücklich zurückdenken kann.

Ihr könnt euch vorstellen, wie motiviert ich danach war, an Cosimas Geschichte zu arbeiten. Mich haben so viele Nachrichten erreicht und auch die Kommentare in den Rezensionen waren deutlich. Ihr wolltet so schnell wie möglich Nachschub und wart schon ganz gespannt auf Cosima, das Chaos auf zwei Beinen.

Was soll ich sagen, ich LIEBE ihre Geschichte. Mr.Icecold ist so ein tolles Buch geworden. Es ist heiß, spannend, tiefgründig und emotional. Ich hatte so viel Spaß beim Schreiben und hoffe, dass es euch beim Lesen genauso ging.

An dieser Stelle möchte ich mich bei einigen Personen bedanken, mit deren Hilfe dieses Buch so lesenswert geworden ist.

Danke an meine gnadenlose Lektorin Regina. Ich schreibe gnadenlos hier in einem sehr positiven Sinn, denn du bringst mich dazu, das Beste aus meinen Protagonisten herauszuholen und mich nie mit der erstbesten Variante zufriedenzugeben. Dank dir werde ich eine bessere Autorin.

Ein großes Danke geht auch an meine Testleserin Lorena. Du findest das perfekte Maß an Lob und Kritik, um mich durch die schwere Überarbeitungsphase zu bringen und wenn ich kurz vor einer Veröffentlichung auf dem Zahnfleisch gehe und an allem zweifle, was ich jemals getan habe, schaffst du es meinem Wahnsinn Einhalt zu gebieten. Was würde ich nur ohne dich tun?

Am Erfolg eines Buches sind viele Menschen beteiligt. Alleine könnte ich all das nicht stemmen. Deswegen möchte ich mich zusätzlich bei meiner Coverdesignerin Andrea bedanken, dafür, dass du dich von Cover zu Cover selbst übertriffst. Meinen Bloggermädels, die mich bei jeder Veröffentlichung tatkräftig unterstützen und sich tolle Aktionen für meine Bücher einfallen lassen. Ihr seid wirklich Gold wert und ich bin froh, so treue und hingebungsvolle Leserinnen zu haben! Darüber hinaus gebührt meinen Autorenkolleginnen ein großer Dank. Für die vielen gemeinsamen Schreibtage, die gegenseitige Motivation und die vielen Ratschläge. Besonders möchte ich hier Svenja Lassen erwähnen. Danke, dass du dir meine unendlich langen Sprachnachrichten anhörst. Obwohl uns so viele Kilometer trennen, bist du mir eine große Unterstützung!

Und last but not least, meine Leserinnen. Ich habe es oben bereits erwähnt, aber ich kann es nicht oft genug sagen. Danke, dass ihr mir das möglich gemacht habt. Danke fürs Teilen, Rezensieren und Weiterempfehlen meiner Geschichten. Diese Form der Unterstützung ist besonders wichtig für mich, denn nur so können meine Bücher neue Leser erreichen. Danke, dass ihr mir eure Zeit schenkt!

-Newsletter-

Du möchtest immer auf dem Laufenden sei und keine meiner zukünftigen Veröffentlichungen verpassen? Dann trage dich unter www.leanderrose.de für meinen Newsletter ein und gehöre zu den Ersten, die Neuigkeiten zu meinen Büchern erfahren.

Zusätzlich findest du mich hier:

Instagram:

http://www.instagram.com/leander_rose/

Ich freue mich von dir zu hören!

Impressum
Leander Rose c/o
Papyrus Autoren-Club
R.O.M. Logicware GmbH
Pettenkoferstr. 16-18
10247 Berlin

Alle in diesem Buch geschilderten Personen sind frei erfunden. Ähnlichkeiten mit lebenden oder verstorbenen Personen, Geschäftseinrichtungen, Ereignissen oder Schauplätzen wären zufällig und nicht beabsichtigt.

Coverdesign: VercoDesigns, Unna
Lektorat und Korrektorat: Regina Meissner
(www.semikolonundco.de)

Lesen Sie auch weitere Bücher der Autorin!

Mr.Perfect – Verliebt in Manhattan: Liebesroman

Regel Nummer eins, wenn du einen neuen Job anfängst: Lass dich nicht von deinem Boss bei etwas Verbotenem erwischen.

Tagsüber Businessfrau, nachts Tänzerin in einer Bar. Als Charlotte nach New York zieht, glaubt sie, dass ihr der Spagat zwischen dem Praktikum in einer renommierten Unternehmensberatung und ihrer Tätigkeit an der Stange gelingen wird. Sie braucht das Geld aus dem *Wild Lady*, um sich den Aufenthalt in der überteuerten Metropole leisten zu können. Poledance ist ein Geheimnis, von dem niemand erfahren darf. So war zumindest der Plan. Bis plötzlich ihr neuer Boss, Adam Scott, in der Bar auftaucht. Der seriöse Geschäftsmann, der großen Wert auf einen angemessenen Umgang mit seinen Angestellten legt, wird unerwartet Zeuge von Charlottes sinnlicher Choreographie. Und auf einmal bekommt Mr. Perfects Fassade Risse.

Wenn die erste Begegnung mit deinem neuen Boss in einem Pole Dance endet, weißt du, dass dein Neuanfang nicht so reibungslos verlaufen wird, wie du es dir erhofft hast.

Es handelt sich um einen abgeschlossenen Liebesroman mit 271 Taschenbuchseiten und expliziten Szenen.

Als eBook und Taschenbuch bei Amazon erhältlich.

Bad Boss Behaviour: Liebesroman

„Lass uns ein paar Dinge klarstellen:
Für diesen einen Monat gehörst du mir.
Du tust, was ich sage.
Dein Privatleben interessiert mich nicht, also erspare mir Details.
Und eins noch. Verlieb dich bloß nicht in mich. Niemals.
Denn ich werde dich vergessen, sobald du deinen letzten Scheck abgeholt hast und aus meinem Büro verschwindest."

Alison

Wenn man bis zum Hals in der Scheiße steckt, tut man so einiges, um den Kopf oben zu halten. Dabei bin ich tiefer gesunken, als ich es jemals für möglich gehalten hätte. Direkt in seine Arme.
Er hätte mir helfen können, stattdessen macht er mir ein Angebot, das ich nicht ablehnen kann. So sehr ich es auch will.
Jetzt behandelt er mich wie sein Eigentum und ich merke erst langsam, wie hoch der Preis ist, den ich zahle. Alles an ihm spricht von Perfektion. Nur seine Augen… seine Augen versprechen Gefahr.

Pretty Woman meets Bad Boss. Ein modernes Märchen mitten im Großstadtdschungel von New York, das in sich abgeschlossen ist und explizite Liebesszenen enthält.

Als eBook und Taschenbuch bei Amazon erhältlich.

Bad Gangster Attitude

Erscheint am 1. Dezember 2019

Lass uns ein paar Dinge klarstellen:
Dein Leben liegt in meiner Hand.
Du tust, was ich sage.
Keine Fragen. Keine Widerworte. Keine Gefühle.
Vergiss nie, du bist nur ein Druckmittel für mich, weiter nichts.
Also halte dich an die Regeln und stelle meine Geduld nicht auf die Probe.

May:

Wenn das Leben dich in die Ecke drängt, tust du so einiges, um dich zu retten. Dabei bin ich in einen tieferen Abgrund gefallen, als ich es für möglich gehalten hätte - direkt in Rivers Arme.

Ich dachte, er würde mir helfen. Stattdessen benutzt er mich für seine eigene Rache und setzt damit unser beider Leben auf's Spiel. Er behandelt mich wie seine Gefangene und alles in mir schreit, dass ich ihn fürchten sollte. Doch seine Augen… seine Augen locken mich näher.

Bad Millionaire trifft auf die ultimative Versuchung. Ein neues modernes Märchen mitten im Großstadtdschungel von New York, voller Gefahren, Spannung und expliziter Liebesszenen, das in sich abgeschlossen ist.

Als eBook und Taschenbuch bei Amazon erhältlich.

Tauchen Sie ein in die Welt der Los-Angeles Lovestorys, wo Freundschaft, Humor und große Gefühle auf Sie warten.

Falling for Ewa: Liebesroman

Band 1

Sonne, Strand, Meer und ein Job im schönsten Café von Los-Angeles – die besten Voraussetzungen für einen Neuanfang.

Das dachte sich auch Ewa, als sie ihrem alten Leben den Rücken kehrte und einen Sprung ins Ungewisse wagte. Nur ist Ewa nie wirklich abgesprungen. Ihr Alltag in der neuen Stadt ist perfekt strukturiert. Für Spontanität ist kein Platz. Nur so fühlt sie sich sicher. Und doch wird sie den Verdacht nicht los, dass sie sich immer weiter von ihren Träumen entfernt.

Bis der Zufall ihr den attraktiven Cop Jackson vor die Füße wirft. Er zeigt Ewa, wie befreiend es sein kann, einfach die Augen zu schließen und sich fallen zu lassen. Aber wird er auch derjenige sein, der sie auffängt?

Denn als plötzlich Ewa´s bester Freund Matt zu seinen Gefühlen für sie steht, ist das Chaos in ihrem Leben komplett.

Als eBook und Taschenbuch bei Amazon erhältlich.

Printed in Poland
by Amazon Fulfillment
Poland Sp. z o.o., Wrocław

70822972R00207